斷代

郭強生

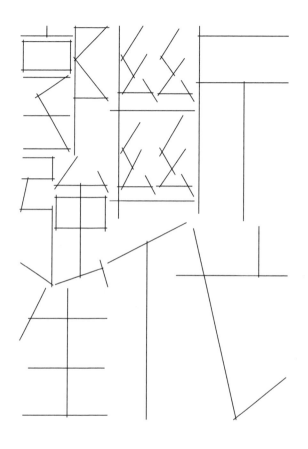

彷彿在痴昧／魑魅的城邦

——郭強生的同志愛情故事

／王德威

我需要愛情故事——這不過是我求生的本能，無須逃脫。[1]

郭強生是台灣中堅代的重要小說家，最近幾年因為同志議題小說《夜行之子》（二〇一〇）、《惑鄉之人》（二〇一二）以及散文專欄而廣受好評。即將推出的《斷代》代表他創作的又一重要突破。在這些作品裡，郭強生狀寫同志世界的痴嗔貪怨、探勘情慾版圖的曲折詭譎；行有餘力，他更將禁色之戀延伸到歷史國族層面，作為隱喻，也作為生命最為尖銳的見證。郭強生喜歡說故事。他的敘事線索綿密，充滿劇場風格的衝突與巧合，甚至帶有推理意味。然而他的故事內容總是陰鬱穠麗的，千迴百轉，充滿幽幽鬼氣。這些特徵在新作《斷

1 《夜行之子》（台北：聯合文學，二〇一〇），頁九三。

代》裡達到一個臨界點。

郭強生的寫作起步很早，一九八七年就出版了第一本小說集《作伴》。這本小說集收有他高中到大學的創作，不乏習作痕跡，但筆下透露的青春氣息令人感動。之後《掏出你的手帕》、《傷心時不要跳舞》題材擴大，基本仍屬於都會愛情風格。九〇年代中郭強生赴美深造戲劇，學成歸來後在劇場方面打開知名度。他雖未曾離開文學圈，但一直要到《夜行之子》才算正式重新以小說家身份亮相。

《夜行之子》是郭強生睽違創作十三年後的結集，由十三篇短片組成。故事從紐約華洋雜處的同志世界開始，時間點則是九一一世貿中心大樓爆炸的前夕。這個世界上演轟趴、嗑藥、扮裝、還有無止無休的情慾爭逐。但索多瑪的狂歡驅散不了人人心中的抑鬱浮躁，不祥之感由一個台灣留學生的失蹤展開，蔓延到其他故事。這些故事若斷若續，場景則由紐約轉回台北的七條通，二二八公園。郭強生筆下的「夜行之子」在黑暗的淵藪裡放縱他們的慾望，舔舐他們的傷痕。青春即逝的焦慮、所遇非人的悲哀，無不摧折人心。他們渴望愛情，但他們的愛情見不得天日。就像鬼魅一般，他們尋尋覓覓，無所依歸。

《惑鄉之人》是郭強生第一部長篇小說。藉由一位「灣生」日籍導演在七〇年代重回台灣拍片的線索，郭強生鋪陳出一則從殖民到後殖民時期的故事。時間從一九四一年延續到二〇〇七年，人物則包括「灣生」的日本人、大陸父親、原住民母親的外省第二代、再到美籍日裔「二世」。他們屬於不同的時代背景，但都深受國族身份認同的困擾。他們不是原鄉人，而是「惑」鄉人。

而在身份不斷變幻的過程裡，郭強生更大膽以同志情慾凸顯殖民、世代、血緣的錯位關係。對他而言，只有同性之間那種相濡以沫的慾望或禁忌，才真正直搗殖民與被殖民者之間相互擬仿（mimicry）的情意結。[2]誰是施虐者，誰是受虐者，耐人尋味。《惑鄉之人》也是一部具有鬼魅色彩的小說。真實與靈異此消彼長，與小說裡電影作為一種魅幻的媒介互為表裡。

至此，我們不難看出郭強生經營同志題材的野心。他一方面呈現當代、跨國同志眾生相，一方面從歷史的縱深裡，發掘湮沒深處的記憶。當年以《作伴》、《傷心時不要跳舞》知名的青年作家儘管異性愛情寫起來得心應手，但下筆似乎難逃啼笑因緣的公式。閱讀《夜行之子》、《惑鄉之人》這樣的小說，我們陡然感覺作家現在有了年紀，有了懺情的衝動。他的故事誇張豔異之餘，每每流露無可奈何的淒涼。他不僅訴說熾熱的愛情，更冷眼看待愛情的苦果。荒謬與虛無瀰漫在他的字裡行間。隱隱之間，我們感覺這是「傷心」之人的故事，彷彿一切的一切不足為外人道矣。

2 「擬仿」（mimicry）當然出自霍米．巴巴（Homi Bhabha）後殖民論述的批判詞彙。

*

也許正是這樣「傷心」著書情懷，促使郭強生短短幾年又寫出另一本長篇小說《斷代》吧。不論就風格，人物，以及情節安排而言，《斷代》都更上一層樓。《夜行之子》儘管已經打造了他同志三書陰鬱的基調，畢竟是片段組合，難以刻畫人物內心轉折深度。《惑鄉之人》雖有龐大的歷史向度，而且獲得大獎（金鼎獎）的肯定，卻過於鋪陳主題和線索，寓言性大過一切。在《斷代》裡，郭強生選擇有所不為。他仍然要訴說一則——不，三則——動聽的故事，但選擇聚焦在特定人物上。他也不再汲汲於《惑鄉之人》式的歷史敘事，但對時間、生命流逝的省思，反而更勝以往。

《斷代》的主人翁小鍾曾是名民歌手，轉任音樂製作人。小鍾也是愛滋病陽性帶原者。早在高中時期，小鍾在懵懂的情況下被同學姚誘惑了。小鍾暗戀姚，後者卻難以捉摸，而且男女通吃。多年以後兩人重逢，一切不堪回首。有病在身的小鍾萬念俱灰，而姚婚姻幸福，而且貴為國會要員。但事實果真如此麼？

與此同時，台北七條通裡一個破落的同志酒吧發生異象。老闆老七突然中風，酒吧裡人鬼交雜。小說另外介紹超商收銀員阿龍的故事。阿龍愛戀風塵女子小閔，但是對同志酒吧的風風雨雨保持興趣，陰錯陽差的捲入老七中風的意外裡……

如果讀者覺得這三條線索已經十分複雜，這還是故事的梗概而已。各個線索又延伸出副線索，其中人物相互交錯，形成一個信不信由你的情節網絡，環環相扣，頗有推理小說的趣味。郭強生喜歡說故事，由此可見一斑。識者或要認為郭的故事似乎太過傳奇，但我們不妨從另一個方向思考。用郭強生的話來說，「我需要愛情故事——這不過是我求生的本能，無須逃脫。」

> 戀一個人的折磨不是來自得不到，而是因為說不出，不斷自語，害怕兩人之間不再有故事。符號大師把愛情變成了語意，語意變成了文本，又將文本轉成了系統，只因終有一個說不出的故事而已。
>
> ——《夜行之子》，頁九二

愛情何以必須以故事般的方式演繹？就他的作品看來，有一種愛情如此「一言難盡」，以致只能以最迂迴的方式說出。或者說愛情力量如此神祕，不正如故事般的難以置信？或更存在主義式的，不論多麼驚天動地的愛情，一旦說出口，也不過就是故事，或「故」事罷了。

在《斷代》裡，郭強生儼然有意將他的故事更加自我化。儘管表面情節繁複，他最終要處理的是筆下人物如何面對自己過去的往事——甚或是前世。小說的標題《斷代》顧名思義，已經點出時間的「惘惘的威脅」。以第一人稱出現的小鍾儼然是敘事者的分身。小鍾自知來日無多，回顧前半生跌跌撞撞的冒險，只有滿目瘡痍的喟嘆——一切都要過去了。檢索往事，他理解高中那年一場羞辱的性邂逅，竟是此生最刻骨銘心的愛的啟蒙。剪不斷，理還亂的愛慾是痛苦和迷惘的根源，也是敘事的起點。

但小說真正的關鍵人物是姚。相對於小鍾，姚周旋在同性與異性世界，執政黨與反對黨，還有上流與底層社會間，是個謎樣的人物。他一樣難以告別過去，也以最激烈甚至扭曲的方式找尋和解之道。姚是強勢的，但在慾望深處，他卻有難言之「癮」。小說最後，故事急轉直下，姚竟然和所有線索都沾上瓜葛。如果時光倒流，小鍾與姚未必不能成為伴侶。然而俱往矣。小鍾和姚不僅分道揚鑣，也就要人鬼殊途。

就此我們回到郭強生一九八七年的《作伴》，那青年作家初試啼聲之作。故事中的主人翁無不帶有阿多尼斯（Adonis）美少年的雙性手采，而當時的少年果然不識愁滋味。一切的羅曼蒂克不過是有情的呢喃。然而就著二〇一五年的《斷代》往回看，我們有了後見之明。原來《作伴》那樣清麗的文字是日後悲傷敘事的前奏，而那些美少年注定要在情場打滾，成為難以超生的孤魂野鬼。回首三十年來的創作之路，有如前世與今生的碰撞，難怪郭強生覺得不勝滄桑了。

*

現代中國文學對同志題材的描寫可以追溯到五四時代。葉鼎洛（一八九七—一九五八）的《男友》（一九二七）寫一個男教員和男學生之間的曖昧情愫，既真切又感傷。廬隱（一八九八—一九三四）的《海濱故人》（一九二五）則寫大學女生相濡以沫的感情以及必然的失落，淡淡點出同性友誼的惘然。以今天的角度而言，這些作品遊走情愛想像的邊緣，只是點到為止。主流論述對同志關係的描述，基本不脫道德窠臼。重要的例子包括老舍（一八九九—一九六六）的《兔》（一九四三）和姜貴的《重陽》（一九六〇）等。後者將一九二〇年代國共兩黨合作投射到同性戀愛的關係裡，熔情慾與政治於一爐，在現代中國小說獨樹一幟。

但論當代同志小說的突破，我們不得不歸功白先勇。從一九六、七〇年代《台北人》系列的〈那滿天亮晶晶的星星〉、《紐約客》系列的〈火島之行〉等，白先勇寫出一個時代躁動不安的慾望，以及這種慾望的倫理、政治座標。一九八三年《孽子》出版是同志文學的里程碑，也預示九〇年代同志文學異軍突起。

在這樣的脈絡下，我們如何看待郭強生的作品？如果並列《孽子》和郭的同志三書，我們不難發現世代之間的異同。《孽子》處理同志圈的聚散離合，仍然難以擺脫家國倫理的分野。相形之下，郭強生的同志關係則像水銀般的流淌，他的人物滲入社會各階層，以各種身份進行多重人生。兩位作家都描寫疏離、放逐、不倫，以及無可逃避的罪孽感，但是白先勇慈悲得太多。他總能想像某種（未必見容主流的）倫理的力量，作為筆下孽子們出走與回歸的輻輳點。郭強生的夜行之子不願或不能找尋安頓的方式。在世紀末與世紀初的喧譁裡，他們貌似有了更多的自為的空間，卻也同時暴露更深的孤獨與悲哀——

夜晚降臨，族人聚於穴居洞前，大家交換了躊躇的眼神。手中的火把與四面的黑暗洪荒相較，那點光幅何其微弱。沒有數據參考，只能憑感受臆斷。改變會不會更好，永遠是未知的冒險。

有人留下，有人上路。流散遷徙，各自於不同的落腳處形成新的部落，跳起不同的舞，祭拜起各自的神。

有人決定出櫃，有人決定不出櫃；有人不出櫃卻也平穩過完大半生，有人出櫃後卻傷痕累累。無法面對被指指點點寧願娶妻生子的人不少。寧願一次又一次愛得赴湯蹈火也無法忍受形隻影單的人更多。所有的決定，到頭來並非真正選擇了哪一種幸福，而更像是，選擇究竟寧願受哪一種苦……

——《斷代》，頁一一七

郭強生的寫作其實更讓我們想到九〇年代兩部重要作品，朱天文的《荒人手記》（一九九四）以及邱妙津的《蒙馬特遺書》（一九九七）。兩作都以自我告白形式，演繹同志世界的他（她）／我關係。《荒人手記》思索色慾形上與形下的消長互動，《蒙馬特遺書》則自剖情之為物最誘人、也凶險的可能。兩部作品在辯證情慾和書寫的邏輯上有極大不同。《荒人手記》叩問書寫作為救贖的可能，「我寫故我在」的可能。《蒙馬特遺書》則是不折不扣死亡書簡，因為作者以自身的隕滅來完成文字的銘刻。兩部作品都有相當自覺的表演性。前者以女作家「變裝」為男同志的書寫，演繹性別角色的流動性；後者則將書寫醞釀成為一樁（真實）死亡事件。

如上所述，郭強生的作品充滿表演性，也藉這一表演性通向他的倫理關懷。但他在意的不是朱天文式的文學形上劇場，也不是邱妙津式的決絕生命／寫作演出。他的對同志倫理的推衍，表現在對推理小說這一文類的興趣上。《夜行之子》、《惑鄉之人》已經可見推理元素的使用。是在《斷代》裡，郭真正將這一文類抽絲剝繭的特徵提升成對小說人物關係、身份認同的隱喻。在同志的世界裡，人人都扮演著或是社會認可，或是自己慾想的角色。這是表演甚至扮裝的世界，也是一個諜對諜的世界。雙方就算是裸裎相見，也難以認清互相的底線。

對郭強生而言，推理的底線不是誰是同志與否，而是愛情的真相。這是《斷代》著墨最深的地方。如果「愛情」代表的是現代人生「親密」關係的終極表現，郭強生所刻畫的卻是一種弔詭。同志圈的愛慾流轉，往往以肉體、以青春作為籌碼，哪有什麼真情可言？同志來往「真相大白」的時刻，不帶來愛情的宣示，而是不堪，是放逐，甚至是死亡。但相對的，郭強生也認為正因為這樣的愛情如此不可恃，那些鋌而走險、死而後已的戀人，不是更見證愛情摧枯拉朽的力量？

擺盪在這兩種極端之間，《斷代》的故事多頭並進。結局意義如何，必須由讀者自行領會。對郭強生而言，《斷代》應該標誌自己創作經驗的盤整。青春的創痛、中年的憂傷成為一層又一層的積澱，如何挖掘剖析，不是易事。早在《夜行之子》裡，他已經向西方現代同志作家如王爾德（Oscar Wilde）、普魯斯特（Marcel Proust），以及佛斯特（E. M. Foster）等頻頻致意，反思他們在書寫和慾望之間的艱難歷程。藉著《斷代》，他有意見賢思齊，也回顧自己所來之路。荒唐言中有著往事歷歷，再回首已是百年身。他創造了一個痴昧的城邦——也是充滿魑魅的城邦。

後記

郭強生十八歲進入台大外文系，我有幸曾擔任他的導師。大學四年，強生給我的印象是極聰明、極乖巧，風度翩翩，不愧是校園才子，讀書則力求「適可而止」。大四畢業那年，強生出版《作伴》，應他所請，我欣然為之作序，期許有加。哪裡知道當時的老師和學生其實一樣天真。

九〇年代中期強生赴紐約大學深造，我適在哥倫比亞大學任教，於是又有了見面機會。記得他邀請我看了好幾場百老匯戲劇，聚會場合也常看到他。我甚至曾安排他到哥大教了幾年課。之後他回到台灣，我轉往哈佛，逐漸斷了聯絡。

強生回台後曾經熱中劇場編導，未料這幾年他重拾小說創作，而且迭獲好評。看強生的作品我每每覺得不安，倒不是內容有多少聳動之處，而是敘述者的姿態如此陰鬱蒼涼，和印象中那個年輕的、彷彿不識愁滋味的大學生判若兩人。我不禁關心起來：這些年，他過得好麼？

在新作中他對自己成長的世代頻頻致意，不禁讓我心有戚戚焉。想起他大學英文作文寫的就是小說，而且內容悲傷，以致我十分不解。我們的師生關係是一回事，但顯然有另一個作為小說家的強生，這些年經過了更多我所不知道的生命歷練。虛構與真實永遠難以釐清。閱讀他的小說，還有他更貼近自己生活的散文，我似乎正在重新認識——想像——一個作家的前世今生。

也許這正是文學迷人之處吧。強生的新作定名為《斷代》，似乎呼應了我們的今昔之感。曾經的少年已經是中年，誰又沒有難言的往事？唯有文字見證著一路走來的歡樂與悲傷。謹綴數語，聊記三十年師生緣份。祝福強生。

目次

1 人間夜

一切仍得謹慎提防的一九八五年——換言之，彩虹旗紅緞帶搖頭丸這些玩藝兒根本還沒問世的三分之一個世紀前。

在台灣當時的報紙只有三張，離國際化還很遠，資訊就像尚未開放進口的洋菸酒一樣，這方面的事更極為稀有也鮮為人知。連在台北市，百姓普遍英文程度仍屬低落，所以千萬別隨便開口，請問哪裡有ㄍㄟ ㄅㄚˋ，他可能會以為你是在用器官粗話罵人。同志？別忘了還是戒嚴時期，「愛人同志」是共產黨用語，罪加一等。

那麼，要怎麼定義MELODY呢？

就乾脆不必明說了。沒錯，若非熟人帶路，還會被小心盤查以防滋事。別招搖，得學會故布疑陣，教外人一眼識不破狐狸尾巴那才是上策。所以也別期待MELODY店裡有什麼風格或設計。店剛開張的時候，這地方連個卡拉ＯＫ設備都沒有。台北那時的經濟還落後馬尼拉吉隆坡，想當年能有這麼個場子已經很不錯了，就別挑剔太多。

ＢＴＷ，還記得卡拉ＯＫ機器剛出現的時候，沒有電視螢幕，只能看歌詞本，而且用的還是那種匣式錄音帶？一匣十六首歌，有一本書那麼厚。MELODY才十五坪的店面，去掉吧檯與座椅，站人都嫌擠，哪來的多餘空間堆放？想來這裡高歌？還是等數位化點歌系統出現再說吧！

不過說也奇怪，即使日後有了錢櫃這種全民歡唱出現，每家同志酒吧不論規模大小，仍少不了卡拉ＯＫ娛興。這恐怕是三十年滄海桑田過程中唯一還保留下來的傳統。歌唱得好壞倒是其次，有個上台亮相的機會才是重點，否則黑麻麻一屋子人哪能贏來目光，出門前的一番精心打扮豈不浪費？

不是說那時候的人英文水準不高嗎？那又為什麼取了個這樣裝模作樣的英文名字MELODY？且慢，寫成了「美樂地」，就別有一番滋味了不是？這就是所謂的故布疑陣，外人看起來覺得是做洋人生意的，員警都要敬畏三分。就像二十年後曾轟動一時、卻又曇花一現的搖頭吧TEXOUND，這名字在店卡上寫寫就好，私下大家都說「台客爽」，反倒俗而有力，挺風騷傳神的。

與「美樂地」同期的，還有其他這幾家場子。

「同心橋」應該是最早裝設了卡拉OK的。「重慶」的小舞池裡，男男翩翩，夜夜跳著探戈吉魯巴。中山北路上的「第一酒店」還沒歇業，旁邊那條小巷裡平日窄暗幽僻，到了周末就突然多了成群少年郎鬼頭鬼腦忙進忙出。位於那巷底某大樓地下室的「TEN」，一與○暗語私藏其中的店名堪稱經典。那可是當年第一家走迪斯可風的，開幕時鋒頭最健，影劇圈裡私下盛傳的幾位男星竟然現身捧場，讓剛出道的小傢伙們個個看得目瞪口呆。

彼時，老七年方二十，高高帥帥壞壞，浪子膏堆滿頭，出現在TEN的舞池，總能濺起四面傳情目光沐身好不虛榮。

當兵退伍回來，遇著原來在TEN當領班經理的老三，告訴他喬哥現在已從電視台基本簽約小歌星，躍上文藝愛情片大銀幕成了二線男主角，想出資弄個自己的小聚會所，提供熟朋友帶自己的朋友來認識彼此的朋友。沒兩年文藝愛情片開始退燒，癡情小生未雨綢繆移民加拿大，聽說還在那兒結了婚。只剩下老七還願意留下幫老三繼續接手，這才是「美樂地」正式掛牌的開始。

和同業相較之下，他們這店當年真是陽春得可以。可任誰也想不到，MELODY竟能如此長命，跨世紀存活至今。

那年頭談戀愛走的是日久生情路線，客人來店，不唱歌純聊天，沒有手機，沒有Line，常有人把情書留給吧檯代傳，不像後來網路交友百無禁忌讓人眼花撩亂。年輕的時候，老七從沒去想過，屬於他們這種人的愛情能維持多久，這種自欺欺人還有幾年光景，總以為年少輕狂，這兒打工不過是個中途站，時候到了就會乖乖就範成家去。從沒料到，自己竟然是如此這般地過完大半生，每天傍晚來開店打掃然後忙到四點打烊收工，日復一日，這樣的生活已是第二十五個年頭。

老七更沒想到的是，自己能活著看見「同志婚姻」這名詞出現，並且三天兩頭被堂而皇之拿出來討論。雖然，那已經跟他沒太大關係了。

在他成長的年代裡，自求多福，方是立足境。要婚不婚，就讓下一代去操心吧！年年的大遊行他也一次沒去湊過熱鬧，每天累到睡眠都不夠，哪有那樣的閒工夫？

他已年過半百，最壞的年代也都走過來了。可憐當年的趙媽，還會因一張變裝照片被警察以「人妖」罪名逮捕入獄。搞運動？不是該為那些當年因風化罪入獄的老皇后們向政府申請國賠什麼的？這事從來也沒人管。

得了，小傢伙們只圖自己開心最重要，遊行不過是場嘉年華會，鰥寡孤疾老怪者，頂好躲一邊去。結束後要慶祝狂歡，小傢伙們也不會挑上來他這裡。現在他們要去的地方會是紅樓小熊村，FUNKY，JUMP……

時代不一樣了。二十五年前若有人鎖定玻璃圈，說這個消費市場潛力無限是塊大餅，怕不笑掉人的大牙。

這陣子每有新生代蹦蹦跳跳推門進來，看見一屋子歐吉桑，無不吐舌做鬼臉，轉身就摔門撤腿，毫不給面子。早個幾些年，小伙子們都還懂點禮貌，既然推了門進來，也好歹點杯飲料坐坐。大家同病相憐，聽聽前輩們的故事，暖暖彼此的回憶，犯不著驕縱作態。如今不必遮遮掩掩，名目張膽多出了個身份，叫消費者。多的是一個晚上喝完酒，唱完歌跳完舞，最後再加三溫暖一遊才覺盡興的圈內玩家。這些都玩膩了也不愁，還有轟趴伺候。

曾經一度，沒人再管這地方叫美樂地，直接都說「老七的店」。現在卻只有老客人還在喊他老七，後來的客人則喊他Andy。

世代差異？不如說是他們這代在凋零吧！為了在這行生存，他也曾求新求變。那一年，各家酒吧如雨後春筍，遍地開花，經營進入戰國時期，他一咬牙重新改裝，把店裡裡外外塗了個漆黑，國外進口的男體海報掛它個滿牆，決心來好好幹他一票。有錢不賺，難道是想上天堂？再怎麼也輪不到他們這種人吧？

他那年三十五，意識到老來沒依沒靠，此刻不存點老本更待何時？看多了圈內的老病殘窮，連當年秀場炙手可熱的諧星，到最後也只剩西門町小套房裡潦倒等死。老三得了那圈內人聞之色變的病，最後把店託給他的時候兩人哭成一團。老七不想如此，Andy更不甘。

接下來那幾年，Andy以人肉市場豔幟高張聞名圈內，來到店裡如進烏漆麻黑的盤絲洞，愛怎麼玩，能怎麼敢，照單全收。然而美樂地的店名終還是沒改，因為心裡不捨。老七總記得自己當年啥事不懂，若沒碰上幾位前輩哥哥們，弄出了這塊小避風港，否則若在新公園裡繼續鬼混，還不知道會被怎麼作踐。

幾起幾落，少不得風風雨雨，MELODY早成了同業間的一則傳奇。

在這吧檯後一站就是二十五年，除了那幾年裡身邊多了湯哥幫忙，他一個人扛起一家店，生意再忙也不曾有過算錯帳或送錯酒，只能說，天生是幹這行的料。

再怎麼能幹，現在的老七不得不承認，自己真的是有點年紀了。像昨天夜裡，打烊後收杯掃地不過才進行了一半，他一陣頭昏，再睜眼竟發現自己懷裡揣著掃帚，蹚在牆角已睏了一覺。

睜眼醒來時心還怦跳著，一看牆上的電子時鐘閃的是04:20，不過才過了半個鐘點，卻好像去了很遠的地方一直在趕路，整個人弛軟在地，一時間不曉得自己身在何處。

眼前守了半輩子的這家店，仍是每晚打烊後的相同景象。吧檯上東倒西歪的啤酒瓶，關了聲音的電視螢幕繼續播著卡拉ＯＫ影帶。整個密閉的空間沒有窗戶，看不見外頭的雨究竟停了沒有。

寒流過境，冰雨已經連下了好幾天。

他這兒本就不是小朋友跑趴的熱門點，反倒是這樣的壞天氣時，不怕沒有熟客上門。雨夜孤燈誰都怕，不如來吧裡打發時間也好。老七這店裡別的沒有，就是卡拉ＯＫ歌曲比任何一家吧都多，二十多年前的陳年金曲他都保留著。在別處找不著的記憶，適合在又冷又雨的夜裡來他這裡重溫。

昨晚不過六七個客人，點歌單卻厚厚一疊，還有很多曲子在機器裡等著播放，客人卻不知何時都悄悄撤了。老七眨眨眼，看著電視螢幕上是林慧萍的哀怨特寫，少說也快二十年前的一首歌。不知是哪個客人點的，沒等到歌出來就先離去了。

等不了那麼久。多少銘心的盼望都讓人最後不得不放棄了，何況只是一首歌？

時序入冬後，近來非假日的晚上都是這樣落寞地結束。客人獨來自去，時候到了就走，不會出現兩人看對眼可以成雙離去的場面。

冬雨寒夜裡會出門的客人通常是另一種。

若只是期待豔遇那還比較好哄，但另種客人的心情就跟外頭的陰雨一樣難捉摸。唱了一曲又一曲，時而借酒裝瘋，時而又陷入沉思，午夜心事特別難熬。總算，又一個生命中寂寞的夜晚終於耗完，這些人臨走時並未顯得比較開心，甚至有可能在心底暗暗鄙斥自己的意志軟弱。為何雙腳總是不聽使喚？到底何時才能夠不必再踏進這地方？這樣的日子還要過多久？

老七收下酒錢的同時，彷彿也聽見了他們心底對MELODY的愛恨交織。在某些人的眼中，老七不過是利用了同志的寂寞飽了自己的荷包，他們的自怨往往轉成了對老七的不屑，老七並非沒感覺。但越是這種時候，老七越要提醒自己別被他們的情緒影響，所以總是左一聲「晚安喔」，右一句「再來啊」，喊得格外賣力。

雨還在滴滴答答下沒完。

空闇的酒吧裡，全是菸味不散，像看不見的記憶。

還沒完全清醒的老七，突然想起來，林慧萍的這首歌應該是小安點的。（早就該叫老安了吧那傢伙！）那人與BF在一起十五年，至今是紀錄保持人。畢竟是在老七這裡認識才開始交往的，兩人沒有過河拆橋，一年裡偶爾還是會來店裡露個臉。昨晚也是，他們看完了午夜場電影，散場吃完消夜路過老七這兒，丟下幾包滷味與香雞排，嘰嘰喳喳跟熟人打完一輪招呼，沒坐多久便走了。

小安碰到剛退伍的阿祥時已經四十，自然把身高一八三當過憲兵的阿祥當成了寶來寵。阿祥如今已是小安那時的歲數，早胖成了當年兩個大的龐然巨物。他們前腳才離開，麥可那個勢利鬼就忍不住開口發表起意見來。

真是老天幫忙，讓阿祥胖成這德性，麥可說。除了小安還把他當寶，現在還有誰會多看他兩眼？不然的話早分了。

老七懶得搭理，心想當初你不是還對憲兵阿祥心癢癢？可惜人家不要你。

麥可也算在圈裡打滾一段時間了，可是到現在都還搞不清楚狀況。他的長相有點吃虧是沒錯，人矮，鼻子又扁塌，但有比他長得更差的，還不是後來碰到了對象在一起？可是他每次就愛拿出自己醫生的名片來，很讓人倒胃口。

男配男，沒有誰高誰低，都得打心底是心甘情願才行。兩個美女相見只能爭豔較勁，成了紅眼宿敵。兩個帥哥反其道，不相妒反相愛，這算不算得是一種人性昇華？想用異性戀那套死纏爛打都是自掘墳墓。如果自知不是帥哥等級，那就盡量個性好一點，做人大方一點，身段放低一點，總有某個玩累了的帥哥，到了見帥不帥的人生階段，哪天反看中了你的成熟穩重。最怕的就是老來嬌。要知道，年輕貨色再不起眼的，也比一個老姊姊強。要不就安份找個平凡順眼的，拿醫生名片出來嚇唬誰呢？眼看也一把年紀了，這以後只會每下愈況，看他還能自我感覺良好到幾時。

（等等，麥可不是跟自己同年？）

老七迅速朝玻璃牆中的那個折映出的人影多端詳了兩眼。

（還過得去嗎？都有在健身呢……）

年輕的時候，仗著自己有幾分皮相，專喜歡跟害羞的客人說上兩句露骨調情的話，看對方羞得滿臉帶春真是有趣。如今再怎麼說，在業界都算是媽媽桑等級了，過個兩年，也許真該考慮退休了，總不能讓客人看見吧檯後站了一個年華殘敗的老皇后。

（退休之後要幹嘛呢？）

從一九八〇年代出道算起，老七他們這一代也差不多屆臨退役之年了。哪天他們要是走上了街頭抗爭，並非不可能的事。青春年華都在噤聲躲藏中度過了，老來也許撒手一搏，不為別的，為的正是同志該怎樣老有所終。

到底是要學學老榮民找個安養院？還是假裝自己是被子女棄養的獨居老人？小朋友把結婚權看成第一，哪想得到年老這回事。又不是有了婚姻權就一定有人願意跟你成家，真是的。

所以得要有專設給同志的老人院才行，老七常跟客人這麼抱怨：難道七老八十了，還要他們跟院裡其他的老太婆們搞聯誼不成？

＊

撐起身，拖著步子，老七走進吧檯先給自己倒了杯水灌下。不知怎麼，從剛才醒來他就一直全身乏力，睡了比沒睡還累。

拿起遙控器，按下了導唱功能鍵，那首曾紅極一時的老歌便曲曲折折又復活了起來。一個人收拾好這地方還要一會兒工夫，多個聲音陪伴也好。嘴裡跟著林慧萍哼歌，很快便把杯子洗好了。

本以為專心在打掃上，剛睡醒時那一陣難言的慌失之感就會消失。結果他心頭還是悠悠地盪掛著一只空水桶似地，不知道那裡頭到底裝了什麼。

方才那一盹還真睡死了，亂糟糟的夢一連做了好幾個。他不是個愛做亂夢的人，每天幾乎都是累到倒頭便睡。不過短短半點鐘光景，他到底夢了些什麼？

夢裡發生的事醒來就記不真切了，只剩那個感覺在，知道湯哥出現在夢中，場景就是這地方。夢裡好像還有別人，是同一個人還是不同的人，老七越想去記得，越分不出那畫面是從前記憶中的一個印象，還是剛剛夢裡發生的片段。

湯哥去世快一年了，下禮拜就是他的忌日。他的癌症沒擴散前，最後那些年總是會常出現在店裡幫忙，所以那畫面的確真實得就像過去時光中的某一晚。但是老七又說不上來，明明只是一個熟悉的場景，為什麼醒來時會感覺如此虛癱，彷彿出了什麼事害他心悸不已？

人前的Andy能屈能伸，人精嘴賤，跟誰都能哈啦；但是老七低調極了，生活裡除了這店之外實在乏善可陳。尤其湯哥過世之後，老七的世界變得更小了。甚至他把周日店休也乾脆取消，因為出了這店他就不知該怎麼過日子，頂多每周上三次健身房，回到家打開電視，都只是瞪著它發呆，啥也沒看進去。

客人永遠只是客人，不是朋友。

與客人間交集的部份只有夜晚的老歌與酒；出了店門以後的事，如果客人不主動提起，老七從不多嘴。就算他們愛說，也不表示說的都是實話。朋友是自己選的，客人可不是，任何好惡與是非都不關己。既然是美而樂之地，這裡的發生過的一切都不能留下隔夜渣滓。每晚店門一開，都是一塊被抹乾淨的畫板，重新等待著被恣意噴灑。甚至客人之間也未必真見知交，稱兄道弟都只為一時酒色，隨時可散。這種來來去去，老七看了二十幾年，圈子就這麼大，同志情愛就這麼回事，有道是，山水有相逢，不怕你繞了一圈不又乖乖兜回來美樂地。連分手後的戀人，雙雙又回他這裡開始各自釣人，也都是平常。

能怪他嗎？每晚在他眼前上演的貪嗔癡怨，有劈腿偷情的，有談判割腕的，有搶菜翻臉的，更少不了的是酒後失態或哭或鬧的，除非他不想再做生意，否則同樣的這些客人再度上門，他依然得當作什麼事都不曾發生。

生離如此，死別亦一視同仁。

＊

幾年前，一個老客人周末在這兒喝完回去，一直到周三因為太多天沒去上班，才被發現人已經死了好幾天，身體都腐黑了。周董是那人的外號，一個南部上來台北有點木訥的老實人，做進口磁磚生意，因這幾年房屋建案大增而小有些家產。其他客人多年來與他在店裡也都僅止於敬酒寒暄，沒有更深的認識。

聽到了這樣的消息，老客人裡有人搖頭感慨了兩聲，有人對老七指責了幾句：怎麼讓他喝那麼醉？

老七面無不悅地反駁：周董又不是沒酒量的人，每次都喝成那樣你們大家又不是沒見過？其實不用他們說，老七心裡肯定比其他店裡認識周董的人更難受。不是錯在他沒留心，反而是多年前那人初次上門時，老七多留了心，學到了教訓。

也許是酩酊的那個側面，看來有那麼一點舊情人的影子吧？某晚生意不是很好，才過子夜一點，店裡就只剩下姓周的一位客人了。畢竟是快十年前的事，那時的老七仍氣浮慾盛，又加上分手情傷，那側影正好觸動了老七掩藏太久的寂寞蠢動。

開店以來僅有的幾次破例提前打烊，前一次是因為湯哥在街上被人打成了腦震盪，後一次也仍然是為了湯哥，醫院通知病人已經彌留了。這一回他在事後怎麼想，都只能說那晚鬼迷了心竅，竟然將醉倒的周先生帶回了自己住處。

周董誤會了兩人的關係，開始給老七連發了一個禮拜的簡訊。當然不能回。老七並非玩弄對方，而是因為立刻嗅出對方的寂寞濃度，如黏液的那種，一碰就要沾得全身，大家都最怕這種人。

就算是給姓周的上一課，不管是來買醉還是逐色，人人都有反悔的權利，該停的時候就要懂得放手。老七也會擔心萬一事情傳了出去，競爭同業隨便玩笑說他酒裡動手腳迷姦客人，他就別想再混下去。好在周董那人不是個擅交際的，沒有多少圈內朋友好八卦，只不過消失了一整年沒再上門。

等再度出現在店裡，那人已經變了樣，跟其他那些喝完台北一圈已無處可去，又重新回到MELODY的老鬼一樣，成了個沒行情的冤大頭，總是帶著在別間店裡剛認識的小弟弟來續攤。小弟弟反正都是跟著白吃白喝，還有點良心的，趁周董醉茫的時分就偷偷走人，過份一點的乾脆開始跟別人勾搭，與更想吃的菜回家。總之，最後都是丟下周董一個人。

對周董的過世，老七隨著客人的七嘴八舌淡淡幫幾句腔，不能說得更多。後來這些年，老七就看著周董這樣的落空一再上演，他愛莫能助。他懷疑那人是存心想喝死的。因為已經這麼多年了，他還是找不到他要的愛——他一直還是不知道要怎樣去愛。

男人都是天生的獵人，有時你得把自己裝成遲緩的獵物，等人家來靠近。

（或許應該教教他的……）

隨即老七便跟自己下令停止這樣的多愁善感。多年前一夜夫妻的插曲，早就不足掛齒，如今動了這樣的善念又有什麼意義？

很多事根本不能教的，只能憑個人的慧根與造化。

如果說，客人來店裡都戴上固定的假面；同樣的，客人們對老七的所知也永遠隔著一個吧檯的距離。

沒人看得出來，老七在斟酒談笑間用了多少心思，他那雙看似慵懶無神的眼睛，事實上把他們觀察得多入微。

更沒人見過，上班時一身皮衣與鍊環的Andy，成了短褲汗衫的老七是什麼模樣。

＊

清理好了吧檯，關掉了空調，老七這時走到門邊，把店門拉開一道口，再用一把高腳椅擋著，室內悶了一晚的菸味立刻開始流散。

外頭的天還是暗的，雨仍在下，斜對面的便利商店是整條巷裡最明亮的地方。老七偷瞄了一下店裡大夜班的工讀生，正蹲在地上整理貨架。

還是同一個人。也不曉得那年輕人幾歲了，已經做了三、四年有了吧？永遠都是大夜班，頭髮長得遮頭蓋臉的一個頹廢派，看來已經把打工當成了正職。

老七有時關店後會去他們店裡，買個茶葉蛋加一個飯糰當早餐。兩人打招呼的方式多年來也一成不變。老七會先說，快下班了喔。對方就回，生意好嗎？好像雞同鴨講，卻也成為另一種家常。

這條巷子在三十年前還多半是公寓住家。MELODY的地點就是老三用自家老房子的一樓改建的。老三死後，房子留給了情人，但遺囑言明要讓MELODY繼續經營，除非老七決定歇手。

老三的情人命大，沒染上老三的不治之症，那時有人背後就說八成兩人早就貌合神離，幾年都沒做那件事了吧？沒多久那人就移民去了美國，一年回來一次收租。看著附近的一樓也都紛紛成了酒吧商店，那傢伙曾私下到處打聽這一帶的房租，然後用聽起來關心的口吻不時總愛問老七，怎麼還不退休？這行飯能吃幾年呢？得早早有什麼其他打算才好哪……

老七知道，如果他歇業，把這小店租給別人，價格可以翻一倍。是他老七在這陋巷裡守了二十年，才等到地價房租漲到今天的局面。換作老三的那個情人，當年一定等不及早脫手了。老七當然聽懂了對方的盤算。就算是為了老三吧，老七決定讓對方再繼續苦等個幾年也好。

二十五年了，這巷子裡的景氣幾起幾落，老七都記憶猶新。八〇年代末清一色仍是日式粉味吧天下；九〇年代經濟一片大好，房租就是從那時起每年一跳。同志店大舉進駐則要等到二〇〇〇年之後，手機網路一紅，想拉攏年輕客群的那幾家立刻中彈。做日本人生意的酒店，如果走的是高價位，也因為高鐵一完工，日籍工程師紛紛回國而一路生意下滑。

奇怪的是，一家關了馬上有另一家接手，彷彿一年四季總有長不完的新鮮寂寞，等待著被收成。

早些年，每逢有新店開幕，不管走的什麼路線，老闆都會過來打聲招呼。大家彼此照應也是應該，像是總會遇到半夜裡洋酒缺貨，需要別家支援的時候。如今那些老店幾乎都轉手了，新的經營者早沒有老一輩的禮數，老七跟新鄰居已經都沒什麼來往。有時看到店面又重新頂讓改裝，光從新店招牌根本看不出，到底做的是哪一門生意。

也許是日式酒廊，也可能是女同志店，甚至是鴨店。最近老七還聽說，有家同志店過了凌晨四點後不打烊，公關弟弟們繼續留下，專做下班後的酒店小姐生意。只能說業績越來越難拚，大家花招盡出，顛鸞倒鳳成了新潮流。

有一回打烊後，在超商裡老七意外碰見附近一家酒店的第三性公關們下班。一次四、五個出籠，兩兩手挽著手，婀娜嬉笑地邁進了巷子，個個踩著六吋高跟鞋，頂著假髮濃裝，一進店便在貨架間奔來跑去。結帳時，自然也不會放過那個大夜工讀生，幾個人輪番上陣把他好好調戲了一番：晚上都不用陪女朋友喔？你看我們哪一個比較美？有空來我們店裡坐坐啊，我們的服務很好喲！

面對著這幾位不知是醉了還是嗑了藥，狀況非常high的「小姐」，工讀生一概還是掛著他那副帶著距離的微笑，牛頭不對馬嘴地應答：三明治第二件六折，牛奶要加熱嗎？

等那群鶯鶯燕燕終於離開之後，老七問那工讀生：嗳，那你知不知道，我的店是做哪種生意？

工讀生頭都沒抬，邊找錢邊丟出了一句：還不都一樣。

都一樣嗎？一樣墮落？一樣虛假？還是一樣的令人欷歔？老七不明白他說的「一樣」究竟是指什麼？聽那口氣，七條通這些店裡進進出出的人對他來說，好像是另一個星球的事似的，他已經見怪不怪，也沒有興趣瞭解。只能怪自己多嘴一問，問出了這樣令人錯愕的答案。

是啊，都一樣，都是為了討生活——

收起工讀生遞上的零錢，老七臨去前只得訕訕地替自己這樣解嘲。

＊

其實，第一眼看到那群扮裝佳麗走進來的時候，老七立刻想到的是湯哥。

一直想進歌壇卻始終碰壁的湯哥，還被人騙過上百萬說要幫他出唱片。當年就已經不年輕了，三十好幾的人還會信這種騙鄉下小姑娘的伎倆。這人死心眼又固執，四十多歲仍不肯罷休，最後扮起女裝模仿藝人，才總算讓他圓了多年的舞台夢。

只是，明明是1號哥，常做女裝扮難道不怕自毀身價嗎？

雖然心裡也清楚，模仿秀跟變裝癖不相干，但是湯哥有時在下了節目後，沒換裝就跑來了店裡，老七還是會擺出張臭臉。那回被打成腦震盪，不就是因為穿著女裝在路邊招計程車時，莫名其妙挨了機車暴走族的一記悶棍？

湯哥問他：客人穿這樣你就不服務了嗎？

那不一樣。

有什麼不一樣？你就是看不起我的工作。

老七也氣了：你就是這樣，所以到現在都沒男人！

好好笑，這個話還輪不到你來說我吧？你自己呢？

沒男人總得有事業，你這樣唱下去能唱出什麼名堂你告訴我？

湯哥對他的嘮叨完全不放在心上，最後總是把白眼一翻，給他一個紅唇飛吻，讓他哭笑不得。

最早認識的湯哥，那時還是某當紅編舞師旗下的團員。

電視綜藝節目的盛世，每家電視台少說都開了六七個規模不等的歌唱節目，自然少不了舞群的搭配。餐廳秀也正當紅，東王太陽城狄斯角巴瀝史……檔檔高朋滿座，舞群們配合不同的藝人，一個晚上趕個好幾場都是常有的事。想來湯哥能把幾個當年的天后揣摩得頗為神似，定是那些年實地近距觀察舞台秀的心得。

那些年湯哥很風光，是舞群裡的小隊長。阿湯哥阿湯哥，底下的小咖都這樣叫。

老七當然心裡知道湯哥那時很喜歡自己。

只是老七年輕時，想追他的人也不少，湯哥卻總是嬉皮笑臉地，追得不頂認真。事後老七很難回頭假設，如果湯哥真的認真追求了呢？

年輕時哪個不是把皮相擺第一？湯哥的長相在老七的評比中只能算尚可，優點是腿長，跳舞好看，但是整個人真可用瘦骨嶙峋形容。老七一直希望的是能交到一個上班族，因為從TEN的時期開始，他就看多了這些有明星夢的人，對過於打扮的男生總會遲疑。這一遲疑，兩個人就只剩下做姊妹的份。

年輕的那些年，老七的幾段戀情也都短暫，一直要到三十歲時，老七才第一次認真了——恐怕至今仍是他此生的摯愛，還是一個國立大學的畢業生呢——結果四年多的感情最後以不了了之收場，讓他痛了好幾年。

湯哥總罵他傻屄，現在分手還有機會找下一個，有沒有想過，天長地久的意思就是看著身邊的男人老成又禿又髒的德性？還嚥得下去嗎？

湯哥嘴裡嚷嚷得比誰都囂張，但是認識他那麼久，老七看穿他對感情其實沒啥安全感，總是跟人約會沒幾次，還沒真正進入狀況就跟對方掰了，不是嫌這個太老土，就是笑那個的尺寸太兒童。老七不是沒在心裡猜測過，會不會湯哥只是慣愛在他面前裝堅強，為了掩飾其實對他仍然在意？

老七的生日湯哥每年都記得，又是花又是蛋糕的，送到MELODY來幫他慶生，還帶領著吧檯前的客人一起唱生日快樂歌。總是趁在他吹熄蠟燭的時候，湯哥會在他頰上印上久久一吻。老七說不上來那年度之吻中摻雜了些什麼。是依戀嗎？是失望嗎？還是同病相憐？

湯哥總是這樣點到為止，老七正好繼續裝傻，總以為真心的朋友才是一輩子，情人不過是一時。

直到那年的慶生會，店裡客人玩得特瘋，連蛋糕仗都出籠，一發不可收拾。一片鬧哄哄中，沒人注意湯哥何時退出了戰局，獨自拿著麥克風坐在角落裡唱著他的歌。那樣典雅的曲風，加上他低沉而哀怨的歌聲，與周末夜晚的情慾沸騰特別顯得不搭調。

老七被人抹得一頭一臉的奶油，起初也沒留意，好不容易得了一個喘氣空檔，一邊拿紙巾擦臉，一邊才聽出了歌詞的含意。想到了過去種種，眼下的鮮花蛋糕驟然失去了歡樂的色彩。

心肝想要，甲伊彈同調，哪知心頭又飄搖……

乎伊會知影著我，滿腹的心潮，心肝悶，總想袂曉……

滿室的淫嬉浪笑中，一曲鳳飛飛的〈想要彈同調〉委婉卻也露骨，既是唱給老七，也是湯哥唱給自己。一曲雙關，直逼了老七內心最脆弱的防線。

怎麼能不悶？交往了那麼久，雖然無法常見面——那人的說法是，他只能藉每周在職進修班上課的時間來台北——但老七對周末的固定相約心滿意足，兩人在床上的熱情始終維持，能夠這樣下去也很好，不能要求更多了。直到有一天對方突然停用了手機，老七再也找不到人，才發現除了念書的藉口是假的，連職業都是。

同志圈裡這樣的故事不是聞所未聞，但都不是發生在兩人交往這麼久之後。是那人太聰明，把謊言編得天衣無縫？還是老七太怕失去，所以對偶爾的破綻從沒介意，甚至還以為是自己太多疑？

當這一切都已發生，再回頭翻搜記憶中的現場都是徒勞，現場早已被重新布置過，記憶的修圖不知什麼時候早就已啟動，全都符合了老七對那人之前的一切想像。也許對方從一開始就是存心的，每周上台北跟他打一次炮，他卻毫無警覺，連對方是不是有老婆還是另有男友都沒去調查過。但真正查到了答案又能如何呢？

想抉曉啊，肉體可以如此熊熊共燃，為何心卻隔著無法翻越的一道牆？

這首歌，湯哥後來在店裡再也沒唱過。

多年後的老七，在打烊後的這個冬雨夜，好懷念以前有湯哥留下來幫他一起清掃關店的那些日子。抹完了吧檯，他突然想起了這首曲子。歌裡含蓄的悲傷，既遙遠又清晰，似乎有太多當年的他尚不能體會的心情。

他把原已收好的厚厚歌本又取了出來，翻到了這首歌的曲號，拿起遙控器按出了MV影像——

心肝想要，甲伊彈同調，哪知心情茫渺渺，
我對伊啥款心情，怎會袂明瞭，再講也講袂得了⋯⋯

電視畫面上出現的歌詞字幕，一句句如流水般滑過。老七在自己店裡是不唱歌的，覺得自己的歌聲不能入耳。這時分雖沒有旁人在場，他執起麥克風的手仍微微顫抖。剛剛湯哥才來過他夢裡。人都走了一年多了，這還是湯哥第一次來入夢。這首歌也算是他欠湯哥的。

感情的事，沒有誰真辜負了誰，到頭來都是自願的飛蛾撲火；只能說，與湯哥的有情無份早有命定，就連當個朋友，也終不能長久到老。

＊

仍記得，那年的慶生大夥喝得特別放肆，到了打烊時老七早已是八分醺茫。醉眼帶淚，心潮波瀾總不止的他，默默地跟著湯哥回了家。一進屋，湯哥便忙著張羅，替他放好洗澡水，準備消夜，點起了精油燈，他卻沒有任何衝動的感覺。

他不是不懂湯哥的心意。

老七也氣自己，為何有人這樣貼心仍不知珍惜？連續劇中常見的情節是男主角終於發現真愛原來就在身邊，女主角以溫柔的等待終於換來幸福的結局，顯然這不會發生在自己身上了。

因為那樣的劇情是寫給異性戀看的。

男人與男人之間，不需要誰來做牛做馬。不像異性戀男，可以把女友與老婆分類成兩種目的，既然沒有相夫教子與孝順公婆的考量，大家一輩子追求的，無非就是一個完美情人。完美，對同志來說不是夢幻的概念，而是生理的宿命。老七這輩子就是對長方臉肉壯男最有感覺。湯哥什麼都好，偏生了張圓臉瘦高個兒。都說同志就是這麼肉慾，其實應該說男人皆如是。但男男之間要的肉慾往往比女人還更重感覺。女人還能假裝高潮，而男人的高潮騙不過另一個男人。

老七在湯哥伸手進床頭櫃抽屜摸尋時，一把按住了他，湯哥發現他已經軟了。

如果只是敷衍，吹吹搓搓騙混過去，讓湯哥還心存指望，那樣的話他把湯哥當成了什麼？

老七無奈地穿回了內褲，最後只好讓湯哥摟在懷中過了一夜。

兩顆心之間相隔的一堵牆如果已夠難翻越，男人間身體的那道感應線只會更嚴峻。事後回想，那晚對湯哥來說一定很難堪，但老七既不能為此向湯哥道歉，說對不起只怕會更傷人，也無法把之前當成彩排，可以要求重來一次。好在湯哥沒有老羞成怒或繼續伺機而動，老七以為，彼此都坦誠了，至少還能繼續做朋友。

兩人的感情生活在那之後，彷彿都同時停擺了，連湯哥也不再像過去花蝴蝶似的。各自孤身的落寞看在對方眼裡，竟讓彼此關係出現了更多的矜持。

與其如此，倒不如各自尋得新歡，就算見色忘友，都還是會為彼此高興。繼續相依為命的兩人，越是為對方的無伴擔心，越得要提醒自己，不要踩過了紅線。

這麼多年，便在這樣的無奈與克制中過去了，雖然早都可以把那一夜當成了笑話來說，但是老七隱隱感覺得到，有些事再也不相同了。

綜藝節目開始沒落，餐廳秀一家家收攤，舞群解散；他看著湯哥的歌星夢碎，錢被人騙，他們匆匆就這樣老了十幾歲。不顧老七的反對，湯哥仍執意辭了固定薪水的一份工作，轉往了模仿秀，從廟會市場一步步唱起。

老七心有不忍，但是他自己的日子老實說也好過不到哪裡去，情傷始終不癒，「美樂地」成了他的閉關之地。湯哥那個人，與自己像是反差極大的正負片，所以老七始終也搞不懂，為什麼都中年了還要這麼衝刺冒險。一直到湯哥生病前，老七都還以為，那是他想要的人生。卻沒想到過，那或許也是湯哥無法面對此身孤老以終的另一種逃避。

年年店裡慶生依舊，但湯哥的生日，他向來都只是送上一個現金的紅包。為什麼他就做不到像老三當年照顧自己那樣，也對湯哥多一些支持跟關心？難道真的就只因為，他們始終成不了單純的朋友？——

＊

對面超商的工讀生已把新貨都上架完畢。電動門叮叮咚咚發出一陣樂聲，把老七從沉思中喚回了現實。

工讀生走到店門外透氣，掏出了一包菸來。看到站在門後的老七，他面無表情地點了個頭。

（剛才夢裡面他是什麼造型打扮？怎麼才夢過就形容不出了？）

老七感到一陣胸悶，連做了幾個伸展，並用力吸進了幾口像是凍成冰渣的空氣。

（他是擔心我連他第一個忌日都會忘了，所以要來提醒一聲嗎？）

每想到湯哥，總是埋怨不捨怨懟歉疚窩心憂傷一堆情緒。像接滿了電線的插座，一不小心怕就要短路走火。老七本是不信託夢這一套的人，卻在這晚感受到一種從未有過的惴惴不安。這傢伙，如果再跑來他的夢裡，得怎麼安慰才好？不如就告訴他：走吧，沒啥捨不得的。如果現在不死，等大家都老得病歪歪的時候，誰還能顧得了誰呢？——

「還沒打烊嗎大哥？」

對面的工讀生熄了菸頭，和他對望了幾秒鐘，好像很不得已地終於開口說了話。

「再收一收就要走了……你呢？還沒下班？」

「快了。」

工讀生要進店前突然又想到什麼，轉頭問道：「大哥需要訂年菜嗎？七五折到今天為止喔！」

（可不是嗎？下個月就要過年了……）

老七笑說，好好，也許等會兒過去看看。但不知為何，好像被人說中了什麼見不得人的祕密似地，他感覺心口比剛才又更緊悶了些。

＊

超商當大夜班剛開始的第二個月，阿龍就遇見了在附近酒廊上班的小閔。

深更半夜她來店裡挑了幾袋零食，頭一逕垂得低低，結帳時他並未對她特別注意。如果不是臨走前那女人對著自動門當鏡，襯著街巷霓虹夜色整起頭髮，他不會又多瞧了兩眼，發現她竟然有些面熟。

隔了一周才又看見她來店裡，這回是下班散場時分。初夏天亮得早，濛藍晨光像霧，尚未熄去的路燈與他惺忪的眼，都在瞪著對街MELODY那個小小燈箱店招，然後終於看見它啪地黯了去。門開了，從店裡走出最後幾位跌跌撞撞的客人，看在阿龍眼裡不自覺皺了皺眉。

這條巷子裡的酒吧都是在做什麼樣的生意，看了一個多月大概都有數了。日式酒廊有小姐坐檯，男人登門買醉，醉翁之意不在酒，這個他懂。但是對面這店裡有啥機關，他猜不出來。

沒有少爺，沒有酒促公關，除了老闆。以前就只有一個偶爾會來幫忙的，留到最後關店的總是這兩人。來幫忙的那位常來超商買菸，話也比較多，後來竟然還會見到他不時穿著秀場式的亮片小禮服出現，差點沒把阿龍嚇壞，更覺得對街那門後的世界詭異。

那屋子裡進出的男人們，到底都是幾歲年紀不容易猜，因為都穿得時髦。更教人困惑的是，前一秒散會前還在路邊跟同伴們涎臉嘻笑的，下一秒轉身各自上路後，有些人的臉上表情卻立刻老了十歲，沒了笑容不說，甚至還帶著失意的滄桑。

在南部鄉下長大的他，最早只看過電影中搞笑的，還有新聞裡光著膀子大遊行的同志。上了大學，同學裡出現了幾個疑似者，管他究竟是不是，大家在背後都說「那個死gay」。上了台北工作之後才發現，年輕的小gay這年頭滿街都是。曾幾何時，想要避開這些人都避不了。

只是以前從沒察覺，更沒想過，原來同志也有中古貨。

阿龍以為時代開放了，這些人也會像一般人那樣，到了年紀，就找個人安定過日子去。沒想到中年後無家可歸的同志竟然這麼多。

所以才需要像MELODY這樣的地方吧？

單親家庭長大，阿龍從沒見過自己的父親，母親對兩人當初為何不再聯絡也從沒給過完整的答案。國小的時候，阿龍曾猜測母親或許是別人的小三？或者父親是通緝犯？要不就是欠賭債跑路？……各類可能都曾在他心裡搬演過，猜不透為什麼這個人就再也沒了線索？究竟是哪種深仇大恨，還是另有難言之隱，讓母親連隨便編個故事哄哄他，也不肯多這個事？

等年長些，知道了這世界上有一種人叫做gay，他的胡思亂想裡又多加了這項——搞不好我那沒用落跑的父親就是，怪不得母親都沒臉跟我說真話。

若真是如此，那父親也慣愛在某處的暗室裡，總跟同類一喝到天明嗎？

一直在當會計的母親，在他高中那年，跟上班地方附近一間鐵工廠的老闆同居了。之後阿龍就很不愛回家，讀了個離家很遠的三流改制後的大學，當完兵就決定隻身來台北找工作。白天騎著機車跑業務收帳，下午四點回到小套房補個眠，晚上十點超商大夜班開始，凌晨六點下班休息一下，再接九點半打卡。這樣生活過了兩個月，每天都在硬撐。很想死，不知道這樣的日子自己還能撐多久，這樣的人生究竟會帶他往哪裡去？

原以為就只能這樣一成不變地過下去了。要不是那個清晨，他和小閔又再次遇見了的話。

前一次覺得她面熟，但是因為化了濃妝，一時也說不上來哪裡見過。結果那天當阿龍看著對街關店，又想起了自己的母親時，正好小閔下了班綁起個馬尾，進店來走向了ＡＴＭ提款。從屋頂的監視照鏡中，他終於把小閔的正面看了個清楚，恍然大悟。怕她尷尬，阿龍當時沒露聲色。

換作是他自己，也不希望在這種情境下被歌迷認出來吧？

好歹曾經也是發過唱片，某個少女團體中的成員，雖然在良莠不齊的歌壇大混戰中只是曇花一現，如今成了七條通裡的酒廊小姐，總不是好下場。

小閔當時在那個團體裡的藝名叫咪咪，不算特別搶眼，但是高中時的阿龍曾偷偷迷過她。他喜歡她的名字與她那條甩來甩去的馬尾，意淫她的照片恐怕不下百次。四年的大學，除了作為宅男養成訓練外，專業技能他還真沒學到多少，成天泡在電腦前搜尋色情照片，趁室友不在便打手槍，有時候一天照三餐打，多虧有了咪咪及那些如今不知下落的美眉自拍，讓他度過了那段沒有女友只能自慰的無聊階段。

見到本尊，尷尬的人其實是他自己

竟然下海成了酒廊小姐了啊？玩味著這幾個字，不知為何，阿龍有種同病相憐之感。

這次反變成他在結帳時不敢抬頭了，胃裡有一股酸氣往喉頭冒。那種不舒服的感覺，不光是因為想到原本只屬於自己性幻想的咪咪，如今早被人真槍實彈射過，更因為在七條通這樣的場景，無邪無憂的青春赫然已離得好遠，想到了自己未知的人生，一下變得頗為感傷。

又一個月過去了，再見面的時刻換成了某個子夜剛過的周末凌晨。

小閔身邊還跟了一隻豬哥樣的男人。是被帶出場了吧？那時的阿龍對這樣的畫面早已經見怪不怪。男人買菸時，他用眼角不時偷瞄站在門口，把自己髮尾拉到嘴邊咬著的小閔，然後聽見她開口了：「我頭好痛喔，哥哥，今天就先這樣了讓我回去休息好不好？」

醉了的男人先是口裡「貝比、貝比」胡亂叫著企圖安撫，接著肢體動作就多了，女人情急用力想脫身，指甲一把抓傷了男人手臂。阿龍還沒來得及眨眼，就聽見男人一句「幹你娘雞掰」，然後一個揮拳就把女人打倒在地上。「先生你不要這樣——」他上前拉不住，趕忙撥電話報警。女人不尖叫也不哭，跟男人在店裡追逐，拿起貨架上的罐頭就朝男人身上丟，然後一路往貯藏室的門口跑。他也慌了，拿起平日備而不用藏在櫃檯下的鐵管，讓女人躲進貯藏室，自己一夫當關擋在了門口。

聽說店員已報了警，酒醉男滿口飆著髒話便放棄了。等管區員警離去後，小閔才從貯藏室推門而出，不但沒感謝，劈頭就對阿龍亂罵：「你白痴啊！叫警察？你新來的對不對？警察來了我不就被當成雞帶走了？你有沒有腦啊？」

「妳是雞啊！」他衝口而出：「不紅了也不至於這麼下賤吧？」

小閔聽懂了，閉上了嘴半天沒出聲，伸手將亂成雞窩的一頭長髮使勁一扯，他才看出原來是假髮被她抓在了手上，像拎著一隻狗。「弄壞的東西我會賠。」說完她便丟下三張千元大鈔，揚長而去。

當時他沒想到，自己會在同一家店裡又繼續待了三年多。說來全是為了那晚曾罵他白痴的那個女人。

之後阿龍沒再兼白天那份差了。他們同居之事至今還瞞著酒廊的媽媽桑，因為媽媽桑最痛恨小姐們貼小白臉。但是阿龍並不認為自己是那種吃軟飯的，因為他既不賭也不嫖，也沒有好吃懶做。除了教小閔如何存錢理財，照顧她的生活起居之外，他依舊心甘情願地每晚去超商上他的大夜班，那二萬多元的薪水多少還可以存下一點寄回家。

但重要的並不是錢。因為只有這樣繼續當班，他才能在深夜裡，在距離最近的地方守著小閔。萬一酒客鬧事，或出場後她覺得苗頭不對想抽身，她會知道，他就在街轉角的店裡，隨時可以保護她。

他們一個在巷頭，一個在巷尾，夜夜連起一道看不見的虛線。

阿龍喜歡那種有東西可以讓他守候的感覺。

不光是守著一份萍水相逢的感情，更像是守住了自己，再不必擔心，有一天自己會因在台北孤獨太久而有突然發了狂的可能。

但在同時，他又會矛盾地痛恨著，守候的對象早就不是當初夢中的情人了，但她們確實又是同一個人。

小閔說她會挑客人的別擔心，她只會跟那種醉得差不多，到了賓館沒十分鐘一定就會睡死的客人出場。只是工作而已，這身體反正也早是不乾淨的了，她說。你不相信我嗎？你有本事一個月賺十萬給我花啊！你走你走，沒有你的時候我也活得好好的！

吵吵鬧鬧也過了快三年。

小閔確實比起剛認識時少出場了。最近她還從客人那兒學到了門道，要阿龍去批來一些日本的化妝保養品做直銷，晚間七八點客人上座前，就沿著七條通八條通這一家家的小酒店上門拜訪，專賣給沒空在光天化日逛百貨公司的酒廊小姐。

去年她還答應他，等存夠了錢，他們就來開間小小的進口服飾店。

有了這樣的一個承諾，阿龍已經覺得，過去將近一千個夜晚的守候，就算值得。

2 關於姚……

我已經對你感到十分著迷，必須向你揭曉，你是何許人也。

——奧斯卡．王爾德

The Picture of Dorian Grey

那時候的台北沒有像現在那麼多的高樓，上課不專心時目光閒閒朝窗外瞟去，老樹油墨墨的密葉靜靜晃動，猶如呼吸般吐納著規律節奏。襯底的天空總是那麼乾淨，即便是陰雨的日子，那種灰也仍是帶著透明的潤澤。

幾朵烏雲睡姿慵懶，隔一會兒便翻動一下身子，舒展一下筋骨。

應該就是那樣的一個陰雨天，我拎著吉他從社團教室走了出來。

那年用的吉他還是塑膠弦，幾年後才換成鋼弦吉他。正值校園民歌風靡的顛峰，走到哪裡都像是有琴弦琤琮當背景。走過舊大樓長長的走廊，無心轉了個彎，想回自己班級教室看看的這個傍晚，我並不知道這一個轉彎將是人生另一條路的起點，更無法料到接下來發生的情節，會在我的記憶中保留一輩子。

十七歲的我看起來跟其他的高中男生沒兩樣，軍訓帽裡塞一小塊鋼片，把帽子折得昂首挺尾；書包揹帶收得短短，裝進木板把包包撐得又硬又方。功課還過得去，在班上人緣尚佳，但不算那種老師會特別有印象的學生。放了學總不捨得回家，參加了吉他社，練得很勤。成長至今一路都還算循規蹈矩，若問那時的我對自己的未來有什麼想像，或許最大的希望是三十歲前能擁有一部車。家庭婚姻這些事還太遙遠，大學聯考可以等高二以後再來擔心。那時從沒覺得自己有太大企圖心，也從不認為自己相貌出眾。生活裡除了上課與練吉他之外無啥特別刺激的事，難免也會讓這個年紀的我感到有點悶，但頂多也只是被動地跟自己耗著，睡覺看電視發呆，無聊至極的時候，甚至幫還在讀小學的弟弟做勞作。我還不會，或是說不想，去處理這種青春期的閒與煩。

那種心情就像是掃地掃出來的一堆灰塵毛球，不去清它的時候好像也就不存在。所以若說十七歲這年的我真有什麼可稱為遺憾的事，大概就是這種自己也不甚理解的虛耗。一直到這天拎著吉他行過走廊，我都還沒有意識到，自己跟其他同學有什麼不同。不明白自己的這種被動，或許是在抵抗著什麼。

在自己班級的教室外駐足了。

毫無心理準備的我，一步之隔，慾望與懵懂，從此楚河漢界。

角落裡最後一排靠窗的那個位子上，有人還坐在那兒。那人低著頭，用著完全不標準的姿勢握著一管毛筆在趕作文。教室裡沒開燈，昏暗暗只剩窗口的那點光，落在攤開的作文簿上，那人潦草又濃黑的字跡。

大概因為是留級生的緣故，姚瑞峰在班上好像存在，又好像不存在。沒人清楚他怎麼會弄到留級的。他除了體育課時會同班上打成一片外，下課時間多不見人影，還是習慣去找原來已升上高二的那些老同學。發育的年齡，一兩歲之差，身量體型就已從男孩轉男人了。此人在班上格外顯老，一半是因他那已厚實起來的肩膀胸肌，一方面也由於那點留級生的自尊，在小高一面前愛裝老成。但是任誰都看得出姚的尷尬處境，班導師從不掩飾對他的不耐，特別愛拿他開刀來殺雞儆猴：「留級一次還不夠嗎不想讀就去高工高職你們若不是那塊料也不必受聯考的苦乾脆回南部做學徒……」

被罰站的姚立在黑板旁，一身中華商場訂作的泛白窄版卡其服，小喇叭褲管尖頭皮鞋，沒一樣合校規，竟然臉上總能出現懺悔的悲傷，讓人分不清真假。下了課，其他同學都不知如何是好，只能避開不去打擾。我的座位就在姚旁邊，平常互動雖也不多，但碰到這種情況，我總會等姚回到座位時，默默把自己上一堂課的筆記放在他桌上。

很多中南部的孩子都來擠北部的高中聯考，姚也是那種早早北上求學的外宿生。可想而知，家鄉父老多開心他考上了北部的明星高中。那表情也許不是裝出來的。看見沒開燈的教室裡的那傢伙，不用猜也知他欠了多篇作文。

學期就快結束了，那人正在拚了命補作業。過了這學期，高二開學大家就要重新分組分班。我選了社會組，當教員的父親並沒有反對，覺得將來若能考上個什麼特考擔任公職也是不錯。重理工的年代，社會組同學鐵定是不會留在原班級了。站在教室外，想到過去這一年，好像也沒有特別的回憶。

若真要說，可能就是姓姚的這個留級生吧？出於同儕的關心，我常會注意姚的成績究竟有沒有起色，奇怪他每天都在忙什麼，怎麼作業永遠缺交被罰？

因為他的漫不經心，因為他兩天不刮就要被教官警告的鬍渣，因為他那張塞滿了球鞋運動褲漫畫作業簿參考書的課桌椅，都讓我無法忽視姚的存在。

姚慣把東西留在學校不帶回家，外地生沒有自己的家。一個學期下來，他的雜物持續膨脹，多了雨傘泳褲汗衫籃球與工藝課的木工作業，頗為可觀。有的塞在課桌椅的抽屜裡，有的藏在座位底下，或掛在椅背上，猛一看像是有某個流浪漢，趁放學後教室無人偷偷溜進來築起了克難的巢。

發現有人走到身邊，姚沒停筆，匆忙看了我一眼。「喀喀喀，我完蛋了，今天補不出來我國文要被當了！」

那傢伙在這種情況下還能好心情，讓我吃了一驚。

「你怎麼還沒回家？」

「剛剛社團練完。」

那傢伙停下筆。「讓我看你的吉他。」他說。

沒想到接過吉他姚就行雲流水撥彈起來了，金克洛契〈瓶中歲月〉的前奏。只彈了前奏，唱的部份要出現的時候他就停了，把吉他還回我手上。

「我破鑼嗓子。」那人道。

兩人接下來並不交談。我也沒打算走，對方也不介意有人一直在旁邊看他鬼畫符。校園變得好安靜，剛剛姚彈過的那段旋律彷彿一直還飄在空氣中。突然覺得這景象有趣，我想像著自己也是離家的學生，和姚是室友，我們常常晚上就像現在這樣，窩在我們共同租來的小房間裡。

室友，多麼新鮮的名詞。不是同學，不是兄弟，就是室友。在家裡排行老大的我，底下兩個弟妹，一個國中，另一個才國小。回到家裡對弟妹最常出口的一句話就是：「出去啦！

不要隨便進我房間！」但是那一天的黃昏，和姚這樣自然地獨處在教室的角落，一個假裝的房間，我第一次發現到，男生在一塊兒不一定就得成群結夥吃冰打球。

「你唱歌給我聽。」

「為什麼？」

「因為我覺得你唱歌應該很好聽。」

「為什麼？」

「因為你說話的聲音很好聽啊！」

那傢伙並不抬頭，翻起作文簿算算到底寫了幾頁，又再繼續振筆疾書。

「怎麼樣叫說話聲音很好聽？」

「嗯……就是，睡覺前聽的話會很舒服的那種。」

「喔，你意思是說，像李季準那種午夜電台的播音員嗎？」

也不懂這句話哪裡好笑，竟惹得那傢伙先是噗嗤一聲，接著一發不可收拾：「哈哈哈——對對，哈哈哈，就像那樣。」

平常只見姚愛擺一張酷臉，要不歪著嘴角笑得頂邪門。原來那人大笑起來是這樣的。他這樣開朗的笑容很好看，我也跟著笑了。

★

姚的長相稱不上帥，至少在當年還剃著平頭，土氣未脫的時期，他不會是讓人一眼留下深刻印象的那型。五官比例中鼻子有點嫌大，一臉青春痘被擠得紅瘡瘡的，那口整齊的白牙齒恐怕是他最大的加分。但是他的笑聲讓人覺得很溫暖，平日吊兒郎當的留級生其實一點也不頑劣。眼前的姚幾乎可以說是一種迷人的組合了，一個還帶著童心的，十八歲的，男人。

只有兩人獨處的當下，那傢伙彷彿變了一個人。果真就為他唱完了那首〈瓶中歲月〉。姚要我再唱一首，說是這樣寫作業才不無聊。但是這回姚沒有安靜地聽歌，我一面唱，姚一面插話跟我聊起天。

「ㄟ我跟你說，我前幾天遇到一件很奇怪的事。」

姚的語氣平淡低緩，頓措中和吉他的弦音巧妙呼應著，有一種奇特的溫柔。我等對方繼續開口。

「晚上差不多快十二點了——啊？我也忘了我那天在幹嘛。對啦跟以前的同學打彈子。反正我常常在街上晃到很晚。這個不重要。快十二點了。我在火車站那邊，等了半天公車也沒來，大概已經收班了，我就想用走的吧也還好。然後有一輛車就停到我身邊。我覺得我在等公車的時候那輛車好像就在附近了。車子停下來，一個大概三十多歲的男的搖下車窗問我需不需要搭便車。那個人西裝筆挺，還滿帥的，我想說也好啊，男生搭便車也沒什麼好擔心的，對不對？上車就閒聊啊，我也沒注意他好像在繞遠路。我跟他說我住外面的學生套房，他就問我一個月多少錢，然後跟我說很貴，他家空房間很多，可以租給我，打八折。平常他經常出差不在家，所以等於我一個人住四十坪，他也希望有人看家比較安心。我想就去看看吧，搞不好還真給我碰上這種好運──」

和弦早已不成調了。是姚這樣鄉下出來的男生不懂得防人？還是像我這樣的台北小孩太過警覺世故？

突然不希望對方再講下去，同時卻又非常想知道後來發生的事。

「到了他家，他又說太晚了。要不就乾脆睡他那裡。他家在內湖㗎，我已經累了，就想說別再跑來跑去了。他家只有一張床，不過兩個男生，有什麼好怕的，對不對？我先洗完澡就睡下去了，過一會兒醒來發現他躺在我旁邊，用手在摸我那邊。幹！我跳起來，教他不要這樣，很變態ㄝ！我實在很睏，但是他就不讓我睡，一直摸我，我最後受不了了，跟他說我要回去了。」

「那他……那個人就開車送你回去了？」

「當然沒有。我跟他說我要坐計程車，給我五百塊。離開的時候已經早上快五點了。我最後是走去總站等第一班公車。」

想像中共租的小房間裡已經沒有音樂了。姚說，沒想到給他賺到了五百塊。開始感覺到暈眩。上下學通勤的公車上，我也碰過類似這種教人不舒服的事。

沙丁魚罐的空間裡，有人在後面頂。不是偶然的擦撞，而是有規律的，持續的，朝著身上同一個部位。根本連旋身回頭都不可能的車廂人堆裡，碰到這種事只能假裝毫無反應，閉起眼默背著英文單字。從沒跟任何同學問起，是否他們也碰過這種令人厭惡、又教人不知所措的經驗，因為難以啟齒。

羞愧。為什麼是挑中自己？

震驚。那會是什麼樣的人如此膽大包天？

下意識裡某個看不見的警鈴已經從那時候開始時時作響。如今回想起來，那種偷偷摸摸只敢在對方身後如動物般摩挲的低劣舉動，已悄悄啟動了我對自己身體突然產生的自覺意識。

我已經發育得差不多快成年的男體。

不敢向任何人提起公車事件還有一個更重要的原因。我真正厭惡的是那種偷襲的行為，而非有人對我的身體有如此的興趣。

國中時跟比較要好的男同學牽手勾肩也是常有的，整個人趴伏在對方冒出悶濕體熱的背上，有一種很安心的親切感。但上了高中後，班上同學便很少再有類似暱玩的行為。為什麼其他人就比我先明白了？明白大家現在擁有的已經是不一樣的身體，不再是不分彼此。現在的這具以後將有不同的用途，十七歲的我不是不知道答案。但想到這具身體將成為生殖製造的器具，想到和女生裸裎相對，我的驚慌不亞於被陌生男人觸撞。

公車上的偷襲令我感覺到污穢，並非因為身體受到侵犯，而是被這樣污穢的人挑中，成為猥褻對象。這似乎是在暗指，我與他們根本是同路貨色。

害怕自己身上或許已散發了某種不自知的淫賤氣味，已被對方認出，正好藉此恐嚇：你的存在已經被發現了，莫想再繼續偽裝了，我們隨時可以將你綁架，帶你回到那個你本應該屬於的世界，如果你敢不乖乖就範的話……

但是這種事姚竟然在旁人面前說得如此坦然。

那麼現在該輪到我來說在公車上的遭遇嗎？大家交換了這種祕密以後就算哥兒們了，是這樣嗎？我不安地避開姚的注視。

也許不過是一則少男成長過程中探險的插曲，也或許是命運揭曉的前奏亦不可知。不敢驚動姚的若無其事，被一種無形的氣壓鎮住，彷彿那當下，多做了任何反應都會引發生命中的山崩落石。

姚試圖對我微笑，暮色昏照中那傢伙臉龐上的骨廓顯得更加突出，石膏人頭像似的。姚一直還在注視著我，彷彿期待我進一步做出什麼回應。不敢再抬眼看姚的表情，目光落在他那雙被不合校規的泛白卡其制服包得緊緊的大腿上。視神經不受自己意識指揮了，自動調到特寫對焦。

姚的胯間，鼓凸出一脊峰脈。某種抽象浮雕藝術，隱喻著原始的激昂。

「你──趕快去寫你的作文吧！」

極力故作鎮定，卻仍聽見自己聲音裡無法克制的顫抖。姚低頭看了看他的胯間，又把眼光移回我的臉上。

「你碰過『那種人』嗎？」

他收起了笑意。我彷彿看見被班導訓斥時的姚，讓人分不清是誠心認錯還是故作懺悔狀的他，臉上那種無辜卻又像置身事外的歉然表情。

那種人。我永遠記得姚的措詞。印象中那是生平第一次，我從旁人口中證實了有關「那種人」的存在。一種變態的代名詞，像是隱形的詛咒。我與姚立刻發出了厭惡的啐聲，彷彿那樣就可以擦去了「那種人」在我們四周留下的躡手躡腳的證據。

教室裡的光線更稀薄了，幾乎要看不見彼此的臉。也許當時下意識裡，我們在等待的就是這一刻日光徹底的消褪。只有在晦暗不明中，我們的不安，我們的好奇，我們的苦悶與寂寞，才不會留下影子，成為日後永遠糾纏隨行的記憶。

我們才不會成為，那種人。

★

姚猛地從座椅上站起了身。那身形輪廓表情都成了灰濛的一片，只剩下聲音與氣味。呼吸聲濁重了起來，究竟是自己還是他的喘息？彼此身上還殘留著游泳課後揮散不去的漂白水氣味，涼涼地喚醒了身體在水中受壓的記憶。姚突然握起我的手，一個猛勁往他腿間的鼓起拉去。我閉起眼，用力握住手掌下那輕微的跳動。

那一瞬間，我想到也許自己正企圖捏死一隻活生生的小鼠。

姚一手按住我，一手扯開自己的褲襠拉鍊。面對了暴脹的那柱赤裸，原本激動忐忑的情緒一下子轉為了憂傷與失落。原來，我的身體裡面住著一個無賴又無能、卻對我頤指氣使的叛徒。這隻蠢蠢欲動的地底爬蟲，嗅到了生命驚蟄的氣味，已然與公車上那些猥褻的男人們開始分享起愉悅的祕密。

我對抗不了這個叛徒。

如同被這個叛徒綁架，當下腦中只有服從，讓這事能夠就此快快過去。那年頭還沒有霸凌這個說法。那年頭對很多的事都沒有說法。尤其對於那一刻我所經驗的，感覺低級又情不自禁的那種身體與靈魂的衝突。縱使嫌髒，我還是伸出了舌頭。

在錄影機還沒發明的那個遠古年代，A片尚未深入每個家庭擔負起性教育的功能，十七歲曾有過的性幻想僅限於擁抱與親吻。我甚至不記得在那樣草率匆忙的兩三分鐘裡，自己的胯間有出現什麼樣的反應。並未準備好與內心裡的那個衝動焦慮的叛徒從此共存，但舌尖上卻永遠沾存了那瞬間幾秒中所發生的困惑、尷尬、驚慌，以及奇異的一種，如釋重負。

但同時，十七歲的我，恨姚竟連一個像樣的擁抱或深情的親吻都沒有。

恨姚已經看透了自己。（他會不會說出去？）恨這以後只能更加活在驚恐中，從那一刻起已經就要開始盤計著，從今以後如何讓自己隱藏得更好？（真的就只是如此了？還會不會再發生一次？）為什麼這樣不經意的撩撥方式就可以輕鬆卸除了我的防衛，難道——

姚伸手想為我擦拭，卻被我推開。

默默從膝跪的姿勢中撐起身，微微搖搖晃晃。遠處籃球場上的燈光已經亮起。扶住桌角無法步行，無意間瞟見我的吉他，孤獨地躺在課後才被拖把舔過仍濡亮的磨石子地上。這時身後環來一隻臂膀摟住我的肩胸，隨即耳邊出現姚的啞嗓，一句句帶著濕熱的呼氣，全吹進了我的領口裡：

「好啦對不起啦！……不是故意的嘛……我都跟你說對不起囉，不可以生氣喔！也不可以跟別人說，好不好？……不過剛才真的好刺激喔！……不懂為什麼我馬子她就是不肯幫我吹！」

★

那時的姚，那個大我一歲的留級生，粗魯，吊兒郎當，卻讓我第一次理解到，男人的性感原來還帶著一種類似愚蠢的安然，像一隻不知所以光會伸出舌頭呆望著草原盡頭的小豹子。

男人的性感最好是那種懶且健忘的。因為他不再記得你，他才會成為你經驗中無法超越的刻度。

那麼在姚的眼中，那個在暮光靡爛中，捧住他青春之泉的我，是顯得虔誠？還是卑微？當時以為，與姚永遠不可能有討論這個話題的一天。不需要立誓的默契，有關那天的一切，本以為早在走出教室後便畫下句點。

高二分組，與姚進入了不同的班級，教室位於不同的樓層，幾乎連在走廊或福利社撞見的機會都微乎其微。

轉眼聯考進入倒數計時。畢業前的校慶晚會上，我帶著吉他社學弟們上台做了在校的最後一次演出。

當天下午校園裡擺滿了攤位，遊園會的盛況吸引了台北各校的學生，一向封閉的男校裡，一下子多出了這麼多女生，讓校園裡的氣氛更加顯得熱烈。在禮堂做完最後彩排，拎著新換的鋼弦吉他，走過那些歡樂的人群，不經意眼角掃過一攤。煞有介事擺著水晶球在做塔羅算命的帳篷前，站立了一個熟悉的身影。姚瑞峰抱著一個女孩，兩人的臉幾乎貼在了一起。視線不自主往下移，看見姚那雙被褲管緊抱住的長腿，三十度微張，從矮他一個頭的女孩身後，跨夾住了對方的腰線。想是在抽牌問聯考，因為隨即便聽見姚一聲歡呼：「哇真的假的？會考得很好？」姚誇張的語氣夾在女孩開心的笑聲中，一樣是那麼雄性的粗啞。

「咦？——鍾書元？」

逃不掉了，只好停下步子。

「這是我女朋友，」姚一伸臂把我拉近到他們身邊：「這是小鍾，我們高一的時候同班。」

是同一個「馬子」嗎？還是又換過了？當然我不會笨到真的問出口。

「要抽一張嗎？」姚問。我搖搖頭。然後姚看見我手中的吉他，開始對女孩吹噓我的自彈自唱有多厲害，接著問我今晚是否要上台表演。

「貝比，小鍾要表演，我想留下來聽……電影改天再去看嘛，我們先去吃東西，吃完東西回來看小鍾表演……小鍾，你今天要唱什麼歌？」

「瓶中歲月。」

「喔。」

姚眨了眨眼，臉上還是掛著笑。「那更是要去聽了，你的名曲呢！」

是的，特別來為我高中最後一次演出鼓鼓掌，也算是一種對我的，算補償嗎？那時在心中掀起的酸與怒，已然是我日後在感情路上不斷顛簸的預告。

我不是唯一。圈子裡有太多像當年的我如此一廂情願的人。

嘴上總說一夜情沒什麼，卻總不相信對另一個人來說，那就只是一夜情而已。甚至於，明明並非真的覺得有喜歡，但也不能接受對方擦擦嘴就算了。不不，不是因為你喜歡的是男生，如何對十八歲在遊園會的算命攤前，被姚幾乎要搞哭的那個我解釋：異性戀也是一樣的，有人要攻，有人就要懂得守。當你懂得扮演攻的一方，一旦大膽成功過之後，就不會再像老處女一樣總是陷進自己沒守住的哀怨裡了。懂不懂？懂不懂？——

夏始春餘的四月天，日間接近暑熱的氣溫，到了晚上卻又開始驟降，成了讓人得環臂抱胸的颯涼。

演出後沒有立刻回家，也沒有坐進觀眾席觀賞接下來的表演，我獨自站在禮堂的後台側門外，等待。等待自己猶豫，失望與緊張的心情，能終止喧譁。我以為它們之間停止互相的指責與奚落後，我就能回到高一時，吉他社練習完就直接回家的那個自己。如此我就能鬆一口氣，恍然大悟，那天黃昏的教室裡其實空無一人，那個窗邊位子上趕作文的男生，不過是我的想像。

台前土風舞社上場，音樂聲起，是下午一遍遍重複排練到我都已會哼的一首俄羅斯民謠。學弟們邀了北一女的土風舞社同台演出，果然台下的歡聲鼓譟雷動，站在禮堂外都能感受得到場子裡發情的騷亂。沸騰中的荷爾蒙化為五彩氣球，同時不斷發出一顆顆卵形泡泡被惡謔擊破的連環爆響。禮堂裡的青春進行式，距離自己是那麼的遠。

場外的風卻更寒了些。

直到我明白，什麼也等不到了，才默默在夜涼中移動起腳步，往校門口方向那盞被飛蛾蠱繞的路燈青光走去。

★

僥倖地掛上了北部國立大學，卻是毫無興趣的一個冷門科系。高二分組之後與姚瑞峰之間完全失聯。甚至沒有企圖去打聽過，姚後來考上了哪裡。

但是我並沒有忘記。

回憶的畫面中，對方已模糊成一個影子。姚留給我的只是一種氛圍，一種電流似的感應，一個類似充氣的人形而已。形貌的細節早已被不同的陌生人替換。在校園或是在書店裡，一張張讓目光不自主停駐的臉孔，轉貼到那個人形輪廓之上。色香觸味，移花接木，自慰時便可有一再更新的版本。

Beta影帶還沒被VHS打垮的年代，出租店裡的密道領進不見天日的暗藏隔間。滿牆的盜版，寫著像是「花花公子精華版」、「歐洲香豔火辣性愛大觀」等等聳動醜怪的字樣。相較之下，我其實更偏愛超市貨架上，各款男性內褲包裝上的那些照片。內褲男模們不設防的無邪微笑迎接我的飢渴注目，他們自然歡喜地袒露半身，胯間的勃起若隱若現，好像他們是神的作品，本就該無私地獻出予世人共享，全然不在意我的想入非非。一直要等到超市經理走近，我才意識到自己的行跡在旁人看來何等詭異，匆忙轉身，然後朝出口故作平靜地慢慢踱離現場。

已知其味，卻未曾真正食髓，是我謹守住的最後一道，自欺欺人的防線。

曾經，公車上令人無措的陌生人身體接觸，如今竟成為釋放我的弔詭救贖。那些短暫的意合，技巧地傳情，如同一場迅速又短暫的告解，承認了自己的罪，也赦免了彼此。入會的儀式暗中完成，不驚動任何人。更重要的，生存的訊息藉此傳遞。我們的故事彼此心照不宣。握著拉桿的手掌偷偷併靠，小腿若有似無地輕輕貼觸，沒有多餘牽扯，下車後一切歸零。

無下文的旅途，短暫為伴，適時安慰了兩個陌生人。在轉身後，我們又可以鼓起勇氣，重返異性戀的世界，繼續噤聲苟活，並開始習慣失眠。

總是不明原因突然驚醒，枕旁的收音機一夜沒關，窸窣不明的訊聲乍聽像是潛意識發出的雷達呼救。同樣的ICRT頻道，同樣的低音量，傳來聲波如水，如同站在夜黑的岸邊，河面上看不見的行舟傳來遙遠的歌聲。菲爾柯林斯當紅的幾首歌，〈One More Night〉，〈Take a Look at Me Now〉，似乎總在同一時間播出。要不然，就是葛倫佛瑞的〈The One You Love〉，喬治麥可的〈The Careless Whisper〉，都是悲傷男人的耳語。

可不可能有一天，男人唱給男人的情歌，也可以像這樣公開播放，風靡傳世？

距離那一天，還有多遠？

無法再入眠的凌晨，只能悄悄潛回心底那間迷亂祕室裡蜷縮，聽著外頭世界的塵暴一步一步越來越逼近。覺得自己像是一個越獄脫逃的犯人，躲在某個偏僻的小旅館中，想起了過去清白無罪的人生。想到這一生將與如此漫長無盡的寂寞對抗，未來，只有兩種選擇。全副武裝做好打死也不認，偽裝到底的準備，要不，轟轟烈烈談一場被這世界詛咒的戀愛，然後……會有然後嗎？

這隨時會被風沙襲摧的小小藏身處，甚至容納不了另一個人與自己相依。

我幾乎沒法正常地上下課，沒法跟大學班上的同學正常地互動，唯一能讓我感覺安全的時刻，無非就是當抱起了吉他，在別人的和弦中化身成為一個個不同的癡情角色。

因為只有這時候，沒有人會懷疑我情歌的對象。

3 舊歡

打從十八歲那年北上念三專，老七一直就是過著獨立打工的生活，開店後更是十幾年都沒回老家屏東吃過一次年夜飯。一個人關起門來過日子慣了，除夕又如何？頂多自己弄個小火鍋，邊吃手裡還忙著待會兒開店要給上門客人的紅包禮。招財進寶的鑰匙圈，加金光閃閃的進口保險套，一個個丟進紅包袋，都是好彩頭。

年不年夜飯從沒困擾過他，開店前的時光總是一晃很快就過去。更何況這年頭已經不興圍爐守歲這一套了，一吃完年夜飯，誰想留下來跟成家的兄嫂妹婿們談婚姻子女？單身鬼一個個都迫不及待溜出家門。到時候他們就會感謝，好在尚有MELODY這塊美樂之地如此善體人意，照常開店等候孤家寡人上門。

一直以為，只要有這家店在，就夠了。

最後一次，也是唯一那一回與湯哥一塊兒過年，湯哥堅持要親自動手煮一桌年菜。兩人還煞有介事地提起菜籃跑去南門市場，在人潮中像逛大觀園似地人擠人湊熱鬧。拎著滿滿兩大袋食材回家的路上，老七心想這真像辦家家酒。到了小年夜，酒吧打烊後兩人回到住處都已經凌晨四點，這才開始鑽進廚房切切弄弄，一直忙到第二天快中午都忘了睏。雖然自己一向吃不多，更何況那時身體已經有病，但是湯哥仍然好做那些費工的菜色。又是豆腐鑲肉，又是珍珠丸子，還有最拿手的紅燒魚，煎完再燜，好漂亮的一尾，跟飯店賣的一樣。

當初湯哥告訴他，是鼻咽癌而且他不想開刀的時候，老七還冷語回他一句：哪有你這種人，這麼不知死活的？

開刀後聲帶就毀了，再不能唱歌，湯哥說，他寧可唱到死的那一天，也不要啞了。

什麼鬼理由？老七初聽見他這說法，一度氣得不想再同他說話。

等過些日子靜下心來，老七才體會出湯哥的痛處，甚至開始自責以前為什麼對湯哥那麼無情。不是賭氣。不是放棄治療。湯哥只是累了。就算殺死了那些癌細胞，不過就是讓他繼續在失望中苟存——

不能再唱了，湯哥的人生還剩下什麼？

之前老七在新生北路高架橋邊的那間小套房一住就是十年，買屋的存款早就夠了，但是多年來他卻始終缺乏改變生活的動力。只除了熱戀的那幾年裡，他曾經幻想過，或許可以，與那人擁有一個自己的窩。之後看著房價上漲也沒再動過心，總以為自己死後也沒人可繼承，何必多這個事。

若不是湯哥的病，老七還下不了買屋的決定。意識到湯哥的時間不多了，不想看他這麼辛苦，一邊化療，還得一面工作付生活費與房租，老七非常積極地開始為兩人找一個新家。

甚至於老七認為，換了住家便是改了風水，磁場換一換，一定對湯哥的病情有幫助。最後終於在長春路上看中了一間，價錢還能負擔，懂風水的朋友也請去看過，也覺得這個老式七樓公寓環境不錯，所以一併連日子也看好，說趕在年前搬進去是大吉。

但是，要怎樣開口邀湯哥過來同住呢？老七才發覺，要避開這個提議背後的複雜情緒，遠比他想像中的困難。

某個打烊後的周日凌晨，在路邊那家幾乎跟MELODY同齡的老字號「萬嫂」麵攤上，老七點了幾盤黑白切，等麵上桌的空檔，他斟酌著該如何開口。先問湯哥化療進行得如何了，又問起治療期間不能跑場登台，手邊的錢還夠用嗎？

幹嘛？想要幫我申請急難救助嗎？

湯哥用筷子夾起一片透抽，很快就打斷了老七的迂迴。

除了麵鍋上方垂吊了一燭燈泡，照出熱湯冒出的滾滾蒸氣給人有種溫暖的感覺之外，幾張摺疊小桌都被遺棄在冬夜寒風颼颼的暗影裡，兩個人都凍得縮頭縮手。

老七看不清湯哥的表情。這樣也好，他想。

你知道，我買下的那間公寓，它有兩個房間——

別說了，我不會跟你分租的。

噯，誰說要跟你收租金了？你就過來住，幫你省房租不好嗎？

湯哥正在一盤嘴邊肉裡翻挑，突然聲音一拔高：那不就成了同居了？你他媽的想為那傢伙守活寡是你家的事，我阿湯還在等我的白馬王子出現呢！別想壞我的好事。跟你一起住？那我帶人回家打炮太不方便了！嘿嘿除非你答應，第二天早上會幫我們把早餐做好，這樣的話也許我還可以考慮考慮——

我答應你，湯哥。

黑暗中兩個人影都靜止著。彼此怎會不知對方的心事，都已經到了這等年歲了。一個擔心的是若不這麼做，怕會後悔一輩子。另一個不放心的是，如果這麼做了，會不會讓自己最後的歲月裡又多了一樁後悔？

你不怕我拖累你？

過了半晌，湯哥才給了這麼一句回應。

沒有情人，至少也有姊妹同住，那才算是個家吧。

老七說。

不管湯哥心裡究竟有沒有釋懷，對他是否還仍有不諒解，如果湯哥對兩人快三十年的情份也感到相同不捨的話，他知道，再多做任何解釋其實都是不必要的。

湯哥走得很快，真的沒有拖累。只是又太快了些，快到老七沒有機會完成他覺得應當做出的彌補。

坐在麵攤向湯哥提出換居想法的那晚，當時他並未意識到，這樣的做法其實是因為自己的良心不安。湯哥答應搬來同住，不過是在幫他完成他的心願，不想讓他覺得虧欠或難堪。等他終於明白的時候，一切都已經結束了。

去年，又變成只有一個人的除夕夜。老七試著也想來做那道紅燒魚，結果一條好好的魚被他翻得七散八落，皮塌肉爛。老七一怒把鍋鏟往牆上猛砸過去，留下了一片怎麼也擦不掉的醬油漬。

他氣的並非那條報廢的魚。自己又不是沒有心理準備，一開始就知道結果的事，只是遲早的差別，為什麼還貪想延續那一點短暫的記憶？過去二十多年不都自己一個人走過來了？

幾乎是認識了一輩子的兩個人，等到天人永隔後，卻讓老七越回想越釐不清，到底這是怎樣的一種牽掛。

細雨仍颼颼如幻影在視線中忽隱忽現，天際已有絲微曙光照出混濁的雲層。

老七轉身退回店裡，再度關起了大門。

走過吧檯時，刻意停下腳步，對著吧檯後少了自己的那塊空位端詳了一會兒，想像這店遲早會有熄燈的一天，到時候就會是這樣的一個畫面。

仍在播放中的MV，突然就被老七拿起吧檯上的遙控器給關掉了影像。

酒吧生意有個人人皆知的忌諱，絕不可以在店裡唱蔡琴的那首〈最後一夜〉。就連湯哥過世前想唱，老七都沒讓他破這個例。

什麼最後不最後的？別觸我霉頭。老七說。

不是我的最後，難道以後還有機會唱？湯哥還想耍賴。

怎麼沒機會？你不是還要在紅樓租場，開你的退休演唱會？

其實那時候就知道了，不是退休，是告別。

梅豔芳癌症末期在紅磡開了演唱會，甚至穿起白紗婚禮服，一償終生未嫁之憾。湯哥說，他也要最後來一場那樣的演唱會，讓老朋友永遠別忘了他。

老七一直相信，是這個心願讓湯哥撐到了最後。怎料，他的病情突然惡化的速度讓人措手不及。零零落落十來個老客人臨時接到通知，還真的到場送了這一程，就在「美樂地」這破店裡。

沒有現場樂團，依然是卡拉OK伴唱。當天設備不足，只有架了一台V8做了錄像，音質畫面都不佳，光碟片丟在那裡一直沒勇氣放出來重看。早先竟然沒有想到，要在湯哥身體還行的時候，把他的歌聲做成一份可以保留的紀念。這一年多來，一個人住著原本兩人的公寓，老七仍不知道該怎麼處理那多出來的房間，廚房現在也幾乎成了蟑螂的運動場。對於一直習慣的是單身小套房、外賣，以及免洗餐具的老七來說，這一切他還無法立刻理出個頭緒。老七說不上來那種感覺，好像他的生命裡有什麼東西，在湯哥去世後，也同樣永遠失去了。

忘不了的是那一晚，湯哥摘了假睫毛，取下假髮，一襲雪白西服，終於以男裝現身。化療禿還沒復元，人真的是瘦脫了形，看上去像是哪個頑劣的惡童，把一個微笑的肯尼娃娃惡整過了一番，拔光了它的頭髮，毀了容，還狠狠踩成了個彎腰駝背。老七一晚上都不敢正視湯哥的身影，只顧忙著放歌與送酒，且默默在心裡跟自己一再警告，千萬不能讓湯哥看到他在哭。

死之前仍想要完成一點卑微的夢想，或者卑微地活著，只是活著，而已經沒有任何夢想，哪一種比較艱難呢？

其實最想對湯哥說的是，一個人的除夕，原來是寂寞的。

＊

（別再想了。趕快清理完，回去好好睡一覺嚕……）

刷完馬桶，倒出漂白水開始拖地，一邊拿起水管四處沖洗，磁磚牆面上頓時流下了一道道水渠，像再也承受不了的壓抑，終於找到了裂縫一瀉千里。接下來從水桶裡取出了穩潔與抹布，正準備要擦拭洗手槽上方的鏡面時，老七卻發現了這個讓他不解的景象。

鏡上沾著兩個清楚的掌印。

手心的汗加上一點油脂的髒污，不留意還不易察覺，位置恰恰是某人重心傾斜後，以雙手壓住鏡子的高度。

按老七的經驗判斷，那應該是某種激情的姿勢才會遺留下的證據。

昨夜沒有人同時一起進過廁所，這點他非常確定。

那又怎麼會出現這麼令人害臊的印記呢？

老七張開五指跟鏡面上的掌印大小比對，竟跟自己完全吻合。他吃了一驚。就算是客人無意間或惡作劇留下的，那也是幾個小時前了，但眼前的這一幅卻輪廓鮮明，彷彿才剛剛被壓上去的。

如果是自己的手，怎麼會一點印象都沒有？

心裡充滿疑惑的老七擺出了姿勢，以雙掌壓住鏡面往前傾身。

鏡上兩隻神祕的掌印，難不成，就是當年的同一雙？

淡淡的阿摩尼亞。從下水道滲透進來的濕氣。灼熱的呼吸。肥皂殘香。菸味。汗味。男人味。所有的氣味摩挲著，摩挲著，像要擦出靜電似地，讓心跳都受到了干擾。

鏡前的他，曾經汗淋淋地一仰臉，看見了情人在他身後痛苦地、憤怒地、悲傷地咬緊牙關使勁到幾乎快虛脫的表情。

對著鏡中被濕氣模糊了的影像，他突然喊出了舊情人的名。

那些年，固定周六的晚上他們見面，情人卻總是直接去老七的住處等他下班，很少踏進「美樂地」。

這事曾讓老七感覺有點受傷。情人都以不喜歡菸味為由，但即使不曾明說，老七也感覺得出對方不愛與其他的同類打交道。想當初剛開始交往時，老七還曾虛榮地在心中幻想過，如果能讓店裡的客人看見他的情人長得如此一表人才，國立大學畢業的高材生，任公職又在念碩士學位——至少這是當年老七信以為真的資料——那會是多讓眾人刮目相看的一件事啊！

對他的這段戀情，湯哥起先總迴避著不表示意見，一直要等到那晚，兩人摟著過了一夜卻什麼都沒發生，湯哥才終於說出了真心話。

老七，我知道，我對你來說條件不夠好；我們都希望找到一個又體面又可靠的伴，我懂。但是跟那人分手這麼多年了，難道你都還沒想通，他怎麼會跟我們這種人過一輩子呢？——他從不來吧裡，我看是另有什麼隱情——就算你們沒分手，他也是永遠不會公開承認你們的關係的——

不能做公開的情人不要緊，對方心裡有他就夠了。

但這畢竟只是一廂情願的想法。

兩人那一陣子正處於低潮，情人變得異常沉默。他如履薄冰不敢多事盤問，但總覺得還不至於到了不能補救的地步。看見他破天荒走進了「美樂地」，老七先是一驚，但隨即就被情人臉上的微笑卸下了心防。那樣溫和平靜的笑容，分明是重燃愛火，心結冰釋的跡象，怎麼結果一周後手機便成了空號？

那晚店裡客人很多，情人站在吧檯前的一堵人牆外，看著他調酒洗杯還要忙著幫客人點歌，忙得不可開交，他就那麼一直在原地佇著，不開口，也不更靠近。看了好一會兒之後，情人給他遞了個眼色，往廁所的方向瞟了一眼。

老七看著對方的背影走進了那扇門，當時心中曾閃過一個古怪的念頭：會不會那間廁所其實有著從沒被發現的魔法，等情人再走出來時，他又會變成他們剛認識時候的樣子？那個第一次和朋友到TEN還有點生嫩的大學生？

老七一直以為那就叫做緣份，五、六年後竟然兩人會在MELODY重逢。是你？無心走進店裡的情人已沒有當年的羞澀，認出老七時竟也是喜出望外的表情。

老七的記憶中，剛出來見世面的那個大學生，坐在TEN的包廂座，望著舞池裡一群妖魔鬼怪的狂歡，總是一臉困惑的表情。老七曾經有點心動，但覺得要釣這種不上道的菜鳥有點費事，心想自己不缺這一炮，所以在TEN見過幾次面，都只是瘋言瘋語撩撥而已，實際上也是暗中試探。

喂，你到底喜歡哪一型的，我幫你介紹！那一個怎麼樣？也是大學生喔，還是你不喜歡跟你同類的？——

那我們的「海產王子」如何？他殺起魚來超有男人味的，我們這裡很多人就是愛這款帶流氓氣的啦！——

你也是重口味的嗎？——

什麼？你都還沒跟人幹過??

二十出頭的老七，有人說，跟當年剛出道的日本明星吉田榮作有幾分神似。剛進圈內的生手，見到老七驚為天人的還不在少數。但只要在圈內多混上幾個月，就會摸清了老七這傢伙是什麼貨色。據說還搞過登小廣告詐同志財的勾當，以交筆友為名把人騙到旅社再來個仙人跳。

早年混跡新公園時期留下的惡名，老七到後來也無心洗刷了，卻在那晚當大學生對他說出，「你這一型就不錯」的時候，老七心頭湧起了自己都陌生的慚愧。不再是機會上鉤的沾沾自喜，卻反是同情起對方搞不清狀況的單純。不料，他們下了舞池才跳完第一支舞，馬上大學生的同伴就上前低語了幾句，把人拉走了。

那是對他的一記當頭棒喝，讓他第一次有了自覺，這樣下去他的人生就快完蛋了。大學生從舞池被帶離開時，曾又轉頭回望了他好幾次，譴責中又充滿無奈的眼神，老七一直忘不了。

因為有了MELODY，才讓他在退伍後與原來的生活方式一刀兩斷。那時老三就常對他耳提面命，別以為做gay bar可以左右逢源，MELODY這種小酒吧既沒聲光，也沒舞池，做的都是人情生意。客人若看你站在吧檯後鬼頭鬼腦，誰還會想讓你賺他的錢？絕對不可以吃窩邊草。絕對不可以在酒吧之外跟客人有金錢糾葛。跳下來做這行，心裡就要有準備，你以後就沒那麼多機會約炮，談感情也會更困難。大多數的gay還是不喜歡太過招搖顯眼，跟一個gay bar酒保談戀愛，那不就圈內人盡皆知了？你要想清楚啊！……

沒想到這一次，老天爺把那個叫姚瑞峰的男人再次送到了面前。

當年遊戲人間的小鬼頭早學乖了，並不會天真到真以為老天賞了他一樁完美的前緣再續。這段關係要能走下去，不能公開是前提，也是必要條件，這些一開始他都清楚。但天底下哪種關係不需要一些讓步與妥協呢？

*

頭幾年老七對於情人只能一周見一面的方式並不以為意，以為自己是看得開的，不會像其他那些姊妹開口情閉口愛，搞得要死要活的，哪個情人會不嫌煩？

讓步與妥協也改變不了的是，自己各方面都不及對方，兩人之間的差距難免讓老七產生自卑。情人從不多談自己的事業，老七以為，那是為了不讓他受窘，所以省去了費口舌的解釋，怕說了他也不懂。

個性低調的情人，每周有兩天一夜窩在他的住處，作愛睡覺之外，就是看錄影帶。情人周一晚上離去之時，他總是在顧店，就這樣不著痕跡地，他們各自回到各自原來的世界。像是短暫寄放在他這兒的一件行李，總是要被領走。所有激情的場景，現在回想起來，也都只是重複了又重複的步驟。

老七並非對兩人的未來，沒有過更多的想像。如果當初他為了這份感情，把這家店收了呢？會不會因此發展成比較正常的家庭生活？那也會是對方想要的嗎？為什麼沒有這麼做？是因為自己的懦弱？還是情人的猶豫？

彼此都有所保留，給了對方空間，卻不知從何時開始，自己能掌握的空間越來越少。對情人來說，他們的交往只是生活中的一部份，其他更多的時候，情人是以什麼樣的面目在社會上與人應對，老七完全沒有能接觸到他這一面的機會。

能給情人的，恐怕就只有每周兩天一夜的短暫放鬆，一點身體的慰藉，他自知不可以不小心拿捏著其中的輕重。誰教他真的很喜歡很喜歡對方，喜歡到可以光盯著情人的額際髮鬢或腳趾上短短的汗毛都能感覺快樂。

趁著客人不注意，趕緊溜出吧檯，一進了廁所就把門立刻反鎖上。

他那間小套房的廁所，連一個人淋浴都嫌擁擠。從來不曾兩人同時擠進過這個常人視為穢惡的空間。情人孤單地靠在白色磁磚牆上等待著，那身影讓老七心中短暫地浮起一股私密的幸福感，想起了所有以前為兩人一起生活曾勾勒過的美景。

也許他們會共同養一隻寵物。也許在對方埋首書桌前時他會為對方把消夜備好。當然，他們還會有一間舒適寬敞的浴廁。

真正的伴侶才能擁有的。兩人在那共同專屬的方寸間，日復一日，進行著就寢前與起床後的儀式。只有過夜的緣份，營造不出那樣的安心。各自的毛巾與梳子，牙刷與刮鬍刀，像是身體與靈魂，少不了另一半。

臉盆裡的落髮，忘記沖水的馬桶，洗衣籃裡的髒襪，壁櫃中的藥膏乳霜，都記載著外人不知的身體細節。

無遮的身體在這裡是再自然不過的事。他們純真裸露，如同回到創世紀的兩個亞當。情人泡在浴缸裡的時候，他也許正坐在馬桶上修剪著腳趾甲，或是對著鏡子用牙線清潔齒縫。空間中有回音輕輕震動，所以兩人的交談永遠只需輕聲細語就好。有時早上都趕時間出門

（喔到那時自己一定早已擺脫這樣的夜生活了……），他們會同時擠在鏡前，吹頭髮的吹頭髮，刮鬍子的刮鬍子，那畫面想起來都讓人幸福得想發笑。

然而，在這間不知有多少客人曾偷偷進來打過炮的廁所裡，當瑞峰抬頭凝望他的那一瞬間，老七便知道了，夢幻永遠只會是夢幻。在所謂穩定交往的多年之後，夢幻開始被剝去了性愛的糖衣，不知不覺走向了沒有未來的局面，卻假裝無事，忍受著兩人間的沉默。他手中可用的法寶何其少，讓情人再一次享受被征服的快感後，或許就可以造成難捨與拖延吧？

瑞峰一向喜歡的是被狂暴地親吮，被奴式地侵犯。

年少荒唐時，有多少次情慾難耐是跟陌生人在廁所裡解決的？有多少客人曾在他店裡第一次發現了犯戒的快樂，哪怕只是偷來的三五分鐘？年輕時再也無法承受的壓抑，偶爾宣洩爆發，需要的只不過就是這麼一點點的隱密。

高潮之頂，瑞峰突然把他推開，一反常態粗暴地把他壓在了洗手檯前。

以往都是他從背後朝著情人耳際一邊噴吐狎惡穢語，一邊熟門熟路挺進那個通往寶地的鎖孔，情人的呻痛一旦轉成迷囈的喘息，他便肆無忌憚地開始在鎖洞內搜探，觸壓著每一個可能開啟高潮之門的機關……

但情人那晚突擊了他毫無準備的身體。

他緊閉著唇，不敢發出聲音，卻在瑞峰彷彿加足油門開車撞牆的過程中始終睜大了眼睛，不想錯過鏡中兩人的每一個細微表情。以為會看到自己的委曲，看到情人的悔恨，但是都沒有。兩個人影在無聲的機械式抽動中，最後竟然都只剩下一臉屏氣凝神的漠然……

每當記憶啟動，自己就成了一顆自轉的陀螺，到最後總會乏力摔倒在地，暈眩的迴旋讓他始終看不見、也無法看清過程裡的細節。即使到了最後，竟然是在這樣的一間廁所裡跟情人分手，他還是從沒有忘記過，那人曾經讓他以為，自己多麼幸福。

為什麼就是不能放下？

情人如今有他自己飛黃騰達的人生，有錯嗎？能夠有更好的，誰願意自甘下賤？

就算毀了對方，能換來自己失去的嗎？

錯了。又錯了。可是現在反悔也來不及了——

恍惚中，鏡中的他，身後緩緩浮現了若有似無的一個人形，正與他一同對鏡凝視著回憶。全身的血液頓時都衝上了腦門，老七一驚踢翻了水桶，腳一軟便摔跌在了髒水淌流的地上。

今晚是怎麼了？

定神想要調整呼吸，卻感覺脈搏錯亂，忽強忽弱如同密碼訊息，彷彿急迫地想要通知他什麼緊要大事。

就在此時，電燈泡竟也無預警在一聲輕爆後，如自盡般決絕地遺棄了這個世界。黑暗中老七伸手胡亂揮抓，想要攀住個支撐好讓自己起身，卻是連試了幾次都落空。他嘆了口氣，乾脆閉起眼靠著牆坐在一地水潭中。

（怎麼會有音樂聲？明明音響不是已經都關了？）

隔著一扇門，聽起來像是卡拉OK的伴奏，但又似乎更像是現場的樂團。

（這時分難道還有客人上門，自己動手點了歌？）

誰在外面？他喊道。

沒有人回答。

音樂的音量卻開得更大了。

他小心翼翼地使力，雙手貼緊滑冷的磁磚牆面，穩住平衡，重新嘗試緩緩站起身，在黑暗中他開始小步移動著。

喂——？如果有人在，來幫我開一下門好嗎？——

門的另一頭傳來的依舊只是音樂的伴奏，沒有人回應。

每晚收到的現金都放在吧檯的小抽屜，以前生意好時五六萬跑不掉。如果真有搶匪在外頭，只能怪這搶匪太白目，偏挑了個生意奇差的寒流夜。

那該死的門像是怎麼也到達不了似的。

他只能繼續耐住性子，小心在滑漉漉的地面上以一定的慢速度前進。窸窣摸索了不知多久，終於門框出現在他的指尖。有那麼一秒，他突然擔心，會不會一步出便有持槍搶匪在等著，用武器抵住了自己的脖子？

推開門，結果迎向他的竟然是漫天七彩旋轉燈灑出的光點，差點閃茫了他的視線。湯哥一襲水綠色低胸長裙晚禮服，正坐在吧檯前的高腳椅上。

老七恍然憶起了這幅似曾相識的景象。

這分明是早先打盹時的**夢境**，竟然又再一次**重演**了。

這算是夢？……還是夢中夢？……

天曉得發生了何事，究竟他是什麼時候又睡去的？

面對眼前的畫面，老七感覺有一股無法言說的冷爬上了背脊——

如果是永遠醒不過來的夢，那該叫做什麼??

＊

我六點交班，換下制服出來大概都是六點一刻左右吧。我沒有特別注意時間。對對，我進來的時候就發現他昏迷倒在廁所門口。我叫王銘龍，大家都叫我阿龍。除了周四，每天我都在對面的超商做大夜。

不算朋友，也不能說真的認識，都在同一條巷子裡做生意，會打照面而已。是，就是一般會來買東西的顧客。沒什麼交談。

平常我交班後，他一定已經關店了，可是今天早上我卻看到店招的霓虹燈還亮著。大概快五點的時候我有看到他在打掃，他還說關店後會來找我訂年菜，結果他也沒出現。

所以看到霓虹燈一直還亮著，我就覺得可能出了什麼事，所以才會進店裡看看。他應該沒有生命危險吧？我剛發現他倒在地上的時候，他還睜開過一次眼睛，大概把我認作別人了吧，叫了一個名字，然後就沒有意識了。

警察大哥，這是你們的管區，你們應該比我更清楚這家店是做什麼生意的吧？我只是個超商工讀生，平常都盡量不惹事，在這一區大夜班不好做，常有喝醉的客人鬧事——

那倒沒有，他們店裡進出的人不會。沒——沒有看見其他人，現場就只有我。

我嗎？做了四年了——對不起，我接個電話。

喂？小閔，妳到家了喔？我跟妳說，出了點事情——不是我，是MELODY的老闆，沒錯對面那家——不用擔心，詳細情形晚點我再跟妳說，掰。

對不起，大哥你剛剛說什麼？

我只是報個案也需要跟你們回去嗎？

可是我才結束八個小時的大夜班很睏了耶，警察大哥……

4 重逢

那些教人難以置信的事，卻經常被孤獨的人碰上。

——沙特 *The Nausea*

大三要升大四，成績總在勉強應付的及格邊緣，沒有興趣的科系讀得沒有一點起色，出現在社團的時間比在教室多。在學校成了幽靈人口，只有期中考期末考一定會出現，其他時候全看當天的心情。晚上從沒在念書，忙著跑幾家民歌西餐廳駐唱。失眠已經成了固定作息的一部份，早上的課爬不起來是正常，就這樣顛紊混亂地又混完了一個學期。

漫長的暑假才剛開始。

英式龐克搖滾初萌即已讓全球為之瘋狂的年份，在亞熱帶的這個小島上，這座陽光尚未被捷運開挖掀起的飛沙烏煙污染的城市中，位於民生東路上全台第一家「麥當勞」，在那年夏天，把一首喬治男孩的〈Do You Really Want to Hurt Me?〉播了又播。

極強的冷氣，把陽光漂成霜氣逼人的霧亮，治豔如鬼哭的歌聲一句句切裂了空氣：真的真的你想要傷—害—我—嗎？那聲帶聽來仍未脫男生變聲期的尷尬，卻意外地充滿了迷幻悲傷的氣味。

我無法回答男孩的哀鳴，男孩唱出的正是我的焦慮與茫然。

總是睡到中午才起床。離晚上駐唱開始還有一大段空白，如果沒有被排到下午的練唱時段，又不想待在家裡被母親嘮叨，就只好坐在冷氣夠強，裝潢嶄新的「麥當勞」臨窗凝視街景。經濟在起飛，這些舶來品牌的速食店才剛開始在台北接二連三登陸，每一家雇用的都是漂亮且笑容可掬的大學生，成功打入台灣人的生活。在彼時洋菸洋酒進口車國外企業尚未大舉進軍的年代，有好長一段時間，我們這些土包子都誤以為速食代表的是進步國家的現代化生活。尤其看著工作人員把時限內仍未售完的舊薯條毫不心疼地倒掉，更是令人對速食的品質五體投地。一直得等到幾年之後解嚴，觀光簽證首度開放，我們才會從歸國遊客口中得知真相。麥當勞在美國不過是廉價的粗食，流浪漢們習慣來店流連，順便梳洗如廁或休憩。

不知其實也有不知的幸福。

就像不知幾年後就會出現速食愛情這種說法。不知校園民歌風潮即將結束，新浪潮電影只會是曇花一現。不知接下來三十年，這座島將陷入無止境的政治鬥爭，淹沒在群眾叫囂的口水裡。一九八〇年代的台北，那個雖然無知卻自得其樂的年代，同樣也如黎明一瞬那麼短暫。

雖已隱隱感覺這世界與我之間的距離不斷在擴大，但表面上我跟大家沒有任何不同，一樣抹上浪子膏，穿起高腰褲，掛著隨身聽，青春太滿只好揮霍。騙過滿室與自己年紀相仿的潮男時女，更重要的是，也瞞過自己：我們聚窩在此，因為青春保鮮需要的就是得像這樣的一個地方——乾淨明亮，有一點奢侈，有一點崇洋。

★

那天，我最先看見的是端了托盤從點餐櫃檯轉過身的阿崇。

那人高三才從自然組轉來我們社會組班上，同學一年不能算熟，畢業後自然就沒再聯絡過。他與高中時的樣子相差不大，仍然又黑又瘦。大熱天裡穿了全套一身的西裝，讓人不注意到也難。接著我的目光立刻轉移到阿崇身旁的男生。他脫下的西裝上衣抓在手裡，另一隻手的指間正夾著一截香菸（是的，那時候到處都沒有禁菸）。那人骨節明顯的手指，寬大手背上筋脈浮凸。捲起的袖口下，臂內側清楚蜿蜒的血管像一條糾纏的繩。我的腦中突然發出訊號：這隻手臂我認得。

「你怎麼會在這裡？」這是阿崇對我說的。

「原來是你。」這是我對姚說的。

「小鍾，好久不見。」

「你穿成這樣，我差點沒認出來。」

姚的一臉痘疤已經大幅改善，換了一副雷朋著名的三角金邊款眼鏡，看上去比以前多了些書卷味。等他們過來同桌坐下，我才理解沒有第一眼認出姚是為何。並不是對方的外貌真有那麼大的改變，而是我的意識出現了跳針。

事實上，在認出阿崇前，我的目光原本停駐在櫃檯前一對西裝筆挺的男生身上。

那一對男生其實就是姚瑞峰與丁崇光。原先姚的西裝外套也是穿在身上的，然而我全然無意識姚在何時脫下了它。癡看著那兩人背影的當下，有那麼幾秒鐘就這麼憑空消失了。一對穿著一致、體形相似的男性身影，之前從不曾讓我有過眼花而不自知的神迷……

阿崇解釋，這身打扮是他們在「國建會」擔任接待人員的規定。

聽到這麼官方的名詞，我詫異地幾乎噗嗤笑了出來。

他們那一周都住在當時還名叫「凱悅」的五星飯店，活動終於在剛剛下午落幕了。阿崇完全不察我的無動於衷，臉上仍是十份得意。接著又口沫橫飛地描繪起這期的「國建會」規模之盛大，兩三百位國外學者的接待工作何其吃重不易，主辦單位挑選的又都是各校何等優秀之輩來擔當重任。

「尤其那些校花級的美女如雲，個個又漂亮又有頭腦。」那人似乎有意加重最後這句的語氣。

還真讓塔羅牌說準了，姚不僅考上了一流的大學，讀的還是當時尚不知在幾年後會前途大好的資工系。阿崇念的則是與姚同校的國貿系。從高三同班一年留給我的印象中搜尋，阿崇下課沒事就愛攤開報紙，喜歡與人討論時事，他會樂於接觸像「國建會」這樣的政府活動我不驚訝，但是——姚瑞峰？

「你不知道瑞峰是我們學校代聯會主席？」

「代聯會？」

「小鍾，你大學是念假的嗎？」阿崇因為我的無知而笑了：「學生代表聯合會，簡稱代聯會。你們學校沒有這樣的組織嗎？」

喔大概有吧。我回答得心不在焉，想到的只是每回學校舉行晚會前，會來聯絡我出席表演的學生幹部。大學裡熱中學生會組織，還會積極出來競選學生代表的，印象中不是法律系就是政治系學生，我一時無法將他們與記憶中的姚瑞峰聯想在一起。在報告完近況後，三人一時也找不到適當的話題，所以接下來阿崇顯然高估了我的時事常識，把國內政治新聞綜覽當成了談天資料——蔣經國這一任快到期了，你們看明年他會找誰做副手？應該就是孫運璿了對吧？如果下一任的副總統是孫運璿，他就是接班人，兩蔣時代終於要結束了，你們怎麼看？

反倒姚在一旁並不多話，一直到阿崇談起他在代聯會通訊這份學生報紙上刊了一篇〈對美麗島事件的重新省思〉引發校方高度關切時，姚才突然打斷這個話題，轉過頭問我一個人坐在這裡幹什麼。

「沒什麼，就是無聊，來這裡吹冷氣。」我說。

「真是一點都沒變。」

「所以你跟瑞峰高一時很熟喔？」阿崇問。

「你現在看起來很像青年才俊。」我說。

「我以前不像嗎？」

姚笑了起來。直到這一刻，姚才終於露出了我記憶中那種帶了點憨直的笑容。

姚的改變顯然已不只是外貌，進了大學的他，與高一班上的那個留級生，若說是一對孿生兄弟也不奇怪。兩人輪廓彷彿，但哥哥看起來多了弟弟所沒有的冷靜自信。

與他兩人眼神相會的停格多了那麼三秒，忘記是誰先轉移了注視的目光。一旁的阿崇再次想加入談話：「他高一的時候不是這樣子的嗎？那他是怎樣的？」

我還沒來得及搭話，姚便先恭喜我全國校園民歌大賽打入了決賽，又問起還有在駐唱嗎？我難掩訝異，問姚怎麼會知道我這些近況。

「這就是代聯會主席在做的事啊，包打聽。」姚說。

三兩句話後，直覺又送來了訊號：姚的冷靜似乎只是為了在努力掩飾。掩飾什麼？是不開心？還是不耐煩？校慶遊園會碰到時的那副蠻不在乎到哪兒去了？「聽他亂說，什麼包打聽！」阿崇終於取得了發言權：「因為瑞峰他馬子也有去參加啦，不過沒進決賽就是了。」

「已經是前女友了。」姚說。

「不會是高三遊園會上我看到的那個吧？」

「當然不是，」姚一邊熄菸一邊搖頭：「丁崇光，謝謝你的大嘴巴，怎麼都沒看到你也去把個馬子咧？」

「唉瑞峰，這就是跟你當哥兒們的代價啊！不都是被你先把走了？怎麼還會有機會留給我呢？」

左一聲瑞峰，右一聲瑞峰的阿崇，坐在姚的身邊，雖然穿的是同款的襯衫領帶，可他看起來就像是姚的仿冒品。

「他高一的時候就很花心，看來這毛病一點都沒改。」

我不意就隨口丟出了這句，想必是語氣過於認真了，竟讓三人一時無話。短暫的尷尬中，高三校慶晚會表演結束後曾守在後台門口的記憶，這時浮上心頭。一直以為姚那天晚上食言爽約了。也許我錯了，姚其實坐在台下。他知道我在表演後希望能見他一面，卻故意留下一道若有似無的線索，又在三年後這樣輕描淡寫繼續添上一筆……

是警告？是備忘？那麼他也曾不動聲色，坐在民歌餐廳的角落聽我演唱而沒有被發現嗎？

接下來的三人成行，就這樣變成了一件似乎順理成章的事。相約去看場暑假檔的熱門電影，坐上阿崇的車一起去當時還沒被大批觀光客摧殘的九份，或者有時喚來阿崇的表弟，四人一桌麻將打到半夜再去永和喝豆漿，一開始就像普通大學男生四處遊蕩，沒有什麼特別。如同皮膚上莫名冒起的紅腫，一開始總有點刺癢，然後留下一塊暗色的疙瘩，漸漸就不會去注意，到底膚色何時才會恢復正常。或是漸漸習慣了暗記的顏色，以為看上去並無不正常。

當起了「瑞峰的哥兒們」，彷彿就是這種無法定義是正常還是不正常的膚色轉變。這個有口難言角色讓我跟姚的距離更遠，偏偏兩人的接觸突然比真正當同學時更頻繁。我的心裡不是沒有提防。不斷告訴自己，不要動心，不可傷神。雖不完美但還可接受的三人成行，未嘗不是轉移慾望與焦慮的最好練習。

我曾如此想像，或許只要能練就這套不動聲色的隱忍功夫，也許，往後的人生就可以不至於太過悲慘。

我知道，真正需要擔心的，不是逢場作戲後一開學大家的鳥獸散，而是與姚在一起，這多出來的一個夏天，將成為另一場徒勞的亂夢。

祕密有時比慾望更不安份。慾望需要對象，但祕密卻像一個孤獨的游擊隊員流落叢林，在茫然的思緒裡漫竄。

與他倆的互動，像是從某個陌生人的生命中借來的一段交集似地，因為不像是自己的東西，所以不得不隨時小心避免損壞，難免就會流露出了一種不自覺的、刻意的殷勤。

怕阿崇看出自己的心事，我格外注意不要冷落了他，沒事便把話題拉回我們高三的時候。高三的時候姚不在我的生活裡。高三的時候姚曾經是過去式。現在洗牌重來。曾經姚的那種魯莽中透露著孩子氣的陽剛，如今被包藏在一副寡言沉穩的代聯會主席身份之下，誰不當姚是個有為青年？

誰會相信姚曾在我的耳際狎吟著，我馬子都不肯幫我吹……那個吊兒郎當的愣小子，曾經讓人猜不透也放不下的姚，究竟哪裡去了？

一度我有意迴避他們的邀約，想要慢慢淡出這樣的自尋煩惱。拒絕幾次以後，姚與阿崇開始直接到我駐唱的餐廳來找我。說是專門來捧我的場，但我直覺，應該是有些什麼我並不知情的狀況正在變化中。

雖說暑假裡大家都是在無事晃蕩，但那兩人也未免太閒。阿崇家境優渥也就罷了，但姚瑞峰家在中部，印象中他模糊提過，父親年紀很大，抗戰剿匪一生戎馬，最後不過幹到少校退伍。暑假裡他不用回家看看父母嗎？

也沒聽姚提起是否有在打工，校外租屋生活費也是不小的開銷，還要頻頻來民歌餐廳消費，看遍首輪新片，沒事泡咖啡館吃消夜跳個舞打個小麻將，而且繼阿崇後也騷包地在腰間掛上了一只BB Call，這些照理不是一個隻身北上的大學生負擔得起的。難不成都是阿崇幫他買單的？

每晚的演出原本是我遁回自我小世界的獨享時光，他們的出現並沒讓我感受到驚喜或虛榮，反倒更加深了我的不自在感。與姚佯作無事，稱兄道弟的已經夠磨人，我愈來愈感到自己在這三人行中的格格不入。

或是說，動輒得咎。

例如，當我無意間聊到，姚的吉他其實也彈得很好呢，阿崇竟顯得非常吃驚，彷彿那是什麼天大的祕密，一直追問我為什麼會知道。「你聽過他彈嗎？」他的語氣從意外變成懷疑，好像那是我編造出來的。

「當然聽過，我幹嘛騙你啊？」

我不能說出全部實情。在記憶中，幾乎已認定在那個黃昏的教室裡，姚以一段吉他獨奏對我試探性地撩撥，是不能公開的祕密。

阿崇不死心要姚露一手，姚卻堅稱自己都只是隨便玩玩，好幾年都沒碰了，並不如我幫他宣傳的有上台表演的水準。我不知道姚為什麼要否認。又例如，姚會刻意提及高一的時候我總把筆記借給他，甚至誇張到出現「考試的時候若不是小鍾罩我，我大概又要留級一年」這種說法。

換我不知道該否認還是附和。我並不喜歡被說成愛作弊的學生，不管是罩人還是被罩。就算要更正這種小事，有時也可能扯上並不想讓旁人知道的事實做佐證，只好任他這樣形容他與我的交情，放棄了反駁。

我相信姚不是記錯，我們之間必然存在著那種默契。我會罩他。

祕密從不會安份地與靈魂共存，它永遠在伺機何時靈魂的破綻出現，打算裂帛毀身而出。唯一僅有可用來馴誘祕密這隻凶殘怪獸的武器，只有謊言了。

我沒有其他的選擇。對我而言，重要的是，必須開始學習摸索著鋒銳的鋸齒底線邊緣，看顧著彼此，誰也不可以被割出流血的傷口。

★

ＰＵＢ文化在一九八〇年代的台北，仍是帶著遙遠的越戰遺緒，主要林立於中山北路雙城街一帶。師大公館那附近的幾家相對就因陋就簡居多，躲在一些不起眼的舊樓上。離開了位在西門町的民歌餐廳，吃過消夜，通常阿崇會開車先送姚回汀州路上的學生套房，再開往新店，在我家巷口把我放下。

但是那天晚上放下姚之後，阿崇突然提議要去師大那邊的小ＰＵＢ喝杯酒。

在此之前，我從未涉足過任何酒場，頂多去了林森北路的地下舞廳灌過幾回啤酒。阿崇熟門熟路地領我爬上燈光昏暗的樓梯，坐進了滿牆除了幾張西片海報外別無裝潢的小酒館，為我點了生平的第一杯調酒「螺絲起子」。

店內客人不多，一台ＬＰ唱盤音響放的是當年夏季紅遍大街小巷的那首〈女孩只想玩樂〉（Girls Just Want to Have Fun）。早已習慣的三人行突然只剩我倆，一切彷彿退回了高中生故作成熟的原點。聽著辛蒂尖著嗓歡唱著喔喔喔女孩們只想要玩樂喔喔喔，酒精慢慢開始發揮功效。有時光看著阿崇嘴巴一開一闔，不明白他在說啥我就傻笑混過。那到底這些女孩想要怎麼取樂呢？男孩們又去哪兒了呢？

很快就喝完了第三杯。但我仍問不出口，為何沒有邀姚一道，反而是先把他送回去而單獨留下我呢？

「……跑去印刷廠，冒充是會長交代，然後就把我們這一期要出刊的頭題給換掉了！」沒聽見阿崇的上一句，抬眼只見他無預警的一臉憤怒：「……學校裡有特務！」諜戰電影裡才會聽到的台詞，從阿崇口中說出來有種奇怪的喜感。問他原來要登載的內容是什麼？國建會浪費國家公帑，進行一黨獨大的政治收編！他說。

以為自己聽錯，不是一個多月前才看見他因為躬逢其盛而得意洋洋？他說，那是為了要瞭解真正運作的過程，只有實地去參與才能提出強而有力的批評。原來如此。我用力地點了點頭。

平日我雖都不插嘴，但聽多了也大概摸清楚他們在進行的是一場怎樣的角力。關於姚的身段靈活與足智多謀的事蹟，已經不是新鮮話題，只是當事人不在場，少了兩人一搭一唱把他們口中的教官走狗再痛罵一頓，阿崇繼續吹擂的興趣顯然也不高，於是訕訕地結束了這個話題。

接下來短暫的無語空白，我們中間彷彿仍坐著一個看不見的姚，那感覺就像是，姚其實是我們共同虛構出來的人物。

我們共同認識的這個人，其實都並不算真的認識。或者說，姚在二十歲後的某一天起就開了竅，理解到自己具有一種吸引人對他好奇的特質，他只需保持某種淡然與不在乎，別人自動會像著色一樣，在空白處填上那些襯托出他的顏色。

阿崇的手指在吧檯桌面上胡亂跟著音樂節奏敲著，突然就停下動作扭過頭，欲言又止地望著我。

對方的眼神裡出現一種陌生的疑慮，反倒像是期待我會先開口說些什麼。終於，他像是跟自己打賭輸了似地嘆了口氣，問我知不知道，姚跟他們參加國建會時認識的一個學姊之間的事。

如同針螫的感覺並不是因為姚又有了女朋友，而是因為我對此事竟然一無所知。忍受了這麼久的違心自苦之後，才發現原來姚對我仍有芥蒂。姚真正的哥兒們是阿崇。我的假裝終於露餡了，一股燒到耳尖的難堪。

為什麼？為什麼姚還能擠得出約會談戀愛的時間？他是怎麼辦到的？

為什麼我的生活卻惶然空洞，像一個發了高燒的無助病人，只能拚命在夢境裡毫無目的地一直奔逃？

我的失落中暗藏著自己一時都還不曾察覺的憤怒。

「問題是，學姊今年畢業，已經申請到了美國研究所，九月就要去了，這是一開始就知道的事情，瑞峰他不知道在放不下什麼？」

把我單獨留下原來就是為了這事。

「那種從小第一志願又漂亮的女生，他也不想想自己是老幾？——」說到這裡他激動了起來，彷彿姚就出現在他眼前聽訓似的：「人家的未來沒有你啦，還一頭熱那麼認真。」沒一會兒語氣又轉為怨嘆：「要不就是他這傢伙對感情太玩世不恭了，現在陷進去了吧！一個連珍惜都不懂的人，就算再有本事，人生到頭來也是會空虛吧？……」

我差點就要脫口而出：同學你也未免管得太多了吧？

當下我竟無察覺阿崇其實另有所指。

我認識的阿崇愛批評愛管閒事，有點囉嗦但為人還算正直，總是興致勃勃地在吆喝著把大家聚在一起，開車接接送送這些事情他做來從沒怨言。與他高三同學一年，從來不知道他家裡生意原來做得很大，這種低調不能不說也算是好品格的一種。我沒有討厭這個傢伙，但他似乎都沒有意識到他的好意所帶給人的壓力。因為怕他失望，我好幾次都是勉強赴他的邀約。在高中的時候，他就是那種隨時都在背英文單字而讓人覺得想躲開的認真學生。

對他的認識如果一直停留在高中時代，我會這樣勾勒出一幅他的未來：大學畢業後很辛苦地繼續進修，三十多歲接下家族事業繼續辛苦地工作，四十歲的時候很辛苦地擴大了事業版圖，並開始每年安排一次全家的旅遊，繼續擔心著國家大事以及子女的教育……已經為他準備好的這套人生腳本，似乎也沒啥不好。如果不是因為姚的話——

隔著時空，他那張黑黑窄窄、有著粗眉高顴的瘦削臉孔，突然朝我無奈地笑了。

「我說的他都不聽。本來想讓他帶Angela來聽你唱歌，他說不要讓你知道，我想，他一定是比較在乎你的看法……」

前一秒如落敗逃兵的我，下一秒自以為找到了可攻入的破綻：「瑞峰他就是花心，心情不好也可能是因為女生比他認真，他想甩又甩不掉啊！……」然後故作輕鬆地把杯中物一飲而盡：「沒事的，我知道他這人的脾氣。」

這樣的論點無疑讓阿崇吃了一驚。不必太費工夫就能為姚粉飾圓場，我的這種天份又再一次被啟動。

店門推開，一群男生呼擁而進。兩個老外與三個本地人，旁若無人地高聲嬉笑。我立刻轉過臉去，假裝視若無睹。不是因為他們刺耳的喧譁，而是那一股刺鼻的濃郁古龍水異香，如同一條斑斕的蛇，扭動著在窄小的室內亂竄。我感覺臉上的肌肉頓時僵硬。在這地方出沒的，不光只有蛇。

「媽的，不男不女！」

阿崇的斜睨讓我登時心涼。再怎麼推心置腹，這塊鐵板總會無預警跳出。櫃檯酒保把辛蒂勞波的唱片換下，放上了那張瑪丹娜的〈Like A Virgin〉。剛進來的一夥人立刻大聲跟著合唱起來，配合著動作，一翹臀一噘嘴，盡得娜姊真傳。

在一九八三年的這個夏日午夜，若是有人穿越未來告知，瑪丹娜有朝一日將成為流行時尚一代教母，反而一出道就拿下了葛萊美新人獎，才氣光芒無疑壓過同期瑪丹娜的辛蒂勞波在一九九〇年後，再也沒有登上過暢銷榜的金曲，我想，我一定會嗤之以鼻，覺得那人瘋了。

所謂的未來，原來總隱藏在我們不願正視的過去裡。

★

「不早了，我們該走了。」我說。

阿崇的酒量原來並不怎麼樣。雙眼布滿血絲，目光惺忪，聽見我的話他擺擺手，不知道嘟噥了一句什麼，便踉蹌地跨下高腳椅，讓我半攙半拖地步下了小酒館的樓梯。

也不知他是真醉還是有什麼心事，下樓來一屁股就靠著騎樓柱子滑坐在地，口袋裡東摸西掏，找不著菸。我要幫他回樓上去找，他說不用了。看來仍不想回家的他，零零落落哼著一首歌，半天我才聽出調子，是一部電影的主題曲。

那部電影的片名叫《納許維爾》（*Nashville*），導演勞勃阿特曼的經典名片，主題曲〈**I'm Easy**〉得過奧斯卡，在當年卻是禁片一部。當年民歌圈裡人人都練過這首歌，前奏一段solo簡直就是吉他教學範本。好笑的是，沒人知道這部電影究竟在講什麼，又為什麼會被禁演。

十幾年後才有機會看到錄影帶，電影中，納許維爾這個鄉村音樂之都在某次美國總統大選期間，成了政治金錢與娛樂媒體角力又合污的大本營，最後以一起暗殺槍擊悲劇收場。在當年還在戒嚴時期的台灣，這部電影拿不到准演執照原來是這個原因。總被蒙在鼓裡的年輕歲月，熱中學習歐美，卻從不知事情的原貌，我們就是這樣摸索著走過了那個年代。

「嘿，小鍾，那次聽你在台上唱這首歌，覺得超讚的，我就去找了唱片學了起來。」阿崇抬起臉朝我笑了起來。

阿崇的車停得老遠。午夜的辛亥路上半天沒有車蹤。可能有颱風將至，悶熱空氣中不時吹起疾疾長風。

我加入了阿崇略帶沙啞的歌聲。冷清的馬路宛如散場後的舞台，響起了兩個男生的微醺心情。

Give the word and I'll play the game, as though that's how it ought to be. Because I'm easy……有話你就直說，我會奉陪這場遊戲，玩到真假難分，只因我是個隨興之人……

所謂的遊戲裡，有無可能一方故作隨興而實際上只是想滿足虛榮？另一方看似逢場作戲，或許只是看穿了對方的用情不專？……這會不會也是我的寫照？

明知道頂多也只是繼續曖昧下去，卻一直在等姚的下一個暗示，彷彿嫌自己沉落得還不夠徹底。這是他的操弄，還是我的委曲求全？新交了女友，同樣的情節難道還會有不同的結局？

天空開始飄起雨，我們快速起身過街，躲進了阿崇的車中。兩人接下來不發一語地坐在車裡，其實都在等待對方先開口。

阿崇扭開了收音機。ICRT主持人嘰哩呱啦說著英文，大概是在回覆聽眾來信點播，前面說些什麼我無心去注意，直到主持人報出曲目：〈Do You Really Want to Hurt Me?〉喬治男孩的歌聲立刻把我帶回在速食店巧遇的那個下午。我想起了在點餐櫃檯前並肩而立的那一對西裝男子身影。那時的他們看起來互動親密。

對男生之間所流露出的溫柔有如偵測器敏感般的我，一時還曾被眼前的景象吸引。雖然只是短暫的幾秒。但，有沒有可能，那年夏天一開始時的三人關係裡，阿崇從來都不是我與姚之間的局外人？反倒是，那個夾在中間的電燈泡，其實是我？

對世俗的監督而言，身體才是紅線警戒，只要動作不娘，手腳安份，男男之間你看我我看你，可以是惺惺相惜，也可能被當成爭鋒較勁。心裡沒鬼，根本看不出端倪。

能指認出弦外之音的，往往總是那個在暗自覬覦、卻不幸遭冷落的第三方。控訴不了任何人，只能自傷。被當成空氣一樣的存在如此失落難堪，自尊心的挫傷結不了痂，那塊永遠裸紅的皮肉，對他人之間的氣味暗通變得格外敏感。這樣的一片瘡口，到頭來，像極了天生就是「那種人」的胎記。

第一次三個人在麥當勞碰到的那個下午，店裡同樣也播放著這首歌，我說。

「那天就發現你和瑞峰之間怪怪的。」

阿崇停了一下，見我沒回應，再開口變得像轉速失控的唱盤。

「剛剛在酒館，對後來進來的那些人，我不是不屑，我只是不懂，為什麼他們要讓全世界都知道他們喜歡的是同性？為什麼喜歡男生就一定要變成女生的角色？重點不是在愛一個人嗎？好好去愛一個人就好了，不是嗎？那樣惹得大家側目要做什麼？……我不是不懂那種愛情會走得比較辛苦，我懂——所以我才更覺得他們不應該，不應該把這件事搞成了鬧劇，可以不必那樣的……小鍾，我想說的是——不，我想問你，如果，如果有一個很帥的男生，他說他喜歡你，你能接受這種事嗎？」

也許吧，我回答。

盡在不言中，我們甚至連那個字眼都沒說出口。

「嗯。」他的視線盯著窗玻璃上的雨渠縱橫，彷彿等待一個什麼暗號，那句回答終於才能出口：「我想我也可以。」

半晌，他扭低了收音機的音量又再開口：「你才是我總想把三人約在一起的真正原因。我不確定，你和瑞峰之間怎麼了。」

我沉默不語。

他知道，他都看在眼裡。在國建會做招待住在凱悅那幾天裡，他和姚都睡一張床。兩個血氣方剛的男生一整個禮拜住同一間房，全天待命哪裡也不能去。

你覺得會發生什麼事呢？他反問。

做了不只一次，而且。

最後一天活動要結束的那個早晨，當他們依舊穿上了制服西裝打起領帶，一起對鏡整理儀容時，他看見鏡中的那人眼神突然變得陌然而遙遠，他就已知道，那幾晚發生過的對姚來說只是性，等會兒上班時姚可以依然若無其事地跟那個叫Angela的學姊繼續打情罵俏。翻臉嗎？什麼理由？一個巴掌拍不響，怪誰？這種事彼此只能裝沒發生過，你懂嗎？……

告白突然在這裡打住，兩人陷入如同末日前夕的死寂。

「你覺得，姚瑞峰他到底是不是？」

我說我不知道，怎樣才算是。

為性而性，聽起來如此簡易迅速，姚卻連吃一口回頭草，再來撩撥我一下的興趣都沒有，這說明了什麼？

我的胸前如同被人擊了一拳般暗暗痛悶，只聽見心中傳來了轟然一聲猶如地底密室塌陷的巨響。

我想起曾讀到王爾德劇本裡的這句台詞：「真愛會原諒所有人，除了沒有愛的人」，突然感到一陣冷顫：沒有愛的人是做了什麼，還是因為該做而沒做什麼，所以需要被原諒？

嚴格說來，我和姚根本不算發生過關係。

我的心情既不是憤怒，也非傷心，我所能想到最接近當時感受的字眼是：凜然。甚至我懷疑，姚和阿崇這些日子對於我招之即來的加入，宛如都是抱著一種看好戲的心情。我垂涎又假裝無辜的辛苦看在他們眼裡，必定讓他們感到自己的優勢與幸運，因為即使姚繼續和Angela交往，他們還是祕密地擁有著彼此，而我卻仍是不得其門而入，宛如不停朝著友善路人搖尾的一隻流浪犬。也許姚曾暗地不只一次搖頭冷笑：貪心又愚昧的這個傢伙啊，竟不知自己從不曾是我真正慾望的對象，怎麼會到現在還沒想通，我只是需要有摩拳擦掌練習用的替身呵？——

然後阿崇就哭了。

大概從小學之後，我就沒有看過一個男生痛哭的樣子了。那模樣，真的比女生哭起來還要堪憐。女生的哭太絕望，讓我覺得有一種歇斯底里的威脅感，當下一定想要遞上手帕（那年頭連小包紙巾都還沒有），希望她停止。而男生——不，男人的眼淚，因為稀有，因為看來如此不熟練的一種無措，讓人不忍打擾。

那樣的傷心無法作假。我的感覺不是錯愕，反像是慶幸。慶幸自己一晚上的耐心沒有白費，他最後還是得向我投誠吐實。像急診室醫師必須診斷出病人創傷等級那樣，我告訴自己不要慌張，專心地開始觀察著對方的疼痛變化。

我沒想到自己能如此平靜。

如果他跟Angela是認真的，我祝福他……如果可能，我難道不想談一場跟大家一樣的戀愛？⋯⋯認真沒有錯，但是只有認真還不夠，還要勇敢——

那人抽噎著吐出一串串的斷句，讓我想到奮力仍想游回岸邊的溺水者。

我以為該哭的人是自己。

同樣落水，而且泳技奇差，我救不了任何人。

★

所謂的認真，多年後的我才更明白，對每個人來說所代表的意義並不相同。

對姚來說，無關得失，只是取捨。

對阿崇來說，是容不下一粒砂子的絕對。

而我，似乎總在該認真的時候不認真，在該放手的時候卻又認真不放。

每種幸福都有它的代價，而我一心努力想找出換算的公式。畢竟，我們只聽說過男人與女人的婚姻。如果守候一個男人不算婚姻，不成家庭，那是不是至少可以稱之為「同修」？

資訊如此封閉的當年，我們無從知曉，一九六九年在紐約一間叫石牆的同性戀酒吧，一場我類與警察的衝突抗爭已經發生。無法得知一九七八年在舊金山，一位勇敢站出來的我族中人，寫下劃時代的一頁當選市議員，之後竟又遭仇恨者槍殺。

一九八三年的這個夏天，我們仍如同石器時代之人，意外發現鑽木取火。而僅憑著這點星火，許多像我們這樣的同類，卻決定開始扭轉自己的命運。

夜晚降臨，族人聚於穴居洞前，大家交換了躊躇的眼神。手中的火把與四面的黑暗洪荒相較，那點光幅何其微弱。沒有數據參考，只能憑感受臆斷。改變會不會更好，永遠是未知的冒險。

有人留下，有人上路。流散遷徙，各自於不同的落腳處形成新的部落，跳起不同的舞，祭拜起各自的神。

有人決定出櫃，有人決定不出櫃；有人不出櫃卻也平穩過完大半生，有人出櫃後卻傷痕累累。無法面對被指指點點寧願娶妻生子的人不少。寧願一次又一次愛得赴湯蹈火也無法忍受形隻影單的人更多。所有的決定，到頭來並非真正選擇了哪一種幸福，而更像是，選擇究竟寧願受哪一種苦……

回到那晚阿崇送我回家的路上。

當車子在空僻的馬路上超速衝飛，寧願受何種苦的疑問也如子彈一般，射進了我的胸口。迎著從搖下車窗中灌進的涼風與飛雨，阿崇突然加足油門，把頭伸出車外，一路放聲長嘯。我從不知他也能有如此放肆任性的時候。

「你只是不知道而已。」他說。

男人對於那些難以掌控的女人，永遠可以訴諸道德審判的假面。如果跟女人發生過關係後又被一腳踢開，難過歸難過，但男人總還可以罵聲賤貨婊子來出氣。

但是，當自己是被另一個男人棄絕，那種失望的痛與純然的男女失戀相比，多了更深的一道斲傷——因為這回不光是被慾望的對象忽視，還要加上被同性否定的挫敗。所有在異性戀世界拿到過的獎狀與兌換券，進了這個圈子後，那些都成了屁。

我雖不是偶像型的帥哥，但從女生對我的態度，我一直以為自己的條件絕對不能算差。我以為這樣的評比結果可以同樣讓我贏得同性的青睞，殊不知在男人的眼中，並沒有同樣的積分方式。

沒有人是婊子。只有輸不起的遜咖。

當年的一句廣告名言，幻滅是成長的開始，事實上並不適用於我們。因為在這個世上，他人所認為真實的，像是每一條能被解釋的法律，每一種關於愛的宣誓，以至於成家立業生老病死的種種資源，對我們來說，才更像是看得到卻摸不到的幻覺。因為那些，從來都不是為我們這種少數人而準備的。

對於異性戀來說是幻滅的，卻可能是我們繭上的破口。我們的成長，反過來得依靠著不可輕易放手的幻覺。在他人的幻滅中，我們得找出另一種真實，反之亦然。

不可以，不忍，是我們生存的最高原則。

一定要忍得住，也絕不能在該狠的時候有不忍之心。

人生不過才起步，對情對慾，對愛對寂寞都還一無所知，卻已被迫去面對有限的選項。身為本省家族企業長子繼承人的阿崇，我後來才知道，父母早在當年就已開始為他物色門當戶對的對象。

而沒有任何家世背景卻又雄心勃勃的姚，比起我們多數只會讀書的大學生，更早嗅出了當時政治的山雨欲來。暗潮洶湧，各方群雄蠢蠢欲動，私下招兵買馬培植自己的實力。一場政治洗牌即將掀起的前夕，姚好不容易奮力擠到了前排，之後面臨的選擇——或說他面臨的無可選擇——只有婚姻。

因為「那種人」在姚的口中是不配有愛的。

二十歲時的我卻從沒想過，比「那種人」更不見天日的下場會是什麼。

上個世紀正一步步走向尾聲。不消幾年時間，同修變同志，孽子滿江湖，一間間插立彩虹旗的新道場開幕，宣告了一張門票一場春夢的時代已然降臨。

青春不長久，靈肉合一的說法且留給那個不知何時才會出現的戀人。如網撈魚貨般的同類，一籮籮被倒進周末的酒吧，缺愛瀕死，個個激烈拍擊著挺猛的魚尾，鰓口狂吻著滿室的費洛蒙，濕腥推擠，合慾同流。啊原來可以是這樣的！我聽見來自青春期的那個聲音如此訝異又興奮地嚷道……

曾經，夜空中突然出現一道道刺亮的閃電，把猶是黑夜的當下照成了晃然白晝。我們吃驚之餘，在那一瞬間，都不自主朝未來的天際猛轉過頭。

我永遠記得，當時的我們，那樣驚恐凝望的神情。

5 在迷巷

天氣竟然無預警地放晴了。

折騰到了九點多，阿龍從警察局回到住處時，小閔已經睡了。早餐蛋餅與豆漿放在茶几上，小閔把自己的那份吃了，留下一桌未清的殘局。他搖搖頭，把杯盤連同剩下的蛋餅一併送進了廚房。經過了一早的波折，他沒有胃口。錯過了原本的上床時間，睏意過頭後，反而出現了一種亢奮。

進了自己的房間，拉上窗簾，阿龍躺在床上強閉起眼睛，企圖讓自己冷靜。員警勘驗後的結論，MELODY並無遭人闖入，現金也原封不動置於吧檯的抽屜，老闆被送醫後緊急進行了中風後的手術。應該就是一件單純的報案，為何被管區員警又帶回派出所細問？躺在床上的他重新將回憶倒帶，才警覺到當警察問道，有沒有看見其他人的時候，自己曾遲疑了兩秒。

把胳臂橫擱在鼻梁上，想要擋住從窗簾縫隙中鑽進的刺目光線，卻揮不去越來越清晰的記憶。（唉，一定是被看出來我的欲言又止了……）不安地翻身側睡，再次想到了那個密閉不見天日的酒吧。（難道會是幻覺？……）

推門而入的那當下，不知白晝腳印有多久不曾踏入的那個空間，立即揚起一股菸與酒混合著某種陳舊裝潢的氣味撲面而來。就連現在深吸一口氣，那氣味都像是仍一路尾隨著來到了自己的房間。一進門，立刻發現有人倒臥在洗手間外甬道上，他下意識便衝上前想要將人扶坐起，卻在這個時候聽見身後有人朝他喊了一聲——

印象中他迅速地回頭，卻不見屋內有其他人影。

從前在門外，總以為這裡頭是怎樣的一幅春光綺豔，如今定神慢慢巡視起室內各個角落，這才看明白了，不過就是一個吧檯加十幾張高腳椅。

但是印象的落差反更增添了這地方的詭異，教阿龍不禁懷疑，是不是自己闖錯了時空？這樣一間暗舊的密室，每晚是否會有他看不見的妖氛竄出，讓那些人時間一到便如中邪般來店裡報到？昏迷在地，不知是死還是活的店主，難道懂得施法，能讓這荒屋中的客人自以為身處酒池肉林？

這個甬道無疑是屋內最黑暗的角落。蜷在牆邊的阿龍，眼看著一吋吋朝屋裡蔓延爬行中的日光，彷彿並不是來拯救他們的，而更像是一個侵略者，企圖要摧毀這屋裡一切，這黑盒隨時有可能粉碎在光天化日下。一瞬間的暈眩讓他幾乎分不清，自己究竟是屬於黑夜的這一國，還是白晝的那方。

等確定了屋內並無其他人藏匿，他卻又無端感到頸上一陣涼，心跳頓時加速。為何自己會出現在此？為什麼偏偏是這個清晨天亮前，他與老闆有了罕有的互動寒暄？也許在那時就有了某種說不出的預感，才會在下班時多看了MELODY一眼？

事後當員警問道：「有看見其他的人嗎？」本來差點就要脫口回答，好像聽見有人，然而一念之間又把話吞了回去。

好在現場看不出任何可疑犯案的跡象，想要進一步釐清楚始末，只有等病人手術後清醒了再問話。「這間酒吧的老闆真命大，如果你晚個十幾分鐘再發現，他大概就沒救了。」員警留下阿龍的聯絡方式，最後又補了一句。

不曉得是不是自己心虛，總覺得對方的話中有話。

不能怪那值勤的警察，就連阿龍自己也仍都充滿疑惑。但是他心裡清楚，不能隨意向人透露更多了。短短十來分鐘，等待救護車抵達的那段時間，他曾多麼努力壓抑住心頭的森然之感，強作鎮定不斷告訴自己，多虧了那聲音的提示，他才沒有對病患做出錯誤的處置。

那個看不見的說話者，有可能是曾見過的人。

不是一個完全陌生的聲音。到底曾在什麼地方聽到過這個人的聲音呢？

一定會有比較合理的解釋，譬如說，某個離去後又折返的客人，當時剛巧從門外進來，在他背後喊了那些話後，自己又匆匆忙忙跑到外面去求救了吧？

但就算出去求救，也還是會回來看看老闆怎麼樣了才對。怎麼後來連人影都不見了？就這樣一走了之了不成？

問題是，如果真有這麼一個白目的傢伙，他折返回來原本是想做什麼？

不認得其他任何酒吧裡的常客，更別說若想要通知與老闆親近相關的人。已經有好長一段時間，阿龍都只見老闆自己一個人關店打烊，另個沒事會做女裝扮的傢伙，好像也有一年沒見過他出現來幫忙了。

究竟那兩人是什麼關係他從來都並不清楚。（是合資的朋友？搞不好是情人，現在已經分手了？……）

他總不方便平常在老闆結帳的時候，刻意去探這種隱私吧？更何況，他們這種人之間的事情，外人怎麼會搞得懂？只是一時還真想不到，有誰可能跟老闆關係較親近，應該通知一聲。

這件事現在應該是警察的工作，並不該由他來操這個心。但是稍早出現的那兩個員警，說不出為什麼，讓阿龍總有些不放心的感覺。

他想起其中一位員警在老闆的皮夾中翻找證件時的表情。身份證與健保卡上寫著老闆很菜市場的名，林國雄。啪啪掉出了一堆會員卡，警察撿起來，開始一張張悠閒地瀏覽，嘴角帶著嘲謔的似笑非笑，一邊轉頭對另一位員警說：「全是三溫暖和按摩院，都不怕得病喔！」

然後是一張照片，從皮夾的內層給抽了出來。

警察先生瞥了一眼，本來很快就要塞回皮夾，但像是被提醒了什麼，又重新拿起來檢視。屋內太暗看不清楚，又對著門口射進的斜光打量了許久，最後把照片遞給了他：

「這個人常來店裡嗎？」

相紙沖印，好古老的東西。都已經褪色了。沒錯，照片中的林國雄至少比現在年輕十幾歲，三十郎當的一個帥哥，笑得十分開心。

照片中與老闆搭著肩的另一位，相貌堂堂，性格中又帶了幾分書卷味。若說這人也是他們那種圈內的，走在街上還真認不出來呢！

是情侶照吧？哥兒們照相的時候，不會出現這種依偎的感覺。沒見過，阿龍把照片還給員警，搖搖頭。

原來老闆不是一直一個人，曾經也是有人愛過的。

員警又把照片遞給了另一位，對方也是瞪大眼睛端詳了半天，然後跟他的同事交換了一個「現在該怎麼辦？」的表情。

「你覺得呢？」

「不是那麼確定。」

「這叫做摸蛤仔兼洗褲。」

「還是小心一點好啦！」

那兩個員警彼此間的對話，始終像在打什麼啞謎似的。

之後被帶回去派出所又再做了問話，阿龍始終不解所為何來，不是已經確認了，既非搶劫也無人行兇了嗎？在黑夜黎明交界一刻所聽到的那聲音、那張皮夾裡的照片、照片中的人，這一切究竟有什麼關聯？更讓他難以釋懷的是，那聲音，如果不是自己幻覺的話？——

「是中風……千萬別移動他……」

那是一個聽起來十分疲倦而低啞的聲音。

隔壁臥室裡的小閔又在說夢話了。

這突如其來的驚擾，讓正在思索中的他一時誤以為，那個聲音又再度來偷襲。

與小閔一直各有自己的臥室。少了一般人的正常作息，兩人僅有的睡眠時間顯得格外珍貴，容不得彼此不同的睡眠癖性來攪局。像是小閔就經常夢話連篇讓人發毛，他則總會因鼾聲如雷被半夜搖醒。勉強適應了一周，終於還是不得不分房。

豎起耳朵，側聽了一會兒隔牆的夢囈。若不是知道小閔有這習慣，乍聽會以為，房裡有另一個人正在與她對話。

都是未完成句，彷彿對方非常善解人意，只需要點到為止。從那軟綿低吟的語氣可以判定，夢裡的小閔，顯然比在清醒的時候開心。

是誰在她的夢裡？

◎

翻來覆去也不知到底有沒有入睡，幾個小時後，他便放棄了繼續這樣辛苦地與睡眠搏鬥。有種恍惚的感覺，半夢半醒間一直急著要找某樣東西。瘖瘂不明的場景，昏暗的視線，竟有幾分與那家酒吧類似。坐起身，只記得最後這點印象。一看錶，怎麼才下午一點半？

隨便梳洗了一下，拿了機車鑰匙，他輕手輕腳地又出了門。

到了醫院，發現手術雖然已結束，但病人還在恢復室，尚未送回病房。阿龍又騎上了摩托車，在七條通附近的巷子裡兜了一圈。

之前幾乎很少在天黑前進來過這些巷弄，少了層層疊疊俗豔霓虹的加持，在冬日的殘陽下，這一區顯得比印象中破舊。隔著巷子兩公尺不到的寬度，他朝對面MELODY的店門打量。鐵捲門只拉下了一半，招牌燈在警察與救護人員的一陣忙亂進出中還是忘了關。白晝裡那店面的外觀像一張人臉，眨著未眠的眼，咧開了嘴正對著他笑。

走過了街，把鐵捲門拉起，進了酒吧裡再用高腳椅抵住大門。西曬的冬陽雖已沒有溫度，但比清晨時仍要來得耀目許多，讓人覺得屋內頓時像被消了毒似的，空氣也瞬間流通而沖散了不少那種積壓多年的陳舊怪味。

走進吧檯，開始摸索著所有的電源開關，試按了好幾個，才終於確定把屋外的燈箱招牌給熄了。

看起來這店裡除了幾瓶還沒開過的威士忌，沒有其他值錢的東西。

之前一直避免去瞧牆上掛著的一幅幅男體藝術攝影，如今門戶大開照得滿室明亮，想假裝四壁無物都不可能。但是為何這些攝影海報中都是西洋男子？有件事阿龍一直沒搞懂過，gay到底分不分男女？如果兩個人都是像牆上這些肌肉發達的壯漢，做起愛來豈不是像小時候在鄉下看到的牽牛交配？

但是這不是他獨自回到這裡想要研究的重點。

即使在白天，這裡仍是個感覺陰暗的場所，加上昨晚又下了一夜的雨，大夜班結束後，自己的心情既疲累也鬱悶，在這些因素之下，會不會是自己失了神或出現了錯覺呢？

看得出來這個林國雄還真是個能省則省的。沒有製冰機，用的冰塊都是零售的就算了，連個餐飲業必備的冰箱都沒有。吧檯後的地上堆放著一個個郊遊用的小冷藏箱，啤酒就這樣冰在裡頭。算準了一晚上多少瓶用量，寧可麻煩每天叫貨，也不想多存個半打。憑著超商打工多年的經驗，他一眼便看懂得了老闆為了省電所打的算盤。

再來就是這地方也沒裝保全系統或監視錄影，連鐵門也還是手動式的捲門。阿龍找到了櫃子裡放的大鎖與鏈條，心想就算沒值錢的東西好偷，到了晚上可能還是有不知情的客人上門，所以還是拉下店門鎖上比較好，否則一定會有人跑來超商找他東問西問的，他可不想整個晚上都被這種事騷擾。

檢查過了一圈，這屋內看不出有什麼不尋常之處。總不會是照片中的人在說話吧？明明聽到的那句是中文，可這些都是阿凸仔啊！

至於小貯藏間裡那麼一大綑的冥紙是作為何用，他以為做生意的人為求平安拜拜神鬼也是常有的事，不足為奇。

雖然有合理的解釋，但那成堆的冥紙仍是帶給他一種異樣的感覺。老闆準備的份量也太多了些，難道這就是原因？都說香燭紙錢這些東西是穿陽通陰的媒介，這地方確實有股一般人感受不到的能量，除了他？

「請問？——」

他差點沒被這突如其來的一聲嚇出心臟病。

一抬頭，看見門口出現了一個穿著兩件式套裝的女子。也不知要請問什麼，那女子就大剌剌直接登門入室了。她的身後還跟了一個手拿著相機的男人，對著室內場景就開始猛按快門。

「喂！誰准你拍照的？你們是什麼人？怎麼這麼沒有禮貌？」

「我是X雜誌的記者。」

女子做個手勢讓攝影師暫停工作，向他遞上了她的名片：「這是一家同志酒吧沒錯吧？聽說老闆目前在醫院裡？你就是發現林國雄昏迷向派出所報案的人？」

女記者咄咄逼人的口氣讓阿龍聽了很覺刺耳，這哪裡像是採訪，更像是在對嫌犯的偵訊。儘管他與老闆沒有交情，但就算是守望相助，似乎也不應該對來意不明的雜誌媒體透露這些訊息。

媒體。同志。曝光。……某段埋藏已久的記憶隨即被觸動，阿龍卻下意識如按下開關般阻斷了記憶密碼的輸送。現在他最需要提防的事情，就是不小心讓自己越陷越難脫身，連記憶都要因這起突發事件而被翻出來檢視。

然而那短暫連線的幾秒鐘，讓他更加警覺來者不善。直覺的判斷，這店裡的客人應該不會希望有記者帶著攝影師來到他們的地盤上指指點點。就算不是同志酒吧，這一帶的酒廊第三性公關店牛郎店，家家也都是看重隱私的。如果小閔哪天在上班的路上也被記者堵住，問了一堆私人問題，他鐵定會跳出來給對方一點顏色瞧瞧。只不過現在眼前的這位偏偏是個女的——

他的克制不語絲毫沒有讓女記者有罷休的意思，繼續朝阿龍連丟出下一串問題——你認識老闆林國雄有多久了？你清楚他的交友狀況嗎？今天警察來現場的時候有看到一張照片你還有印象嗎？

再怎麼以不變應萬變，他的沉默也不免被最後的這句問話給破了功。什麼照片？他故意裝傻反問。

你認得出照片中的另一位嗎？女記著繼續緊迫盯人。

「我不知道什麼照片——」阿龍邊說邊拿起放在吧檯上的大鎖：「對不起我要關門了！」

女記者趾高氣揚的態度立刻受到挑戰，她一定萬沒想到對方會給她這樣的下馬威。追在阿龍的背後，她以近乎失控的尖聲喊起來：

「你們這些同志就這麼不敢見人？永遠躲在暗處？有什麼好隱瞞的，如果你們覺得愛人也是你們的權利，為什麼不跳出來？我代表的是一個專業負責任的新聞媒體，特別還來這裡想跟當事人做查證的動作，希望給你們一個公正的報導，你不覺得你這樣的態度會讓同志的形象很受傷嗎？——」

「我不是同志！」

已經走到門外了，這時阿龍又猛地轉過身，順勢把鐵捲門嘩地拉到只夠半個人鑽出的高度：「我只是來幫忙鎖門的。」就算他是，也無權代替老闆做任何回應吧？

剛剛被切斷連線的記憶卻又趁機蠢蠢欲動。他已經又嗅到了那記憶裡的石楠花……眼前浮現了多年前那一天報紙頭題的圖片……夠了。這些人會突然出現一定沒有好事。不過就是那個叫林國雄的，在十幾年前跟他的愛人拍的一張照片不是嗎？值得這樣大作文章嗎？

「喂！你能把門再升上去一點嗎？」

一臉怒氣又難掩窘狀的女記者，因穿了窄裙而難以彎身曲腿鑽出那道門。阿龍看在眼裡，絲毫不為所動。

「我改天還會再來。」女記者在攝影師的攙扶下好不容易鑽出了門縫，狼狽中仍倔強地想挽回自己的尊嚴。

看著那兩人無功而退，他小小的得意，卻在掛上鐵鍊，扣起鎖環，望著店面被鐵門密封起那一刻，又被心頭另一股起伏的隱隱不安所淹沒。為什麼感覺上，這彷彿只是一個事件的開始，而不是落幕？為什麼覺得好像聽見了在鐵門後有酒瓶被砸碎在地的聲音？

佇立在漸起的寒風中，他努力壓抑住想要重新開門進去察看的衝動，直到發現對面的超商裡，他的午班同事丘丘正在跟他招手，他才帶著一顆慌張怦跳的心跨上了機車，像是被人發現幹了什麼壞事，加速駛出了曲折的巷弄。

◎

拎著從自助餐店買回的晚餐，回到住處時，看見小閔圍了條大浴巾，剛洗完澡正從浴室出來。阿龍報上菜色：有清蒸魚，蕃茄炒蛋，還有絲瓜喲。

「馬上就來。」小閔一閃進了臥室。

小茶几鋪上報紙，免洗餐具擺一擺準備開飯。餐桌上堆滿的是批來的那些直銷的化妝保養品，他已經忘了上次在餐桌吃飯是什麼時候的事。

「早上你一直不見人，我還以為你出了什麼事，嚇死我。」

小閔又恢復了清醒時大剌剌、直通通的說話方式。背景響起了吹風機不甘示弱的呼嘯，頭髮的主人像是受了驚嚇似地，突然放大了嗓門：「什麼？……你說那家gay bar怎麼了？……啊？……你還真愛管閒事ㄝ——」

但即使是對小閔，阿龍的描述也還是隱瞞了其中讓他不安的部份。他甚至沒有交代幾小時前又回去現場所發生的事。

小閔吃著他買回來的清蒸魚，邊聽邊點頭：嗯，我看那個老闆沒有什麼家人。很多gay老了都是這樣——說到這裡頓了一下，想到了什麼，就不往下說了。

「怎麼了？」

「也沒什麼啦，我想到了二姊，她以前就說過，這家gay bar的老闆怎麼這麼死心眼，賺了二十幾年，也早該收山了。」

二姊就是她們店裡的媽媽桑。她有個在歌壇紅透半邊天的親妹妹，幾年前曾經被媒體爆料，成名之前妹妹在姊姊開的酒廊裡陪過酒，之後姊妹就老死不相往來。（又是媒體惹出來的禍……）二姊和妹妹長得還真像，但是兩人的人生，一個天一個地，二姊的滄桑已不是化妝品能夠掩蓋，如今說她是天后的媽，恐怕會相信的人還更多。

「哦？有開那麼久了嗎？」

「二姊說，比她開店還更早。」

他知道小閔剛才為什麼話說一半了。她應該是想到了自己。

「今晚你會去推銷那些保養品嗎？」

「嗯。就剩妳們家我還沒去過了。真的會被二姊看出來我們的關係嗎？」

「就告訴你不要來店裡，多一事不如少一事。反正明年，最多做到明年——」

小閔放下筷子，接著嘆了一口氣。

「其實你真的不必再去上那個大夜班了。都快四年了，什麼情況我沒見過，我自己都會應付的。你要不要考慮，重新找個白天的全職工作？」

「但是那樣的話，我們就幾乎碰不到面了。」阿龍略感不自在地笑著。「我喜歡我們兩個在同一時間都醒著的感覺。」他說。

小閔端詳了他一會兒，不知道在思考什麼。然後忽然便悠悠地說聲吃飽了，起身進了臥室，坐在梳妝台前開始用力地刷起自己一頭染金的長髮。阿龍悄悄地也跟到了臥房門口，靠在門邊打量著她。她從鏡中突然瞧見，忙放下梳子，開始拿起了一瓶乳液倒了滿掌，胡亂在頸部腿上塗抹。

幹嘛不出聲站在那兒？她問。

事實上，阿龍很想對她說出在他腦裡已經盤旋了一天的一堆疑問。很想告訴小閔，今晚就請一次假吧，因為感覺起來總有什麼事不對勁。在待會兒入夜後既喧囂又孤獨的那些錯綜街巷間，恐怕有些什麼讓人不安的東西正潛伏著。

晚上少喝點。結果他卻只吐出了這幾個字。

「你也該準備一下了。今天沒下雨，客人可能上門得早，你最好七點以前就去補貨……現在共有幾家的小姐會跟你固定叫貨？」

五、六家吧？阿龍撒了個謊。其實他推銷得並不積極。

小閔滿意地點了點頭。

隨後在她腦中閃過了某個新點子，自己都忍不住笑了起來：

「附近的gay bar也不少呢，你要不要開拓一下市場？搞不好你很有同志緣喔！」

◎

幾小時前被那個雜誌女記者騷擾時，在腦海中曾幾次匆匆閃過的破碎回憶，終於因小閔的點破而再無處可閃躲。

本來刻意不願去多做聯想的，不料小閔會拿這事當成了玩笑來說。事實上，他並不記得曾將這段過去，完整地向小閔敘述過。就像這一天發生的事故，他下意識也做了部份省略。

那是關於自己大學的時候曾參加過國標舞社團的那件事。

才參加了一個學期就退出了，所以當初也就是某個茶餘飯後，無意間跟小閔提起過這事而已。與社團只有過短暫的交集，儘管有些事之後一直深埋在他的記憶裡，但只要不去多說，彷彿也就淡化了它的真實性。

本來就不是因為興趣而加入那社團的，是因為聽了宿舍裡其他男生在起鬨，說是來國標舞社上課的那個女老師身材超辣，總穿了短群高跟鞋，扭得像條蛇似的。跳得不好沒關係，老師會讓你摟著她的腰，一對一示範給你看。大學男生就是這麼吃飽沒事幹，結果社團教室裡陽盛陰衰，二、三十雙眼睛全在盯著女老師曼妙玲瓏的曲線搖擺。

並沒有外傳中的一對一教學，女老師有一個男助教，碩士班的，專門負責對付這些無聊男生。女生不夠，上課時老師乾脆讓男生跟男生一組，幾次下來，原來心術不正的那群男生全都落跑了。

校慶晚會上，各社團都得派出節目，國標舞社出現男角荒上不了場。阿龍不知道為什麼，其他男生都沒接到國標老師的電話，偏偏只有他。為了晚會的節目，她特地來電拜託請他歸隊助陣。抵擋不住女老師電話上甜軟的溫情攻勢，阿龍只好又硬著頭皮答應回去練舞。

一開始由女老師完成了舞蹈編排與舞者的搭配，之後監督練習就都交給了助教去執行。阿龍的身材架式不錯，為了台上效果，老師派給他的舞伴是社團裡的老幹部，用意是想老將可以帶新人。

沒想到阿龍的舞伴因為沒被安排到焦點主秀而正忿忿不平，輸給了社裡另一個女生也就罷了，還要她跟他這個蔡鳥上場，打從一開始練舞她就沒有過好臉色。只要阿龍幾次被糾正了還犯錯，那女生瞪他的眼神之冷酷，簡直當他是殘廢。求學的過程看似吊兒郎當的阿龍，既然決定了的事就一定會拚拚看，這是他的個性，就像是離家獨立半工半讀的決定，他從沒喊過苦。

直到那回舞伴一甩頭走人說不練了，留下滿臉赭紅的他和一旁不吭聲的助教。這樣被女生屈辱他從沒遇到過，覺得自己當初會答應歸隊根本是蠢到家。

「為什麼挑我？我說過，我來參加社團只是因為——」

還沒說完，助教就遞給他毛巾跟礦泉水：「名單是我提供的。老師沒時間去認識你們每個人，但我都有在注意——我知道你一定可以的。」

「我才不要再跟那個自以為是的醜八怪練舞。」

「嗯哼，這個我們來想辦法解決。」助教拍拍阿龍的肩膀：「氣死她的方式只有一個。那就是我們根本不需要她，而且當天在舞台上，我們還要壓過其他所有的舞者。」

話雖如此，他倆當時都早做好了失敗的心理準備，認為那是不可能的任務。

兩名男舞者的雙人探戈？

鄉下孩子好強起來只有一古腦兒的傻勁，為了報復那個瞧不起他的女生，阿龍決心拚下去。從小到大，上台領獎演講唱歌都沒有過他的份，沒想到自己竟然會被發掘有跳舞的潛力。加上助教修改了一些動作，讓他更駕輕就熟，原來的挫折感很快就被新燃起的信心所取代。

不讓祕密武器提前走光，他們總避開社員，在半夜以後的空教室裡排練。基本的舞步與節奏掌握，不到兩周就已經上手。在大鏡牆前，看見自己與助教兩人的動作越來越協調，很驚訝原來探戈舞是兼具力與美的，也適合兩個男生以陽剛的爆發力來詮釋傳統的情慾奔放。

就想像這是原野上有兩頭獅子在決鬥吧！助教這樣說。

原版中幾個較具難度的動作，例如男舞者要接住躍起的女舞者，再一個旋轉把對方甩到地上，最後從胯下把女舞者拉出，助教曾考慮要不要把這一串編舞簡化。阿龍卻認為，既然要讓全場驚豔，還是先試看看再說。

「我才五十五公斤，別指望要我舉起你。」助教說。

「來吧，誰怕誰！」他亮了亮自己的臂膀，雖然對自己的能耐其實存疑。

除了練舞，兩個人開始抽出時間，在白天一塊兒去體育館加強自己的肌肉訓練。那一個多月裡，他沒事都掛著耳機，心裡默數著步子，同時一面計算著角度與自己的速度。經過積極的鍛鍊後，阿龍自信可以托舉起對方，不會是問題。

沒想到練習時總是出錯的人，這回換成了他的舞伴。雖是雙人舞，但兩人之前並無太多肢體接觸的動作，阿龍發現問題出在助教似乎對於他的觸碰，總是顯得不太自在。

「我會想辦法減個幾公斤，抱歉。」他總是這麼說。

「喂，老兄，不是你的體重問題，是你沒有調整好重心，身體都在抖。要ㄍㄧㄥ住全身的肌肉，像這樣——」

不自覺已反客為主成了體能訓練師，阿龍把助教扳轉過身面對鏡牆，拍擊著對方身體需要用力的部位：「這裡，腰要挺直一點……還有大腿，併攏一點，這樣你的重量就不會往下掉——」

兩人的目光在鏡中相接，阿龍看見助教眼神中的異樣。

同樣是男生，那樣的表情他當然能夠辨認。那是心理與生理同時被挑動而難以自抑的一種失態發情。雖然是很短的一瞬，但助教褲襠間的勃起被他看見了，他很快轉過臉去。

「嘿阿龍那只是我——」

不讓對方慌張失措的解釋繼續，他板起臉，假裝什麼都沒看到，只說了句：「只剩下十天了，別浪費時間。我們再來練一遍。」

不需要解釋。他並不是不懂發生了什麼事。

不要再去談論，他以為是最好的處理方式。最後一周的排練過程，他都盡量不跟對方交談，休息的時候也避開兩人獨處，自己到外頭去坐著。他只希望自己到了台上不要出糗就好，其他的事，假裝一概不曾發生，也不想深究。到底對方的這種想法已經默默發酵了多久，彷彿越多去瞭解，越會顯得自己對這種事的興趣，讓他成為了那個被動的舞者，其實從來都未曾拒絕過對方所帶領的舞步。

連聲明自己不是都嫌多餘，結果只可能節外生枝，讓對方因此有了更多機會，對自己吐露那些與他無關的痛苦啦寂寞啦什麼有的沒的。

只是，怎麼之前都沒想到，自己並非真是舞蹈那塊料，會被挑中都是助教的刻意安排？那是一種被侵犯的感覺。阿龍覺得自己被欺騙了。

想起一幕幕曾經兩人單獨練舞的深夜，當時的默契，當時為彼此加油或喝采所交換過的會心眼神，如今全失去了男生與男生間友情的純粹。

在如雷掌聲中謝完了幕，一到了後台，助教在眾目睽睽之下竟突然抱住了他，興奮地大喊：「我們做到了！」

他推開和自己一樣全身汗淋淋的那個身體，眼角餘光掃到周邊，有人見到這畫面正在掩嘴竊笑。他沒有做出更多的回應，除了跟對方客氣地點了點頭。

面對阿龍依然刻意地疏遠他，助教愣了兩秒，汗水滴到了鼻尖也都忘了抹掉。他就這樣盯住阿龍的臉，半天才終於回過神，故作哥兒們的瀟灑朝對方伸出了手掌：「很高興能跟你合作。」

阿龍遲疑了一下，沒有去握住對方的手，反改成要對方與他擊掌就好：「謝謝你，助教。」

一段雙人探戈，幾個高難度的拋甩，獲得了全場口哨掌聲連連。只有阿龍自己有數，這幾招練得有多辛苦。在謝幕的時候，聽著台下的喝采，他陷入了複雜的心情。他不知道是該繼續疏遠，還是該前嫌盡釋。

在步下舞台的那一刻，他很快做出了決定。他告訴自己，這只是一個節目，他已盡可能用最專業的心態來面對這個挑戰，如今節目結束，不該有的牽扯從這一刻就該中止，這樣才算是一個稱職的舞者。

回到宿舍，在書包裡發現了一張小卡片，不知是什麼時候被放進去的。

「我對抗自己，也對抗世俗，但我對抗不了毫不在意我的你。保重。請不要怪我用這樣的方式接近你。希望多年以後，當你想起今晚在舞台上的這一支舞，會是一個美好的記憶。Tony」

趁室友沒發現他在讀什麼之前，阿龍很快就揉掉了卡片。

後來再也沒回去過社團，在校園中也沒有再見過那個Tony。直到大四的某一天，他看見報紙上的新聞。

某市的市長選舉戰火激烈，其中一位候選人的造勢晚會上找來了變裝舞者，打出了同志平權議題想爭取更多選票。附上的新聞照片比文字占了更大的版面，阿龍只瞟了一眼就認出了照片中的那個舞者。

一周後，Tony自殺的消息上了各大報，登得比之前候選人的造勢晚會還更醒目。電子媒體訪問到了Tony的姊姊，一整天各家的電視新聞，都在重複播出她控訴候選人害死了她弟弟的一段呼天搶地畫面——

「他們騙他去表演，報紙登出來說他是同志，還登了那麼大的照片……**他怎麼會是同志**？他在念研究所功課很好，還是國標舞國手，因為我們家境不好，他才會去偶爾客串打工表演，賺自己的學費……這個候選人怎麼可以這麼沒良心？只是去幫他造勢晚會表演，就說他是同志？他是被逼死的，他被人指指點點壓力有多大你們知道嗎？……報紙就這樣登出來**教他怎麼做人**？你要他怎麼解釋？……還我弟弟命來啊！……」

Tony的確沒說過自己是同志。他只說他對抗自己，也對抗世俗，但是他對抗不了的是……

新聞播到一半阿龍就衝出了自助餐廳。他不能忍受繼續聽著同校的學生們一邊看著新聞一邊議論紛紛。

他們知道個屁！他直覺助教的家人在說謊。就算外人指指點點，也不足以逼死Tony。世俗，不過是陌生人的一張嘴而已，反而最在乎的人才是越難以對抗的。從他家人在他死後仍不斷否認的態度來看，一定是因為上報後不斷被家裡逼問自己的性向，所以Tony才會羞愧自殺的！

他們曾經是朋友的。他們原本可以繼續當朋友的。

那段相處的時光，不管阿龍願不願意承認，事實上已經讓他與Tony有了某種革命情感。回想起練舞的日子，他發現對Tony的記憶，遠比自己以為的要更多。關於他的死，他或許比他的家人還更清楚真相。在深夜校園無人的田徑場上發了瘋似地跑著，一圈又一圈，卻仍無法擺脫心裡的愧疚。害死Tony的不光只有他的家人、媒體和那個利用同志議題想搏版面的候選人。怎能說他的冷漠不是另一個幫凶？如果他們依然是朋友，或許Tony就可以跑來跟他訴苦，問他該怎麼辦。那他就會告訴他：管你家人怎麼想，可以學我自己搬出來，獨立過著自己想要的生活！——

曾經，在舞台上躍起的那一秒，Tony對他是完全信任的。

儘管在後來練舞時變得尷尬，但在台上的那一秒他倆都知道，只要專注在此刻的這一個目標就好，其他的情緒都不重要。其實他只要像當時一起練舞時那樣，接住了Tony就會沒事的——

但我卻失手了。

公寓裡只剩下他自己，小閔已經出門。多少年都沒再回顧的那段往事，讓阿龍突然感覺孤單。他自己也不明瞭，為何無法對小閔說完整個故事，關於助教的死？

最親密的關係裡，也還是總有一些只屬於自己的心事。這麼多年過去，他都快以為故事的後半段是自己的想像，助教真的已經死了嗎？

原來是真的。他發現連那個夜裡在田徑場上淚奔時，校園裡飄來的石楠花樹氣味都仍印象清晰。那一支雙人探戈，有可能也被自己的身體記得嗎？他的肌肉裡還會藏有當時的律動與拉扯，如同於長年冰雪覆蓋下的一串遺失的腳印那樣，或許仍會帶他前往某地嗎？

沒想到這一次，他再度又無端地被扯進了一個同志的生死交關。

自己之前竟然沒有發現，從第一時間發現那個林國雄倒臥在黑暗的店裡，他或許已經身不由己，被過去這段記憶所發出的指令驅動著，難怪會覺得總無法就此放手？

同時他卻又下意識地在閃避，怕被旁人看出自己的擔心，所以才會連對小閔都無法坦言。難道這是由於從小到大被洗腦後根深柢固留下的設防？

這世界很早就教會我們壁壘分明的生存法則。因為懂得害怕的人，才更知道怎樣的人生是安全的——這個想法總是不時就會浮上他的心頭。

無法形容自己內心此刻的矛盾。他一直以為自己是個好人。

默默地走到小客廳的中央，調整好自己的立姿，他閉起眼睛，憑著記憶找回了那一年站在舞台上音樂出現之前的預備動作，那個朝著某隻看不見的天空之鴿所擺出的召喚手勢。

心底這種隱隱的痛，竟也像是對他的某種召喚。那隻在寂寥空曠的午夜天際，始終盤旋而無法落地的飛鴿，正是他自己。

◎

雖然答應了小閔會提早出門去推銷保養品，但一整天下來幾乎沒闔眼的阿龍，原只想小盹片刻，沒想到一睜開眼已經快到超商大夜班的時間。

通常他都會提早到店裡，因為前一班的同事懷孕，他總教她把貨品上架的粗活最後留給他就好。這一晚阿龍卻得厚著臉皮打電話給丘丘，要她幫他代班半小時。看在以前欠你這麼多的份上，好啦好啦，丘丘說。隨即又問，今天這麼累喔？是跟對面gay bar的Andy中風有關嗎？

Andy？他才知道林國雄還有這個名號，同時心想，那人中風的消息也未免傳得太快了吧？

已經懷孕五個月的丘丘，臨走還不忘在架上翻尋，把就快到午夜保存期限的三明治塞了幾個進她的背包。阿龍見狀便隨口問一句：老公還在失業？

「什麼失業！根本就是懶得就業！我跟他說隔壁巷子的小七缺人，教他去他也不去！為什麼我就能在超商工作他就不肯？老說他要重新創業，東山再起，我問他說小孩出生之後怎麼辦？他竟然說那我們就搬回他羅東老家讓他媽媽帶！唉我真是命苦……」

沒想到無心一問竟讓她一發不可收拾。當初阿龍看著他們從戀愛到結婚，丘丘老公那時在夜市有一個賣服飾的小店面，因為店租不斷上漲，最後不得不被迫收攤。

「我跟你講，結婚真的很沒意思！」丘丘說接著又抱怨了一堆瑣事，怒氣消了，她自己反而有點不好意思起來：

「跟你講這個，好像把你當姊妹淘了，哈哈！都是你啦，當初怎麼不追我，我想你就不會是那種不負責任的尪……你為什麼都沒交女朋友啊？」

阿龍尷尬地笑了笑。這條巷子裡發生的事有哪件她不知道？因為知道丘丘的個性，所以他的口風始終很緊。這卻讓丘丘會錯了意，突然壓低了聲音：「我其實早就想問你的。啊你到底是不是gay？姊姊我又不是外人……」

「是就是，不是就不是，這種事我幹嘛瞞妳？」

但是我又為什麼瞞了所有人，自己跟小閔在同居的事？自己說完都覺得這個回答有語病。

「怎麼？你對gay有意見嗎？」邊說著話，阿龍還邊幫一個顧客結了帳，客人聽到他們之間的談話，臨走前用責怪的眼神回瞄了一眼。

「看什麼看？我看你八成就是。」丘丘對著早就出店門的那人背影啐了一句，說完自己都覺得此舉無聊而噗嗤笑出來。

「妳這麼厲害，用看的就知道是不是？」

說話的同時，阿龍的眼睛不自主地仍盯著那客人的背影，觀察他的動向，直到他並非走向對面的MELODY，他才放心地收回視線。

鐵門深鎖的店面，像缺了牙的空洞夾在整排店家點亮的招牌間。只要一有人走近或停留在附近，他就忍不住會多看兩眼。

不是用看的，用聞的。丘丘說。你沒聞到他灑了半瓶的古龍水嗎？

一個用髮膠把頭髮抓成像刺蝟一樣的年輕男孩，這時出現在巷子裡，到了對面的酒吧門口停下，之後就在原地站立著，像是迷了路，也像是發呆。

他猶豫了片刻，想出去問問究竟，心想那人該不會是在等開門營業吧？也許等不到開門他就會自己離開。也許根本不是客人，他看起來太年輕了些。

決定不必多事去在意對面的動靜，忙換個話題轉頭問丘丘：「我問妳，如果妳的小孩是gay妳會怎麼辦？」

「能怎麼辦？還是自己的小孩啊！但是想到他的人生一定很辛苦，自己又幫不了他，當然會很難過啊——」丘丘用眼神指往了對街的方向：「你不覺得那個Andy就很慘嗎？一個人，現在又中風了，以後要怎樣過？」

不是同志，到老了也是一個人殘病的也很多啊——

原本想反駁，但是隨即想到了另一件更要緊的事。也許丘丘平常愛跟客人八卦，可以提供一些線索。那個老闆，是住附近嗎？確定他是單身一個人？

「住哪裡我是不曉得，但之前有一陣子，他跟那個叫湯哥的，九點多就會一起來開店，我猜他們可能住一起的吧？……你知道我在說哪一個吧？那個高高瘦瘦的……」

那八成也是一年多以前的事了，原來他們曾經連開店也是一道來的，以前阿龍並不知道。「可是今天警察想找緊急聯絡人，打到老闆家裡也沒人接，你說的那個湯哥，不知道人哪裡去了，大概早就不住一起了吧？」

才一說完，就看見丘丘臉上的表情如同數位畫面的僵格，嘴形歪了一邊，過了幾秒鐘才又吐出句子來：「你不知道，那個人已經死了嗎？」

下一秒換成阿龍有了同樣的遲鈍表情：死了？

「你上大夜班真的什麼事都看不到也不知道。一年多前我就看他像是有病，越來越瘦。果然。有一天傍晚，還不到開店的時間，那天突然就來了好多客人，我就在看，是發生了什麼事。快到八、九點，客人像電影院散場一樣都出來了，有幾個還在我們店門口哭得像什麼一樣。之後那個人就再也沒出現了。你上班的時間晚，沒看到現在每天開店之前，老闆一定先在門口燒紙錢。我也是後來才聽隔壁的麵攤說，人死了，鼻咽癌還是食道癌什麼的……」

他根本沒聽見她最後這句，因為對街的某件事物完全懾去了他的注意力。

「你在看什麼？對面黑漆漆，有什麼好看的？」

早知道，下午應該再貼上個「暫停營業」的公告的，阿龍心想。

因為不過才一眨眼工夫，他看見對面拉下的鐵捲門前，已成了三個人影在徘徊的畫面。除了剛剛那個年輕男孩，又多了兩名中年男子。他們在這樣的冬夜裡，身上的衣著顯然都太單薄了，都是一身西裝，沒有禦寒的大衣或圍巾。如此慎重的打扮，通常不是在店裡進出的客人會有的習慣。

丘丘戴起了機車安全帽，搖搖擺擺挺著身孕走出去了。至少她口中那個無用的老公每天都還會來接她下班。

剩下阿龍一個人站在櫃檯後，隨時在盯著對面的動靜。

過了十一點，不但那三個人竟然仍都沒有離去，反而又多出了兩位在門口加入了他們的聚集與等待。

怎麼偏偏今天上門的人會這麼多？又不是周末假日，已經都幾點了？這些人他們難道看不出來，今天不可能會開門營業了嗎？

凌晨一時許，阿龍已經意識到情況不尋常。

在MELODY門口守候的人已經多到十位。在入夜的低溫下，約定好了似地都是全套西裝打扮。

再看仔細些，每款的剪裁樣式卻又差異極大。有一九八〇年代那種大墊肩型的，或一九九〇年代長版窄領四釦的，有歐吉桑還在穿的那種寬鬆古老式樣，也有非常時髦合身頗像進口名牌的剪裁。一群衣冠楚楚的身影，就這樣在店門前聚集不散，彷彿前來參加一場神祕的聚會。

「喂！你們不要一直站在這兒，很冷噯……」

終於他看不過去了，趁沒有顧客的空檔，在寒風中抱著臂，快步走向對面的酒吧。

「今天不營業……明天也不……反正最近都不會開門就對了！」

原來站在那裡的西裝男們，一個個開始慢慢轉過臉來，朝向了他。

「老闆——Andy他住院了。你們是都約好的嗎？也許你們應該上臉書PO個訊息，教你們朋友別白跑一趟了……」

那一張張轉向他的臉孔都不帶任何表情，也沒有其中任何一個人開口表示什麼意見，或向他打聽Andy的情況。他們當中，從二十幾歲到五十幾歲的都有，全都不發一語光盯著他。就好像他在對著空氣說話，或是他們聽不懂他的語言。這群人的眼神中所散發出的一種遲緩、空洞的感覺，讓阿龍不自覺防衛性地倒退了幾步。

避開他們的注視，正打算轉身回去店裡，卻看到那個有著龐克刺蝟髮型的年輕男孩站得搖搖欲墜，好像隨時將倒下。阿龍才看出來，為何那男孩一出現立刻就引起他的注意。他的確是所有人中最怪異的一個。穿著三十年前大墊肩過時式樣的就是他。

衣著與髮型倒還其次，怪異的是他整個身體線條呈現出的不自然，頭與頸一直維持了一個奇怪的角度，吃力地想要抬頭卻又無法施力般微微下垂。一道墨色的液痕正從他髮間滲出，爬過了他的額頭。

是血？他愣住了。

「麻煩開開門……讓他們進去吧……」

這次他聽清楚了，全身的寒毛剎那間都像是一根根巨大的仙人掌刺般，從他每一個毛孔暴衝出來，令他幾乎想要尖聲叫喊。又是早上的那個聲音。終於想起來了。與其說是從聲音的特徵中分辨出了答案，不如說有一股預感，就像在人群中，有時你會感覺到有目光正停留在自己身上，雖然那道目光並不在你的視線範圍，你還是會準確地朝目光的方向回望——

正是那個叫湯哥的！

阿龍快速旋身，依然不見對方蹤影。等他又回過頭尋找時，那些面無表情的守候者，卻已經全部瞬間消失。鐵捲門前一片冷清無光，只有他自己。

一股顫慄順脊而下。

接著是一股強大的悲傷，如同嚴冷低溫的渦漩，在他的靈魂中衝灼出了一個窟窿。胸口一陣抽搐，他頓時痛苦地趴倒在地。

不知道剛剛究竟發生了何事，也不記得那是短暫幾秒，還是已經過了幾個小時，他整個人的知覺如今只剩下那個窟窿，感覺有無數個、無形的、哀傷的陰影，一行行、一波波、正爭先恐後地從他心上的那個破口不斷地穿過……

他抵擋不了那種剛經歷過了一場巨慟的感覺，彷彿整個闇深的夜空都帶著無形的重量，壓迫在他的心頭。

或許因為吸納了太多那些不可知的絕望，他開始變得呼吸困難。雙腿已麻痺無法移動，只能繼續留滯於酷寒的冷空氣中打著哆嗦。

直到他慢慢回過神，弓起背，在原地如同一隻流浪貓似地蹲縮成一團。

從被淚水迷濛的視線中，他看到MELODY那幾個字形又被點亮了，鬼火似的閃了幾閃，遂又悄悄滅成了灰影。

6 沙之影

他好比是風一吹就會熄滅的一盞油燈，他沒有神，也沒有情人……

——E．M．佛斯特 *Maurice*

二十歲到五十歲，一路風沙中踽踽而行，總是半闔著眼，彷彿不用看清前方就能忘掉漫天粗礪打在身上的痛。從沒想到過，竟然有一天，那曾經讓自己以為再也無法跨前一步的飛砂走石，最後不過成為了沙漏中裝載的，一顆顆柔細的前塵。

都搜集在那瓶中了。如今只能一次一次翻轉，在每次的流沙滴盡前，努力地試圖憶起曾經驚心動魄的愛恨灼身。

但，都過去了。

流沙以如此平靜均衡的速度，滑進窄窄的中間瓶頸，三十年前沒有出口的恐懼，如今總算得到這細細涓滴的管道，把耳朵貼近，或許還能聽見沙粒間窸窣的微弱低語。

這細弱的出口得之不易，曾經的肉身如今幻化成這沙漏瓶的玲瓏，可是，仍然有那一息淡淡的不甘，所以無法停止將瓶身再一次翻轉。

如果我的瓶中也住著一隻如同阿拉丁神燈中被禁錮的精靈，如今那精靈已被我釋放。

我拾起記憶這一端的線頭，猛然拉扯。在另一端的背影，晃動了一下被掣的手肘，並不回頭，瞬間便陷落於如慾望般柔軟又強悍的流沙中消失不見蹤影。

形形色色諸身擠推擦摩，多張臉孔我早已無從記憶。

如今我多麼想對臉的主人們說明，經過了狂亂摸索試驗的那些年，我終於才搞清楚，你們如花盛放的身體裡並無我想汲取的汁蜜，它們只是一具完美的導體，傳輸了我不知如何安置的喜悅與憂傷。

關於生之恐懼與死之纏綿。

因為你們微笑時無意流露的信任，四目相對時瞳中閃過的短暫不安，總讓我想要用（我所僅知的）溫柔方式對待，遂以親吻印下相識的證據，藉擁抱在彼此襟上偷偷抹乾，傷口還在悄悄滲出的，孤獨。

靈魂變得透薄，一碰就要破的那些年，我們曾撞擊出短暫的昇華。

如果你們還記得的話。

在那一念之間，我們都勇敢了，也都柔軟了。此身換汝身，世人的詛咒謾罵嫌惡在那一念間皆化為黑霧散去。只要還有那樣的一念在，所有的抹黑都是虛妄妖語。

那一秒的昇華，讓我們得以堅定反問：如果那不算愛，那是什麼？若不是愛，為什麼心底虛微的呼喚，霎時死而復活，成為清晰的吶喊？

愛錯也是愛。

我從沒有懷疑過，每一個你們都是我的唯一，無可取代。

與不一樣的人，犯下的都是不一樣的錯誤，留下的刻痕也都長短深淺不一。在每一回發生的第一次之後，原本永夜的天空會飄下了雪，白雪埋起了踉蹌破碎的足跡，茫茫的寧靜中，是你們，讓我重新聽見了自己的心跳。

請相信，我曾經愛過你們每一個。

只是，多數的你們早就不屑當年第一次發生的感動了。對多數的你們來說，那份驚心動魄無寧是無知，是軟弱，是後來讓自己不斷受傷的罪魁禍首，更是必須埋藏起來不可被發現的罩門。是否已經馴服於愛的樣板面貌了，終究逃不出腦袋裡從小被灌漿塑成的美滿關係模型？而所謂美滿，就是讓周圍的人都滿意？

原本只是我類間的互助自救，怎麼會讓不相干的世人拿起棍棒追打，難道他們就沒有在尋求同樣的解藥，好讓存在變得不再那麼抽象而空洞？還是說，他們情願在抽象空洞中自欺度日，也不想讓別人好活？

一道道通關X光進行安檢，迫使我們從行囊中掏出所有說不出口的危險慾望，否則無法登機，飛往傳說中的幸福之境。十七歲少女身上沾染了男人的體味，警報器立刻嗚嗚大作。十七歲少年嫖妓破身，是值得恭喜的男性成年標記。性愛A片中出現女女彼此吻舔不用大驚小怪，出現兩男互撫效勞便叫G片。男裝佳麗顛倒眾生，女裝偽娘只為博君一笑。

別問我為什麼男女就是非得有別。也別奇怪為什麼只要有了合法的婚姻登記，此人便有了合法的非人行徑，毆妻虐子，淪娼陷賭，都是他（她）的家務事。世人對關起門後的一家人多麼地尊重容忍，卻對遊蕩在外的我們無論如何難以放心，沒事便來敲門刺探。

即使如此，多少人仍就這樣默默畫了押。對你們來說那就是出口，對我而言，那只是把捕來的流浪動物，從貨運卡車趕進了動物園。反倒更羨慕古人那些私奔的故事。再也沒有明媒正娶的希望了，管它什麼門當戶對，倫理道德，面對封建二字的高匾理直氣壯拔下擲棄在地。

如今，封建的階級權力只不過戴上了微笑的面具，繼續巡走於我們之間，仍看緊了所有男女，誰也不准跑掉，直到走到哪裡都逃不掉，沒有被祝福，就只能被寂寞至腐爛的詛咒洗腦。

直到今天，我才真正聽見瓶中的細沙在喃喃何事。

我的愛情並不需要你們的祝福。

縱然身在瓶中，我卻分分秒秒堅持著朝未來奔去。與靈魂一起私奔的最好伴侶，

就是時間。

★

記得剛退伍後的那些年，開始認識更多像自己一樣正在摸索中，感覺既興奮又苦惱的朋友，大家免不了要交換心得的一個話題就是，你的第一次是何時？跟什麼人？幹了什麼事？

起初——

不，應該說一直到現在，這個問題還是會讓我感到非常之空洞，而不免發出訕笑。

在不斷綿延糾結的情愛起落故事中，我很早就已學會臉不紅氣不喘地編造出各種第一次

的獻出讓對方開心。

這是我第一次跟別人說出口這個祕密喔。

我第一次發現原來兩個人在一起不用說話都超開心。

這是我第一次和情人一起跨年。

你是我第一個一起出國旅遊的情人。

你是我第一個交往超過三個月的B。

第一個交往超過四個月的。六個月的。八個月的。一年的。……月份數字可以繼續攀升，直到兩年成為再也突破不了的上限。

但是在仍那樣年輕的時候，涉世未深的另一種意思就是生命才要開始，每個人的未來裡都還有那麼多的第一次在等著，大家並不會把其他發生過的第一次交換細數心得，卻對那檔事的第一次格外關心。內容不夠生動的，馬上會有人反議：這不算啦！還想裝處男喔？幾個男生圍在一起輪流嘻笑說著，只要這話題一起，大家都專心了起來，手心暗暗冒汗，眼中卻都有一抹不確定的興奮晃亮。

那看似羞答答卻淫蕩在骨子裡的答問，多少圈內人的心事在流轉。

自認還有些行情的，不會錯過這放餌的好時機：自己是偏被動還是主動？是走情境還是視覺系？歡迎有意者私下相約密談。

敢大鳴大放的則多已難掩滄桑，雖不指望還會有誰對自己起什麼春心綺念，但至少老娘有料可爆，哪怕只是贏得短暫的滿堂鼓譟，也算再一次搶到了舞台焦點。

至於說詞如果不外乎什麼國中時跟其他男生打過手槍啦，現在的伴就是他的第一次啦，這款人大概被異性戀洗了腦，貞操觀念作祟，事後總會被人拿來抨擊一番：媽的這樣就比較清高喔？沒人可搞就是條件差啦，圈子裡哪有什麼真正的良家婦女，你就小心別讓我哪天在三溫暖裡碰到！

在民風未開的時代，對性知識飢渴難求，管道卻又那麼有限，大夥兒只好如同麻雀在收割後的田間勤奮地啄食落穗，總希望從對方的場景中蒐集點什麼可用資料，用心地從各家的第一次中，推敲琢磨出屬於圈內的情愛規則。

第一次的故事出現越來越多吹噓的成份。只要說得夠栩栩如生，不怕沒人聽，人人都有性幻想需要滿足。老阿姨尤其愛說給初出茅廬的小弟弟們聽，不辨事實真偽的菜鳥還感謝前輩的傾囊相授，不察自己的人生從此完蛋。相信了老阿姨那種貨色也曾有過帥哥壯男臨幸的說法，無不以為自己都可以成咖，不睡到帥哥誓不罷休，見獵心喜不落人後。睡不到總覺得是因為自己手段不夠高明。不肯認命，不甘降格以求，這樣遠大的志向到頭來旁人也不忍心戳破。

通常話題又都是怎麼轉到「第一次」這上頭的呢？八成是聚會裡出現了某個新面孔。

只要姿色中上的，都難逃這套表面上拉近大家距離、事實上比較接近偵訊兼帶意淫的入會儀式。

一開始也是這樣愣頭愣腦被帶去聚會，被問及也認真作答，雖然我並不確定，他們口中的第一次都是如何界定的。

男人女人間的第一次，不消說就是進入對方了……但是男人跟男人呢？

不知道究竟要做到怎樣的地步才叫第一次，後來便準備了幾個不同版本。看自己心情，順應當天情勢氛圍，或視在座有無在意的人，輪流更換著說，總也能說得活靈活現，賓主盡歡。

那些年裡常常自己都說亂了，不記得上次有誰在場，這次才開口就聽到有人啐我：屁啦小鍾，你上次不是說這樣，夠淫亂喔你！

我當然不算淫亂。比起某些人的故事，我無疑是小巫見大巫。

有人的第一次竟然說的是趁父親醉酒不省人事的時候，偷偷上去含了父親的那根，聽得我當場大笑出聲。那畫面的確太詭異又低級了，當全場因震驚而一片沉默，我卻偏要再追問一句：那味道怎麼樣？

也有人的第一次說的是睡同鋪的親哥哥，夜裡硬起來就把他上了。是因為這樣，所以那人四十好幾都還在裝底迪嗎？異性戀的哥哥一次一次地洩慾直到結婚搬出，弟弟不但不知自己被性侵，卻反而繼續尋找那個從不存在的葛格情人？

是分享者太過誠實？還是根本在自我催眠？這樣的第一次，在我聽來，感傷的程度還比不上某種變態的挑逗意味。

如今才終於理解到，自己對所謂「第一次」的疑問究竟是什麼。

別人說起第一次時，多數只是在陳述另一個男體所帶來的性刺激，而我，卻總在回想是在哪一次之後，讓我確定了，不會後悔，自己喜歡男人，並且接受了這就是我從今爾後的人生？自己到底有沒有過，那種的，第一次？

說不出具體原因，一直覺得後來感情的不順利，跟自己竟然搞出了好幾個第一次的版本有關。

事實上，那幾個輪流的說法並沒有造假，每個版本都確有其事，就算稍有加油添醋，也仍都記載了生命中的某種覺醒，或者，斷裂。

只因為捨不得那幾段記憶所留給我的一種氣氛，每一則都想給予它們「第一次」的記號。

矛盾的是，那幾個這輩子大概不可能再見面的人，把他們當「第一次」來說未免太諷刺，跟他們其實都只有唯一的，和最後的一次。

如此倉皇，也如此嬉鬧地過完了青春，三十四十也晃眼即逝。如今已五十許的我，格外地懷念起曾經苦思著「男人與男人間要怎樣才算發生過了？」的那個自己。

★

如今，我終於懂得，每個人如何存活都是取決於他／她記憶的方式。

沒有客觀公正的記憶這回事，所有的記憶都是偏見，都是為了自己的存活而重組過的經驗。

據說魚的記憶異常短暫，大象的記憶非常驚人。

我不知道這是如何測量出的結果。牠們並沒有語言可以用來訴說、告白，或是寫回憶錄。也許牠們都只是藉著表現出或長或短的記憶，作為一種防身的保護色也未可知。

至少我確定，人類是非常懂得這種伎倆的。

我會說，記憶就像是在我們經驗的表面形成的一層皮膚。

經驗是血肉，太過赤裸與野蠻。但記憶卻是如此柔軟輕透的東西，有著適當的溫度與濕度，並從細小的毛孔中，散發出屬於自己的體味。

有時我會想到萊妮芮芬史達爾，那個曾為希特勒所賞識，拍攝過一九三六年柏林奧運會這部影史上經典紀錄片的女導演。

在德國戰敗後她始終不改口，堅稱在二戰期間，她對於希特勒進行中的猶太大屠殺並不知情。世人無法接受她的說法，他們譴責她的惡意與冷血，並將她的經典作品撻伐成政治宣傳工具。即使，沒有一個法庭可以將她視為戰犯定罪，她卻永遠活在了歷史的公審中。

某種程度而言，我可以理解女導演為何堅持自己的不知情。不是為她辯護，比較更像是終於能夠瞭解，明明公開道歉就能息眾怒的事，為何她反把自己丟進了撻伐的火燄？

熱烈地投身導演工作，對此以外的事物，不管是太平盛世或血腥統治，她可能都毫無興趣，亦不曾費心去瞭解。暴君的崛起與萊妮才華的萌芽，也許是因果，也許只是巧合。她不巧就生錯了年代。在她轉動的膠卷上，他人的命運不過是鏡頭無法捕捉的雪花與流雲，落地即融，遇風則散。她剪接著自己拍攝的毛片，再也想不起除了她的電影外，那些年裡還有什麼值得記憶的事。

如果能夠記得的是青春、才華洋溢，與電影熱戀的自己就好，為何一定要讓所謂的事實，關於死亡、瘋狂與毀滅的油墨濺滿回憶？

我想，這是女導演可能自己都沒有意識到的。

矢口否認，未必是睜眼說謊，可能她只是用這種方式給自己活下去的理由。也許我們也都做過與她相同的事而不自知。

而又我究竟記得什麼？

蠢蠢欲動的一九九〇年代，不管是精神的肉體的物質的還是情感的，所有不可告人與難以負荷的悲憤，都即將尋著了社會轉折的裂縫後一次潰堤噴湧盡出，無遠弗屆漫竄而不知所終。

那種氣味像硫磺，又像燒乾的湯鍋，一陣一陣地冒煙。

一九九〇年代，關於這座島的很多謊言都將被毀滅。立法院裡不甚安寧，校園中言論對立的社團衝突漸漸浮上檯面。時代的變動，不過是舊的謊言被揭穿，新的謊言立刻補位。總有太多不擅說謊的人，在這樣的落差中一跤滑倒，而從此不知道還能相信什麼。

野心者都已看到他們可以爭取的舞台。他們看到從前緊拴住整個社會的螺絲已開始鬆弛腐鏽，大好時機已為所有想翻身者打開了大門，受害者的光榮標籤幾乎來不及分發。我卻無從感受到那種期待的喜悅。

關於這些可寫入歷史的事件，我一概不記得詳細的來龍去脈了。我想，我患了一種跟萊妮芮芬史達爾相同的失憶症。因為這是一個儘管可以把錯誤推給歷史共業的時代，每個人或多或少都曾助長過某樁不公不義的犯行，所以承認自己是不知情的共犯，或許才是人性化的表現。

大歷史從來都只是少數人的劇碼，如連續劇一樣演完一檔換下一檔。就算發生了戰亂，家破人亡，活下來的人不過同蟲蟻一堆，驚嚇之中蠕動四散，繼續開始覓食築窩，並且不忘交配，努力繁衍。

時代無論再怎樣地天翻地覆，我仍只能像夏末之蟬一般，緊緊攀住我的棲木，唱著屬於我的記憶。

萊妮芮芬史達爾記得的是她的電影，那是當她走到了人生盡頭，當一切脫落腐朽後，還能夠剩餘的核心。

而我記得的是，我的失望。

人生再複雜再深奧的道理，其實最後都可以簡化成這兩個字：時機。

絕大多數的失望之所以會發生，則是因為這兩個字：錯過。

★

那天稍早，我才將母親的骨灰罈從南勢角的廟裡請回了家。

父親過世剛滿四十九天，這回決定不放在廟裡供奉，讓父親和母親都乾脆搬回家裡，免得再過兩年自己連去上個香都氣喘吁吁感到吃力。當時的打算，以後就把二老帶在身邊，反正自己也無後人供奉，不管將來進了醫院還是養老院，上天堂抑或下地獄，不如一家人聚在一塊兒，也算彌補了多年不孝的遺憾。

話雖如此，當我面對著擺在客廳中央茶几上的那一對瓷罐，仍不免陷入感傷。骨灰甕並排端放的景象，讓我憶起小時候大年初一的早上，父母也會像這樣在客廳中整裝坐定，等我上前給他們磕頭拜年……搬回老宅後的這些年，看著數十年屋裡沒有更動過的家具擺設總覺得心酸。室內電話形同虛設，一個月裡也響不了三、四回，我才更明白了人老獨居等死是怎麼回事。之後也不在意那電話帳單奪命催繳，無用之物隨它自生自滅。

不料這一日，以為早已停話的骨董機竟然從冬眠復活，鈴聲宏亮，話筒那頭陌生男子開口直點我名，自然十分令人意外。

小鍾，是我！

姚瑞峰……？

突然被那名字啟動的，不是記憶。記憶庫搜尋的電碼傳輸，對我這種年過半百的人來說是要費點時間的。那是在獨居守喪一段時間後，久違了的一種存在感。

原來我是存在的——

至少也一定是存在過的，所以會被記得，且不知何故被人尋找。

那名字曾具有過某種意義，顯然已經在意識中埋得太深，稍加予以翻動，體內便產生莫名的心悸。

一種如此具體的知覺。一個從過去脫逃的名字。

那名字，曾是不能再提起的一個密碼。如今從一個彷彿平行時空的夢境戲法中終於走了出來，只聽見他殷勤地想填補我們之間不知所措的空白：這些年你都好？撥這個老電話號碼還找得到你，真想不到呀！——

應付這種突發的記憶入侵，只好仿山谷回音拷貝同樣的語句，含混過去不必仔細作答，直到塵封檔案的下落終於被定位。

姚的聲音穿過話筒，像一隻嗡嗡徘徊的蜂，圍繞著牠記憶中的那座花圃。那座曾經短暫地盛放了一個夏季的花圃。

三十年就這樣過去了，三十年成為記憶度量衡上的一格單位，一萬多個日子也不過是一個刻度。

當思緒開始在刻度的兩點間跳躍來回，努力尋找其間更精微的記號的同時，一陣令人暈眩的惶惶然頓時襲上了我的心頭。

如果這大半生可以用一疊堆得如塔高的資料夾作比喻，有關姚的那一卷，因為多年來始終置放不當的結果，造成微微的重量失衡，早已讓整座堆高的記憶之塔從那一個名字開始，一級級出現了愈來愈無法忽視的傾斜。

青春早已如同開瓶已久的紅酒，揮發盡了就只留下苦醋。

過去的二十年來大家都早已無交集了，為什麼姚又想到要聯絡？我不解。

離群獨立，不問世事已久的我當時我又怎會知道，我的老同學差一點就將入閣，登上他人生的另一座高峰？

基於社交的禮貌慣例，自然還是要交換彼此的手機號碼與信箱，同時我也為自己不用臉書、APP、Line等等新穎的通訊方式連聲抱歉，希望不會造成連繫不便云云。短短四、五分鐘不到的交談過程，試探性的欲言又止，似熟稔又陌生的詭異始終籠罩。

雖然心有忐忑，仍裝作無心隨口又追問一句：

你找我有什麼要緊的事嗎？

沒有。

姚頓了頓，口氣少了剛才的輕快（市儈？）。他說，小鍾，我這些年一直都還有在聽你的歌。

所以呢？我暗自笑問。

就算不是分道揚鑣式的決絕，也早已是橋歸橋路歸路。

一如當年所料，他果然娶了有家世亦有才貌的**Angela**，一九九六年回了中部老家，投入立法委員選舉並且順利當選。

之後我便失去了繼續追蹤他仕途一路發展的興趣。或者應該說，那幾年我很忙，忙著在搖頭吧三溫暖裡尋歡，最怕一個人獨處，也最怕與這個世界相處。隨著反對黨勢力的逐步竄起，姚在政治路上更加意氣風發，我則像是一步錯步步錯，宛如死亡的黃金交叉。我們在人生的路上鬆開了手，不但再也無法回到那年暑假的形影不離，連那段記憶，我都盡量不再去觸碰。

顯然姚已得到他要的，我有什麼好替他操心的？我又有什麼資格，對他的人生發表任何意見？

阿崇的義正辭嚴猶在耳際，他自己應該全都忘記了，在大學的時候他是如何批評這個國家有太多滯留海外不歸的留學生，還說自己絕不會跟他們一樣，結果他卻更上層樓，成了一個有國歸不得的通緝要犯。捲走了數千萬自家企業的現金資產，帶著他後來迷戀的男子遠走高飛，究竟是一時鬼迷心竅，還是他耐性策畫已久的腳本，等待的就是這樣一次徹底令人刮目相看的高潮？⋯⋯

那麼，阿崇是否終於搭上了那班前往美麗新人生的班機呢？

落單的我只能努力把自己包裹成一個謎，小心穿梭於人世。

求生之術無他，永遠表現出謙和友善，盡快擁有一項專長，並務必保持與他人之間一定的距離。入世卻不涉世，刻意卻不惹注意。

我可以想像姚與Angela站在掃街拜票宣傳車上揮手的那個畫面。多年後我才恍然大悟，原來姚的求生之法更勝一籌。

走進人群搏感情，開口閉口都是老百姓，父老兄弟姊妹鄉親賜大拜託拜託，築起一道隱形的護身牆，從此再也不必提到私己之需，這才是大家眼中的公爾忘私，清廉自愛。

避不開人群，就乾脆全身投入。其實沒有比這更好的隱身術了。

其實老百姓什麼也看不見。

他們聽到看到的，從來都只有他們自己的恐懼與憤怒。

手持話筒，等待著姚的下文，失神撞上意識流裡的暗礁。姚說他都有在聽我的歌，讓人以為他是不是在暗示什麼，又或者是有話難以啟齒？很快地，他自己又補上幾聲乾笑，忙說：

「那就約吃個飯吧？下周三晚上有空嗎？」

手握著只剩空線路嘟嘟警示聲響的話筒，一時間有種錯覺，這短短的交談根本是我在心裡的自說自話。把記下姚手機號碼的紙頁撕片摺起，小心地放進了自己的皮夾。這證明自己沒有妄想症的憑據千萬不能遺失。在這個顛倒混亂、虛實難分的時代，沒人能擔保一個獨居的五十許歲老男人，會不會某天就被困在了一張糾纏著遺忘、疑惑、憂傷、荒謬、而終究只能百口莫辯的蜘網裡。

掛了電話之後，不記得在沙發上繼續坐了多久。

在黃昏漸攏後無燈的老家客廳裡，父母的骨灰罈與我無言對望。那兩尊瓷甕，宛如神像般散放出了**慈悲的光**。

坐在漆黑的老家客廳裡，第一次我開始認真思考，我的後事得要有個妥當安排。最好是把父母與我三人的骨灰都一起撒在某株老樹下，這樣我也走得安心。

只是這樣的重任，我能託付何人？

★

曾經，在那個保守的年代裡衝撞，如一隻被莫名其妙遺棄的流浪犬，在陌生的城市中躲閃倉皇，終於看到其他同類的身影而興奮朝之飛奔。

只不過因為年少，當年以為自己的出櫃之舉是對世人的一次重大宣告，猶如站在摩西分紅海所立之峰崖，看見了通往我輩救贖康莊之徑路，以為自己走出這一步便算是已準備好，可以坦蕩自豪地迎向或許已正在改變的世界。

殊不知，二十多歲時所需要面對的「世界」原來很小，家人之外，十幾個常聯繫的同學，不過如此。隨著換工作的次數頻繁，接觸的人越來越多，年紀越來越長，不時還會有幾十年不見的國小同學國中任課老師什麼的於街頭偶遇，總要被問上一句結婚了沒？有女朋友了沒？而在我的無語搖頭後，他們的臉色便會開始出現帶著疑慮，且不自然的僵笑。

至於同學會，在參加過一兩次後我也不再出席了。要面對過去彆扭躲藏的自己，遠比以一個全新的身份面對陌生人要來得費力。原來，除非成為家喻戶曉的公眾人物，出櫃這事才能一勞永逸，否則沒完沒了。

對後來這些年的人生而言，朋友這種稱謂分類，早已淡化成非必要的負擔。我所能想到與他們見面的理由，不過是提供在彼此重疊的歲月場景中，自己的在場（或不在場）證明。但是慢慢發覺，往往他們興致盎然說得口沫橫飛的那些舊事，縱使我努力集中注意力，仍只能捕捉到極為模糊的片段。與其說他們是想與我重溫，不如說是在試探我對他們的忠誠，即使印象模糊，我也理應要附和。

為什麼他們會害怕自己的記憶是無法被證實的？和自己的記憶獨處，不用與任何人分享，真有那麼孤單？

不要小看敘舊閒談中這樣的用意，每個人其實都試圖以他的記憶版本，傳達他深信不移的價值觀與道德感。

這種記憶背後展現出的生命意志、乃至於生存意義的角力，不知從何時開始讓我覺得萬分疲憊。當周圍的敘舊累積成一大群人的共識，再演變成所謂的經驗法則，最後凝固成一個群體的印記，便叫做**身份**。

中年後無業頹喪、臃腫邋遢、一肚子不合時宜如我，誰會（願意）記得此人曾經為了一種叫做「同志」的身份押上了他好不容易累積出的那一點小小名氣，以為自己在做一件改變歷史的壯舉？

或許早在站台事件之前，我的歌唱事業已注定要走向中斷。

我所演唱及創作過的歌曲，那些大同小異的、虛假的、性別錯亂的愛恨鋪陳，早已無法負荷我人生裡擁擠的問號與驚歎號。大多數的時候，我們仍然只能循例使用著例如相愛、失戀、婚姻、小三、甚至上床、肏、吹……這些原為男女打造的話語。當真要來誠實且赤裸地剖開男人與男人之間的情感，其中有太多混亂的，現有的語彙所不能表達的部份，卻沒有人想要真正把真相說個清楚。

是的，如今隔著歲月，看到一個半紅不紅的流行音樂製作人，無肌無貌如此平庸，站上了舞台義正辭嚴要求台下連署要求治安單位對慾愛橫流的三溫暖進行掃蕩避免藥物與不安全性愛對同志生命的**殘害**，任誰都要倒吸一口冷氣吧？

那畫面委實太不堪太惹人**嫌惡**了！當年怎麼會有這樣的膽？我怎麼會無知至此？竟然連自己族類要的是什麼都狀況之外？

他們要的是天王天后的站台，要的是華麗夢幻彩光的加持，要異性戀對他們敬愛地拍拍手，說加油之外，並把他們視為潛力市場而不敢怠慢。這是共同的時代大夢，有了消費才會有聲音，才可以全新姿態出場（出櫃？）。在同志身份首次成為公共議題的十餘年前，死亡孤獨與病老窮醜還離他們太遠。（現在外面又是怎樣的情況了？我已經自慚形穢閉關太久……）結果我先是引來大家的一陣面面相覷，甚至低頭或尷尬地望向他處。這還算是溫和的懲罰。被啐口水丟汽水罐的那當下，我竟然還不知自己已成了我族的叛徒。

罪不可赦的我，將同志們最深的不安與恐懼，公開在社會批判的眼光下。那些需要藥物與激情肉體才能暫且逃脫遺忘的，孤獨，我竟然如此置之度外。

兩度面對至親的離去，過程中無論是在醫院或是殯儀館，都只有我一個人忙進忙出。

我那異性戀的妹與弟，以至高的家庭利己主義作為護身符，早就分別移民了澳洲與美國。護士小姐們看我無親人幫手難免關心，我卻根本懶得多做說明，一句離婚了輕描淡寫，省事。可憐父母躺在病床上，仍會被看護歐巴桑間的閒話八卦騷擾：你兒子不是有上過電視講愛滋病？

愛滋帶原者，這個標籤身份始終如影隨行，讓我在原本狹隘封閉的我族圈內，更加難以立足。

二老到臨終皆不放棄再一次詢問：真的就這樣一個人過嗎？見我無語，老人家放心不下，在我面前最後一次老淚縱橫。

也許當下有那麼一刻，我曾後悔對他們誠實。

但若非說出了口，我懷疑我可能早已成了離家失聯的浪子，不能面對他們的生，也愧對於他們的死。

對我而言，說出口意味著我在孤立無援的黑洞中缺氧瀕臨窒息之際，在意識逐漸模糊已近乎放棄的生死交關，咳出了那最後一口陽氣。

不想這一生就這樣偷偷摸摸，要死不死。就算是自私的生存本能吧，但是心裡明白，我這身這膚，這體這髮到底沒毀，留下來好好地為我的父母送了終。

雖然是爛命一條，至少知道生錯的是時代，不是自己。

★

仍然擁有在手中的不必回憶，需要被記得的總是那些已失落的，或即將消失的。比如說，幸福。

也許幸福是一種決心，我曾如此相信。

曾努力過的決心，那是怎樣的過程？或者，只是某個關鍵點上的停格？爾後總像融雪般的幸福，瞬間彷彿握在手中，卻立刻化為指縫間的滴水，那究竟又是怎麼回事？……

一個疑問永遠會指向更多其他的疑問。

記憶無起點。每一塊記憶的碎片都可能只是某個局部事實的一片拼圖。但回憶總是循著習慣的步驟，走在相同的一條標示通往過去的路上。

真正的記憶其實是岔路歧徑密布的一片黑森林。如今同樣被丟棄在這條森林荒徑上的，除了我還有誰？

想起了某個周日傍晚，路經西門町紅樓一帶，湊巧看見那位如今甚至已記不得名字或長相的同志候選人。距離他一個街口，我駐足旁觀他與每個進出小熊村的行人鞠躬發送競選傳單。那人不在我居住的選區，幫不了他那一票不是我當下心中泛起辛酸的原因。他壓根兒沒注意到我這個年近半百，穿著一件歐吉桑夾克的中年男子。他眼中所鎖定的自己人，不是短髮蓄鬚的壯態，就是嬌聲媚行的娘砲。為什麼他就如此認定，這幾款人是他需要求助的票倉？

他錯了。屬於這些同類的社交網路早已成熟，他們已完成了自我的出類拔萃，敢玩敢潮，有愛有性，哪還需要政治人物來插花？真正需要且默默等待這個世界翻盤的，不是這些人。

在出櫃後那幾年失去了舞台，受不了那些指指點點的揶揄，我不再進出那些潮流同志的作樂聚點，最後重回那已被改名二二八公園的前世場景，竟讓我心中出現有如歸鄉遊子般的心情。

那些在蓊鬱樹影中進行的儀式仍然熟悉，本以為早已退化的雷達裝置沒多久便立刻恢復運作。不管多深黝的樹影之後，或多麼昏曖不明的距離之外，只要有一道發情垂涎的目光都不會錯過。

點一根菸，問一句要不要走走，即使柴不夠乾火不夠烈，也總能聽來幾則故事。那些在臉書上，在酒吧裡已失傳的過時的櫥櫃故事，仍匿隱其中的這群，顯然早已被大多數的同類遺忘。他們對外面世界正風起雲湧的同志婚姻訴求，展現的仍是令開放的同類不齒的無知與無奈，那麼沒有鬥志的失敗主義，恐怕連期待選票的候選人都寧可放棄他們。

他們。

如進地府重遊的我赫然驚覺，他們依然還是族群中的多數。大批的隱性族群，經濟情況不允許他們夜店健身房進出，教育水平的不足早讓他們相信自己的不討人喜。時尚打扮從來與他們無關，連路上偷瞄帥哥一眼都生怕遭來霸凌。聽到這些故事，我甚至開始懷疑，同志原來只是個形容詞而非名詞。就像是「多元的」社會、「開放的」時代，現在我們有了「同志的」文化。

總還是有那些癡心的理想主義份子，希望能把抽象的形容詞換算成跑不掉的統計數字。唉，他們難道不知道，在這個時代，很多觀念就是要永遠讓它保持模糊，才有生存空間嗎？

所謂的公民時代，就是再也沒有人能代表任何公民，人人卻都能以公民名義挑戰公民的定義。同志二字看似勢力龐大，但有多少連在同志國度中都無法取得公民身份的沉默者，他們拒絕選擇，或不知如何選擇，或是他們的選擇違背了主流運動的意志，連自己人也要視他們為無知、落後、反進步的次等公民。

例如我，一個體內流有愛滋血液的厭世者。

終於知道，所有的運動，最後都將製造出一堆事後再也無人關心的失落心靈。慶功者永遠都是那些因終能夠與敵人平起平坐而沾沾自喜的少數。他們原本聲稱所代表的公民團體，都只有在他們的口中存在過，就像是叫牌決戰中不能亮出的那張底牌。

永遠不敢、或不知自己能不能，成為同志一員的那群，像是模糊存在於界外的遊魂，只有等到他們哪天終於對自己說，這一切我受夠了，也許才是世界真正改變的開始。

等到他們終於發狂了的那一天，有的脫下內褲衝進嘉年華式的反歧視大遊行隊伍中，如洪水猛獸對著咩咩可愛羊群撲咬，接著不顧花容失色的四面驚叫，他們開始射精，看看這個扮神扮鬼恐嚇他們的世界，最後到底能定出他們什麼罪名！呵，我真期望看到那一天的來臨！

只是現在的我不敢奢望，就算狂想成真，自己是不是真能活到那一天？我已經向上天借了十年，果真還能有下一個十年？

★

記憶來到了那年暑假將近尾聲的某晚。

提著我的吉他走進了民歌餐廳，看見姚與阿崇已經提早到了，坐在台前的第一桌。而前一場的歌手調好音，正準備演唱那晚最後的一首歌曲。這時，一個人影從觀眾席中站起了身，是阿崇。歌手彎腰接起他上前遞出的點歌單，看完後揚了揚眉毛。他考慮了兩秒，又重新調整把位上的capo，臨時換了曲目。

讓我非常意外的是，阿崇竟然點了那首我曾企圖用來試探撩撥姚的〈I'm Easy〉。歌曲間奏時我匆匆掃視了一下場內，聽眾都正陶醉在歌者那一手流暢的吉他樂聲中，只有阿崇除外。

起先不確定自己到底看到了什麼。只見姚若有所思，目光鎖定在歌者忘情演奏時的神態，渾然不察在一旁的阿崇疑慮中又帶著憤恨的眼光，如烙鐵般蓋印在他的側影上。我移動一下角度，試圖瞭解到底發生了什麼事。

然後，我全看清楚了。

企圖讓一頭豹子成為永遠的素食者本來就是一種愚行。

豹子終究還是要尋找牠的下一個獵物，而且出手迅速，往往會讓人猝不及防。姚已厭倦了與我們繼續這場佯裝清純的遊戲了。此刻的姚正在展現他獵食的本領。他的目光始終沒有從歌者身上移開過，直到對方趁空朝姚拋出了一個斜瞟。

姚挑動了一下眉毛，嘴角浮現了欲迎還拒的笑意。

沒注意阿崇何時已站起身，只見他倏地用力將座椅朝後一甩，便怒不可抑地朝大門直去。我及時背轉過身，閃進了員工休息用的茶水間。

看見那氣沖沖離去的背影，下一秒我開始萌生了不同的揣測。阿崇為什麼要被激怒？他不是早已經驗過姚與那個叫Angela的學姊在他面前卿卿我我？是不是阿崇先有了讓姚倍感壓力的舉動，所以才會有剛才那一幕姚不留情面的反擊上演？例如說，他曾逼問姚是不是在玩弄他的感情之類的？

那很像是阿崇會做出的蠢事。

難道姚會比我遲鈍，看不出在我與阿崇之間，誰是那個需要開始出手防堵，不讓對方再繼續有非份之想的傻子？

目擊了他如此大膽的作風，我才驚覺，姚在性這件事上的經驗遠比我們以為的豐富太多，絕不會只有跟我與阿崇做過那件事。

不出我所料，姚仍繼續留下，一個人把歌聽完。

姚那隻小豹子，只要他敢，當時的我已預見，他將會是放諸四海同志皆喜的頭號一夜情對象。人人都有機會跟他上床，除了我。我還要當多少次像今晚這種事件的旁觀者？還是，我已經開始滿足於這樣的偷窺？

因為發情是如此不可預測，但又如此令人期待的一種顛覆破壞，你永遠不知道，你的同類究竟何時會對你身邊的人起了念頭。或者，你永遠得提防像我這樣的人，以朋友之名潛伏在自己性幻想對象的身邊。

換場休息時間，前台的歌手拎著吉他走進了茶水間。早已等候著的我，不僅歡喜地上前向他問好，更努力讓自己的語氣聽起來沒有一絲揶揄成份：

「剛剛那首你唱得真是太棒了！——和弦是你自己重新編過的吧？——噯，你的譜能不能借我抄一份？」

如此興奮的讚美讓對方一時間微感錯愕，支吾著連聲說好好，便放下琴譜與吉他去了洗手間。我逕自拿起他的譜夾翻尋，整本中的每一頁都用細鋼筆字整整齊齊抄下歌詞與和弦記號，看起來就像一部珍貴的武術祕笈。插進頁間的一張點歌單，就這樣悠然滑落了出來。我從地上拾起，看見紙片的正面有一行英文字，寫著I'm Easy。

果不其然，不是阿崇點的歌。那是姚的字跡。差點就忽略了，歌單背面還有一串乍看會以為只是信筆塗鴉的數字。我愣了一秒，隨即認出了那個號碼。

竟然姚留了自己的BB Call給對方。

怔怔望著那紙片，一瞬念轉，我把紙片迅速揉起，塞進了自己的褲子口袋。幻想著姚等了幾天，仍沒有對方消息時可能的惱怒表情，頃刻間，我有了一種如釋重負的感覺。

我以為，當時的這個舉動，是可以被激情所寬宥的一種瘋狂。我只不過是希望，能暫停我的世界已失控的轉速，讓我再回到自己沒有被性這個怪物纏身的很久以前，哪怕是幾秒鐘也好⋯⋯

輪到我上場時，卻看見台前姚的位子空了。

我一面咚咚胡亂撥調著琴弦，假裝吉他出了問題，一面用眼角餘光急火火地在餐廳的各個角落睃巡。終於看見，姚從洗手間現身，而另外那個傢伙也正提著他的吉他箱，好整以暇地同時走出了茶水間。他倆像是老朋友在走道上巧遇似地，同時露出了充滿期待的笑容，然後不知交換了什麼情報，不過兩三句話後兩人便嬉笑著結伴離去。

都是因為愚蠢的阿崇！

他的提早退場，反倒給了那兩人莫大的方便，還有接下來一整晚的大好時光。甚至他不用看到眼前這一幕。我卻成了他的代罪羔羊，得忍受目睹著那兩人一拍即合所帶來的妒與辱。

頓時忘了自己還在舞台的燈光下，我的靜默呆立引來了台下聽眾的奇怪注視，愈發讓我以為，眾目睽睽都正在嘲笑著我的自作聰明。

吉他緊緊抱在胸前，腦裡一片空白。我怎麼也想不起，今晚原本準備好的開場曲是哪一首。

★

除了一遍一遍，那首怎麼也不肯停止的電影主題曲。

世間情歌從來都只能唱給自己聽。用一首歌當作記憶中動情的證據，一次一次想要用一首旋律牽繫住記憶中某人的氣味，那樣的渴望只會因為毫無進展的守候，最後開始變得蔓蕪失焦。

我拎著黑色大垃圾袋，走進了書房裡，先是清掉了書架上那些早已黃漬的小說，然後順便也把當年的幾本手抄歌詞與和弦樂譜，一併扔進了塑膠袋中。

我甚至已經想不起，最後決定以〈I'm Easy〉當比賽自選曲時是抱著什麼樣的心情和動機，如今我再也唱不出這首歌原本該有的一種壓抑與滄桑了。或是說，我才體會到，年輕時自以為唱出了某種浪蕩氣息，其實都只是膚淺的作態。

偷藏起姚留給對方的聯絡方式，並無法阻止洶洶而來的紅塵色相萬千。

姚看上的那個傢伙長得什麼模樣，究竟有什麼特別的魅力，也只剩下一個模糊印象。那是個留著長髮，帶了點浪蕩，筋骨粗虯結實，如一截海邊漂流木般的男子。

也可能不是單一某人留給我的印象，而是姚日後有跡可循的一種類型。他對這型的男子獨有偏好。我這種無趣的乖乖牌，從來都不合姚的口味。

不是沒有自嘲地想過，也許該感謝姚對我不再有胃口。感謝他沒有讓自己掉進了貪得無饜的煎熬。

那時尚不懂，為什麼一夜情對情場老手來說，是不可輕易鬆懈的底線。原來只要不給對方第二次甜頭，對方自然會因單調的渴望而感到疲乏。有了第二次，就有了更多曖昧可以滋生的溫床。會發瘋的恐怖情人，絕不可以是一夜情的對象。

不得不說，姚對我生命的最大貢獻，就是讓我開始害怕我自己，讓我懷疑其他人也都會跟他一樣，嗅出在我血液中潛藏了所有恐怖情人會有的特質，動物本能地棄我不食。

偏執卻又軟弱，善於偽裝，自溺也同時自厭，這些都是我輝煌的病歷。

如果不是如此，我現在也許早已有了一個長期的伴侶。

不必是至愛，至少互相給的是安心。當安心成為了一種習慣，也許就可以不再受制於記憶的喧擾，而此刻的我或許正在計畫著兩人春節的旅遊而不是要——

我踉蹌地扶住書桌的邊角。

沒想到光是一間書房，就堆藏了這麼多無用的舊爛，一整個下午就這樣被耗去了。

深感自己的體力大不如前，所以近來只要是突然出現了像此刻的異常疲憊，我的腦中自動就會播放起一段科學紀錄片中常見的畫面：快樂的病毒活躍集結了最新繁殖的大軍正伺機反撲。雖然是毫不科學的幻覺，但總還是會嚇出我一脖子的汗。

還有哪些廢物是待清的呢？

那把初學時用過的塑膠弦吉他，是否該一併丟棄呢？

這才不經意發現，躲在書櫃與牆壁夾縫間的那把老吉他，正如此恐懼於我對它質疑的眼光。

7 夢魂中

病床上的那人像是熟睡中。已經第五天了，手術後就一直維持著這樣的狀態。

「你是林國雄的家屬？」巡房的主治大夫問道。

「不是……我是，朋友。」

過去幾天，他都在下午抽空來醫院探視。住處餐桌上的保養品囤貨這陣子一罐都沒少，對此小閔已經發了不止一次牢騷：如果他成了植物人，你也要每天繼續這樣下去嗎？

但醫生說，手術後電腦斷層顯示一切正常，腦壓也早已維持穩定，按照生理的觀測，病人林國雄應該是在恢復當中。當然還是會有些後遺症，醫生解釋道。手腳可能沒以前那麼靈活，需要一段時候的復建，也許不能完好如初，但是會獲得改善。

至於昏睡，有可能是一種轉化型歇斯底里精神官能症。這種現象常會發生在遭遇了重大創傷，或是生活在長時間的壓力下的病人身上。他們的精神與意識處在一種逃避狀態，拒絕接收外界的訊息，於是繼續如同昏迷般沒有反應。

會醒過來的，不過需要些時間，醫生說。不妨多跟他說話，這樣會有幫助。

一開始阿龍不知道該跟他說什麼好。

先是買報紙挑一些新聞來唸，後來特別還去下載了一些他媽媽那個時代的國語流行歌，唸完了就幫那人掛上耳機。鳳飛飛那時候最紅。還有林慧萍跟黃鶯鶯。他的童年回憶都因這些老歌而在心頭滾瓜爛熟了幾遍，但那人依然靜靜地躺在那兒。

直到第六天，小閔意外地出現在病房裡。

阿龍先是在心裡暗叫了一聲：靠！隨即還是裝出了無辜的笑臉，把正在翻閱的報紙忙丟在了一邊：「妳怎麼來了？不是應該多睡一會兒？」

小閔對他的問題不回答，默默站在病人的床邊，端詳了好一會兒之後才開口：「我有話要跟你說。」

步出到外面的走廊上，才發覺到病房外的空氣清舒許多。四人一間的病房裡，每張病床都帶著病人特有的氣味。有的就像是陰暗的斗室，有的則瀰漫著菜肴與油煙。他深吸一口新鮮的氣後突然想到：也許那些氣味不是病人身體所發出的，而是他們長期生活過的空間所遺留在他們身上的。

「是不是該停止了？」

小閔直接就發球。「你有什麼毛病？一個非親非故的人，需要這樣每天花這麼多時間，自己該做的事都不去做？」

「我只是覺得老闆很可憐，從來都沒有人來看他——」

「你已經救了他一命了，而且你說他會復元的，所以你每天來也幫不上什麼忙，你到底想要幹什麼？還是說你有什麼事瞞著我？你跟這個老闆——你是跟他有怎樣嗎？」

「妳想到哪裡去了！」

我不能在這時候笑出來，他警告自己。考慮了幾秒，他終於向小閔供出了那些他自己都還百思不解的詭異事件始末。

小閔的表情瞬間從焦慮轉成了悲傷，下一秒卻又目光怒燒，像是隨時會想要給他一個耳光。阿龍偷偷握緊了拳頭，忐忑又期待，接下來會從她口中爆出什麼樣的感想，畢竟，他還沒跟任何人透露過這件事。

沒想到他聽到的，卻是她語帶反諷的一句：「那你覺得，為什麼這些事會發生在你身上呢？」

「也許我的前世是同志？」

不知道為什麼偏偏在這時候，他的腦袋中冒出的是這樣一個可笑的答案。

「Shut up！——」

「或者這是世界末日的前兆？」

「王銘龍你再不閉嘴，我要尖叫了——」

只好收起了故作無厘頭的口吻，抓起了小閔的手，他相信她能瞭解的。如果這個世界上連她都不能瞭解的話——

「好像，某種奇怪的磁場交錯，讓我與那個酒吧之間有了奇怪的聯繫。只有我感應到了，那表示，我應該有某種能力去做些什麼，雖然我還不知道，那會是什麼——」

自己也知道，說得一點都不理直氣壯。小閔不耐煩再聽下去，從他的掌中抽出了自己的手。

「阿龍，你總有一大套理由，你自己都沒有發現嗎？」

小閔不讓自己失控，只是用一種低沉到近乎嘲弄的語氣，希望將一句句話釘進到他的肉裡似地：

「我不希望你繼續做大夜班，你說你是在陪我上班。我希望你開始做保養品直銷，你騙我你有去。我問了其他店裡的小姐，她們說你只去過一次就沒再上門了。你從來不睜開眼睛看看你的人生，你總看到你想看的，現在更厲害了，還能看到活人都看不到的東西？……可是你怎麼就看不見我的人生？我的青春還剩幾年？你為什麼都不問我，是不是還有在接客？你不敢問，對不對？……你不敢。你只會自欺欺人。你拿你這些鬼話想騙誰？」

一時間還沒聽懂她對他終於坦白的真相。等會過意來，他傻住了。他從不知道自己才是造成她焦慮的根源。他以為她會喜歡兩人簡單相伴的生活，沒想到她竟有如此強烈的不安全感。他能給的原來不是她要的——

「那就忘了我說的那些鬼話——對！我都在說鬼話——」

他的眼眶就是在那時很不爭氣地紅了。

「現在躺在那兒的那個人，當他睜開眼睛的時候，發現有人一直在等他清醒過來，那對我來說很重要。妳也許不能懂。這就是我能給的。我能給也就是這些了。對不起，如果妳從來不覺得，醒來的時候有人在身邊是重要的話，我真的很抱歉，是我誤會了。這全部都是誤會一場——」

他的抱歉卻只令她更惱怒也更傷心，直到離開前，她都沒有再多說一句話。哭過之後的阿龍，則發覺自己徹底是個沒用的傢伙，為此感到非常沮喪。

「喂，你覺得我女朋友說的有道理嗎？」他只能對著病床上沉睡的那人，把心裡的苦悶訴說了一遍。「你把我害慘了，你知道嗎？」

首度向外人說破了這整件事，原本的祕密同時也變得像是夢境般破破碎碎了。所謂的感應，畢竟是沒法證明的，但在原來還沒說出口的時候，一切在他的思緒裡自有一套他能夠理解的文法。但是到了這一刻，連他自己也被搞糊塗了。

這一切究竟只是他企圖用來逃避的藉口，還是他終於有了從來沒有過的勇氣？在這世上如今唯一能為他辯護的，也許只剩下病床上那個沉睡中的人。

如果他醒得過來的話。

◎

「對不起打擾了——」

跟在經理的後面，走進了小姐們的休息室。不，應該說男士們的吸菸室才對。還沒穿戴起假髮義乳的這群年輕男孩，蹺著腳抽菸的抽菸，玩手機的玩手機。

經理跟他使個眼色，意思是別忘了他答應得給他抽的百分之五。這可是阿龍剛剛在門口跟他磨了好久才談成的條件。

經過了昨天與小閔在醫院的不愉快，他也不免有了動搖，是不是自己真的不夠努力？大夜班結束，回到家見到小閔竟然還穿著下午來醫院時的衣衫，一大清早瞪著電視上重播了不知多少次的一齣韓劇在發呆。見他進門，她便拿起遙控器把影像給關了，一副不想與他說話的樣子，然後自顧進了她的房間。他不敢多問，她在那裡坐了多久？難道她沒去上班嗎？

次日輪到他排休，為了討好求和，天一剛黑他便揹起裝滿保養品的登山包，騎了機車出門。

經濟不景氣，酒廊生意不比往年，小姐們多懂得精打細算，尤其總會碰上跟小閔認識的好姊妹，讓阿龍特別覺得尷尬，總覺得她們是看在小閔的面子上才跟自己打交道的。小閔只會對他抱怨，為什麼有好幾家店只露過一次面就沒再上門，其實她不知，這種靠山吃山的作法讓他覺得自己很沒出息。

決定勇闖第三性公關店。只因為想來想去，如果要靠自己的人脈，在這附近，跟他算得上還有見面三分情的，大概就只有那幾位喜歡吃他豆腐的「小姐」了。他猜想「他們」應該不至於讓他太難堪才是。

鼓起無比的勇氣，他踏出了在第三性公關店叫賣的第一步。

「各位好，我是阿龍——」

不等他說完，眾人就已經開始起鬨。喲，是超商小帥哥啊……哥哥你好啊，這麼想我們還親自還帶了禮物上門？……一屋子菸味加上他們左一言右一語，嗆得阿龍半天說不出話來。

「不、不是這樣、我我來看大家，有沒有需要——」

還沒說完就聽見一陣哄堂大笑：有，當然有需要！

「——需要美妝保養品這些都是日本進口的在日本是很知名的直銷品牌這裡是目錄請大家先看一下！」只好漲紅著臉把該說的話一口氣唸完，一面暗訓自己：到底你是在緊張啥？

「辛苦你了，小帥哥，兼兩份差很拚喔！」

說話的傢伙妝才上了一半，阿龍驚訝地看著對方已微禿的前額，與下巴上還沒用厚粉蓋去的青鬍渣。

「你是不認得我了還是怎樣？這樣盯著人家看，好羞喔。我是安潔莉娜啦！」

竟然就是常在他大夜班時出現的那位古墓蘿拉山寨版。不得不敬佩他的化妝技巧高超，而且憑良心說，他做女人的時候比當男人時好看多了，阿龍暗想。

兩三個同樣也才畫了半張臉的男生，這時跟安潔莉娜一起擠到了他面前來。七嘴八舌開始問起各式各樣的問題。你自己也在用嗎？……有沒有除毛的？……去角質是哪一瓶？……其實，他們比真女人還更需要保養，不是嗎？阿龍在心裡忖度著。一個大男人平時總不太好意思跑去女性化妝品專櫃問東問西的吧？

一邊應付著發問，一邊感覺到從對面角落裡一直有兩道目光朝他射來。

那人始終沒起身加入他的同事們，就這樣一直定定地打量著他。被看得很不自在，他只好朝對方點點頭算是招呼。等到其他公關開始忙著傳遞著瓶瓶罐罐的試用品，那人才終於移動了腳步，來到他身旁坐下。

「你是不是阿龍？」

聽見他的問話，阿龍困惑地在他臉上企圖找尋任何舊識的痕跡。難不成他有個小學同學如今做了這行？還是當兵時哪個班長退伍後轉行也變了性？

「我是Tony的朋友，叫我小傑吧！」

在這裡會遇見Tony的朋友，好像並不算大出意料的另一樁。以他這些時日的遭遇，就算當時是Tony的鬼魂出現在他的面前，恐怕也不會讓他太過詫異。

那人說，他這個月才剛來這家店，所以不知道原來阿龍就在這附近打工。接著又問，賣這些東西的生意好嗎？阿龍原先想說還可以，結果還是心虛地搖了搖頭。

「我看過你和Tony跳舞，在你們學校。Tony那時候要我們一定都得去捧場——都七、八年前了吧？——真的很精采，我一直都還記得……你後來還有再繼續跳嗎？」

阿龍還是搖搖頭。

這個叫小傑的似乎有些話到了嘴邊又猶豫了，他陪著靜默了一會兒，卻沒有下文了。阿龍不敢接著多問，那Tony也來公關店上過班嗎？

雖然腦中出現這種疑慮，自己都知道很不應該，只好轉個方式問道：「你們是在這裡認識的嗎？」

對他的問題小傑並不以為意，伸手點起一根菸，悠悠吐了口長氣。

「我也曾經是個dancer，看得出來嗎？」

雖放低了聲音，但仍明顯聽得出那人語氣裡的顫抖。

「那時候跟Tony，還有幾個朋友一起搭檔接秀，因為這樣大家才認識的……對不起，我並不想耽誤你做生意，我只是……我只是這些年一直還會問自己，為什麼會發生那樣的事？那天，如果那天拍到的照片不是他，而是我們當中其他任何一個……畢竟，我們不像他還是碩士生，家裡對我們沒有那麼多的期望……」

聽到這裡，阿龍忍不住想要向他求證他的疑問：「當時，你們接這場秀的時候，事先主辦單位有告訴你們，會打出同志兩個字嗎？」

「沒有。」小傑苦笑著：「如果知道，Tony打死也不敢上場啊！接洽的時候只說一定要熱鬧，還有請歌仔戲團，幾個搞笑的藝人，然後大家那天都反串……照片登出來，標題成了什麼『解嚴』、『出櫃』的，反正是我也不懂的一些選舉語言。Tony打電話給我，問我事情怎麼會變成這樣？記者怎麼會有他的電話？他家的電話一直響不停，他的父母快氣瘋了，甚至他的PTT上也有不認識的網友跑來留言，有的罵得很難聽，說同志的臉被他丟光了，還說他是在利用同志身份想出名……」

阿龍以為小傑隨時都會掉淚了，不料他卻熄了菸，拍了拍阿龍的背，反倒像是他需要安慰似地：「Tony的人生有你，他應該覺得很幸福。那時候我們都很羨慕他，交到一個這麼帥、還可以跟他一起跳探哥的ＢＦ……」

什麼?!

「我——」

除了沉重一嘆，他發現自己在這節骨眼什麼都不好說。

人都已經不在了，難道還真的要他這時候板起臉來嚴辭否認？

如果不戳破，讓Tony在他的朋友心中可以留下如此美好印象的話，於他又有什麼損失？

如果Tony有知，他這麼做或許也能讓亡者明白，當年殘酷的相應不理，他真的不是故意——

「那時候他的夢想是開一家舞蹈教室，做扮裝表演只是過渡期。我當時也是這麼想的。沒想到他就這樣走了，我之後生活也沒了目標……但是今天會在這裡看到你，我好高興。你真的就像Tony說的，是個認真不服輸的人。看到你又讓我想起以前Tony幫我加油打氣時說過的話了。雖然，雖然他自己沒有完成，但看到你這麼打拚，我感覺好像你在繼續幫Tony努力活著，真的好高興……」

還在斟酌著該如何安撫對方的時候，阿龍看見那人已經站到休息室的中央，拍拍手教大家安靜，那樣子就像是教練要對他的球員展開賽前喊話。

「今天我跟我死黨的男朋友意外重逢了！死黨的意思就是，我已經死掉的好姊妹，所以請大家多多支持一下，小妹我做牛做馬來日回報！」

全場一陣無聲。阿龍心想，還真感謝你的幫倒忙，現在場子全冷掉了。

「怪不得看小帥哥很順眼，原來是親上加親啊！」

突然就聽見有人打破沉悶開了第一槍。接著另一頭也傳出爆冷一句：「你家兄弟我們來顧沒問題，只要你把你自己的那根騷狐狸尾巴藏好就行了！」

幾秒鐘前的人聲喧譁再度重新上演，冷場危機在眾人哄笑中就這樣化解了。前後不過半個小時，不但小傑和安潔莉娜都很捧場買下了全組的美白抗老產品，其他人也幾乎人手一瓶。

沒想到，這是自他入行開賣以來業績最好的一晚。

◎

喜歡打腫臉充胖子，大概是男人一種天生的劣根性，阿龍事後回想，尤其是在女人面前逞英雄擺闊——即使這屋裡沒有一個是真貨。只能說當時自己得意忘形，早把真假這回事給拋到了一邊，竟然還在他們店裡開了一瓶酒，成了他們那天營業日第一位座上客。就算是為了拉攏顧客的業務需要好了——後悔已來不及，阿龍只好如此自我安慰。想來賺他們的錢，卻反被他們伸手進了自己的荷包，不得不說，「他」們還真有一套。

「會來你們店的都是什麼樣的怪——嗯我是說，你們店裡有什麼特色？你們怎麼能跟其他店裡的『正港』女人競爭？」

有些問題對小傑開不了口，只好趁店裡還沒有其他客人時，轉向安潔莉娜悄聲打聽。安潔莉娜嘻嘻把嘴一歪，做出一副要吃掉他的鬼臉。

「這世界上什麼客人都有，你想找我睡也行啊——」

「別亂開這種玩笑。」

安潔莉娜這才收起了誇張的煙視媚行，幫他重新斟上一杯酒。

「你看過《金雞》那部電影嗎？吳君如演的那個傻屄，說才沒才，說色沒色，但也可以在酒店裡混吃混喝多年，因為有的時候，男人並不一定是想要找女人幹炮，他只是希望有人逗他開心。你說，這年頭有幾個漂亮的女人懂得在男人面前耍寶？因為真實世界裡不會有像吳君如那樣放得下身段的酒店小姐，我們就來為他們扮演那樣的角色囉……男人就是這麼賤，又想要吃天鵝肉，又想要自尊心，來我們店裡花錢他花得最沒有心理負擔，不必擔心自己夠不夠男子漢。在我們這裡，他永遠是最man的，這種心態你懂吧？」

「另外——」

說到這裡，安潔莉娜翻了個白眼，有點未置可否：「我們跟其他的酒店小姐未必是競爭關係，也許更像是一種合作結盟。如果你夠聰明，等會兒就會看出門道了——對不起，有客人上門了，你先坐，好好享受一下囉！」

這個晚上，阿龍感覺自己好像終於重新回到了陽間的花花世界。

而且果然如安潔莉娜所言，他們搞笑耍寶的花招還真不少，一會兒換上和服，貼上媒婆痣，扮起女丑藝妓；一會兒小姐們手搭肩排成兔子舞隊形，滿屋子裡蹦蹦跳。只見半打的假奶波波起落，逗得那些男人哈哈大樂，順手就把小費塞進了小兔子們的衣縫。

在這裡，奶奶可以隨便抓，屁屁可以任人捏，本來都是男人心底最瘋狂的淫念，但是真的在這些公關身上付諸實現，大家卻都歡鬧得像回到了還在騎馬打仗的童年。甚至公關還搬出了扮裝道具，玩開了，連男客們都一起加入了顛鸞倒鳳。他的臉皮還是太薄，不像幾個中年歐吉桑，毫不扭捏便戴起假髮，摟著小姐們載歌載舞起來。

他算開了眼界，如此翻轉了又翻轉的性別遊戲。兩個男人都扮成了女人在耳鬢廝磨，是否這些扮裝大叔們從A片中得到的女女性幻想終於得到了滿足呢？

至於安潔莉娜故意賣的關子，果真被他看到有酒店小姐帶著男客來照顧他們的生意。幹嘛好好的不待在原裝的脂粉堆裡，要跑來這地方蹚混呢？

喔，他懂了。

如果是釣到了新貨，當然原來的店不能久待，讓其他的小姐有插手搶人的機會。離辦正事的時間還有點早，總得把車暖到恰好，加上客人如果也意猶未盡的話，不如來這兒，省去了時時要保持警覺之累。就像是剛進門的這對，一看就是從別家的酒廊轉過來的，女的把男子的手臂挽得緊緊，生怕肥肉會給野貓給叼走一般──

「小閔！」

他觸電似地從椅子上跳了起來。

和他四目相對的小閔，同樣也是愣了幾秒，然後毅然拖著身邊的男人，立刻轉身推門離去。阿龍連夾克都還來不及穿便跟著追了出去。

室外的低溫讓他覺得像一腳跌進了冰窟。不想在這條來來往往許多人都認識他的巷子裡上演追逐，阿龍只好停下腳步，一邊發著抖，一邊對著小閔的背影大聲喊出了她的名。

小閔轉過身，要男人在街口暫候，獨自朝著他又折返回來。等她站定在他的面前，阿龍發現她身上穿的這件領口與袖口都鑲著皮草圈的大衣，是從沒有在他們住處的衣櫃裡見過的。還有在她耳垂上吊著，如同兩顆眼淚在冷風中凍結的珍珠墜子。

明白了，恐怕她早就瞞著他有了另一個落腳。

「那邊那位是瀨川桑，我跟他認識了有一陣子了。本來想晚一點再告訴你，因為你最近都不知道在魂不守舍什麼……」

他猜小閔早就已經打好了腹稿，她的語氣裡沒有激動，也沒有怨懟。會不會前一天她來醫院找他，原本就是想跟他說這事？

「再兩周就春節了，我答應了瀨川桑，會跟他去日本度假。我需要離開一段時間，未來許多的事情我需要好好想一想。既然已經被你發現了，我想也不必等到過年了，我這兩天可能就先動身。等我回來的時候——」

「等妳回來的時候怎麼樣？」

原以為她會說，等她回來我們再好好談談，甚至是重新開始。結果他聽到的回答卻是一句：「我希望那時候你已經找到新的住處。」

身上只穿了一件襯衫的他，頓時整個人麻木到已感受不出當時的低溫。「可是，可是，妳不是說，未來的事情，妳要趁去日本的時候才要好好想想嗎？」

「你已經不在我的未來裡了。」

話才出口小閔便已露出了如釋重負的表情，卸下了剛剛如面具般讓人無法靠近的肅穆。從她的眼睛裡，他看到的竟然不是分手時應有的悲傷，而是翻船獲救後仍帶了驚惶的慶幸。就像是坐在救生艇上，眼見無法被救起的其他漂流者，雖然無奈，但求生的本能立刻給了她道德上自我寬恕的理由：

「走不下去的，原因你知我知，為什麼你就不能面對它呢？我要的不是你上大夜班守候我，我要的是……你知道我是怎麼想的嗎？我認為你每天跑去醫院，還有你說的那些什麼有鬼魂的事情，都是你的藉口，我認為你做這些事的目的就是想逃避我，你——」

她把頭一甩，不講了。

他情願她對他叫囂責罵，揮拳摑耳光都可以，而不是當時那樣反過來想要憐憫自己的假道學。我真的是那樣不值一提嗎？我在我們的關係中所付出過的，如此輕易就可以全部被抹煞了嗎？

「妳是我唯一愛過的女孩。」他咬緊牙，告訴自己，這次絕不可以掉淚。

「謝謝。只是我早過了女孩的年紀，你也早不是男孩了——」她說。「至少以後你就不用再繼續自欺欺人了。」

◎

還不到午夜，他就已經把那晚新開的威士忌整瓶都喝完了。明知道自己的酒量不好，但是除了喝醉外他別無選擇，因為他最不想感受的情緒就是悲傷。

不光是小傑，店裡大部份的人大概都猜出了他追出門後發生了何事。不想讓酒醉的他在前場失控，影響了其他客人樂不思蜀的歡樂，小傑把人帶回了他們的休息室，幫他打了濕毛巾，還泡上一杯解酒的濃茶。

醉醺醺的阿龍當時還催促在一旁看顧他的小傑，要他快回去上他的班，別讓他妨礙了他的業績。小傑卻沒理會，繼續留在小房間裡。或許他自以為當時還口齒清晰，其實根本沒人聽懂他都在咕噥些什麼。難道小閔沒有對我說謊嗎？她早和瀨川勾搭上了這不叫做說謊嗎？為什麼她就是不願意相信我近來碰到的怪事連連？還是說，她一直另有所指，卻始終不願意跟我把話攤開來明說？

說謊的罪名指控，那是對他人格的污衊。某些事，他並不認為她需要知道得那麼清楚，因為那些事情本身就沒有清楚的答案，他無法整理成一則則結案報告向她解釋，如此而已。

比如說他從未謀面的親生父親到底是個什麼樣的人？曾教過他探戈的國標舞助教，那人的自殺悲劇又何必拿來作為向她交心告白的素材？反而當自己跟她坦言了在MELODY門外遇見的遊魂，招來的卻是她的不屑？

兩年多來的互相照顧作伴，難道這不是關係中最重要的嗎？她有沒有想過，她自己的肉體沾染過多少男人的淫腥，她以為一般男人會對這種事真的不在意嗎？如果碰到的不是像他這樣的男人——

像他這樣的男人。

他承認，他也許還停留在高中時期對那個叫咪咪的遐思，等到面對的是真實的小閔肉體時，他沒有料到，那感覺的落差竟然如此強烈。

曾經少女的纖細，就像一株陽光下的百合，如今變成了在夜裡恣放生猛的曇花，張開了姿態曲嬈的瓣蕊，勾環住了他的身體，他再不能像點閱網路圖片時那樣，可以隨時登出或另開視窗。

之前他並不知，自己對性這件事原來是有潔癖的。小閔在乎的也就是這件事嗎？兩人都想去克服的問題，但誰都沒有那個勇氣把話明說。是的，我很在乎妳，但只要妳還在做這個行業，我就沒辦法進入妳的身體……需要這樣坦白嗎？

或者他可以更理直氣壯一點：是妳在自卑吧？妳以為只要能跟妳上床就代表不介意妳的過去？妳到底想證明什麼？為什麼就不能交給時間慢慢去化解？

他呵呵對著眼前天旋地轉的小房間發出傻笑：原來這就是喝醉的感覺，早知道就常把自己灌醉，如果她要的就是我以做愛來證明我愛她的話……她懂不懂有時候不做愛是因為更在乎？

只有時間能幫助他確定，對她的感覺，並非只是青春期性幻想的補償。

經過了這麼多年，他才好不容易學會，如何不讓性衝動駑鈍了自己的判斷。性這件事已經讓自己困擾了很長一段時間了。就是因為大家都這麼習慣於用性的模式來解釋太多的關係，對於相愛與做愛之間到底有何差別，便成了他小心翼翼不敢妄做結論的一道謎題。

如果不是那年，在舞蹈教室，那次經驗讓他同時感到困惑羞恥與難忘的話……這麼多年過去了，他依然認定不去談論是最好的處理方式……尤其是在他已經選擇了小閔之後，大學時代的意外之「舉」早就可以當作不曾發生。如果他可以選擇較容易的那一條路，何必要讓自己陷入無謂的庸人自擾？

雖然從沒有和同志的圈子有任何接觸，但是每天上班看著對面的酒吧裡同志進進出出，他也從沒有異樣的感覺，既沒有嫌惡，也沒有不自在，他自認不是不能接受這種事情的人。

他只是不喜歡被分類的框框綑綁。

尤其雙性戀這個字眼最教他無法接受。彷彿，那三個音節總在若有似無暗示著，那不過是當事人不願面對真相時所尋求的藉口。

性衝動的來去是難以預測的一種神祕潮汐。

有時一整個月都不被它干擾，有時卻在最不可思議的情況下浪襲他一身。

對於同性，不是因為有慾望需要被填滿，而是總在突如其來的某個時間點上，某個人讓他起了又恨又憐之心。

你就一定要這樣嗎？他對Tony咆哮：我不想傷害你所以請你停止——

然後他再也想不出其他的話來，對方的唇吸去了他所有的想法，讓他成了一個靈魂空白的人，好像他的人生可以重新開機啟動重來……

自那之後，他會開始注意起男人的唇。

然而，能夠讓他聚焦的唇，往往只發生在一瞬間，轉眼就過去了，甚至還來不及感覺，那究竟算不算是一種性的挑逗？

還是因為，身為男性，同類之間能夠表達情感的方式過於有限，才讓自己強烈意識到對男性之唇的好奇？

可以握手但不能牽手，只能短暫擁抱卻不能依偎。但明明有時也會對他們的陪伴有眷戀，對他們的無助也會有護惜。

雖然他在國中的時候就跟女生發生過性關係了，但他不能否認，男性之間也可能存在著那些微妙而複雜，但卻不被允許去探索去體驗的衝動。

原來這就叫做污名化。

經常看到的一個字眼，如今才明白究竟是什麼意思。那就是，根本不必做過什麼，卻仍會擔心被波及的一種恐懼。

他一直想要知道，同性間性的吸引，對那些表明同志身份的人來說，是打從一開始就確定的嗎？難道人生在不同階段被不同的性別吸引，只能被冠上逃避面對的罪名嗎？

自Andy昏迷之後的這段時間，他一直在自問。

他並不是在抗拒，他只是不知從何時起，對任何事都習慣抱著懷疑的態度。他的懷疑與無法選擇又是怎麼開始的？是不是因為從意識到自己也會被同性吸引開始，他就發現，自己還有另外一個，比喜歡同性更難啟齒的祕密？

因為他會喜歡的同性，既不是陽光健美的，也不是可愛青春的。

會吸引到他目光的，竟然往往是上了些年紀，有種滄桑感的大叔。

明明昏迷倒臥在地的那個人已經快四年每天都會見到面，但當對方突然成為一具靜止宛如沉睡中的軀體，只剩臉上那樣虛弱的閉目蒼白神情，竟然會讓他在等待救護車的同時，受不住鬱勃心跳的激催，就在那唇上留下了猶如患難見證的印記——

那個酒店小姐是你的女朋友嗎？

或許他喃喃的酒後心聲沒人聽得懂，但是身旁的人所說的每一個字，卻都像是經過擴音器般傳進了他的耳膜，讓他的頭疼如火苗般一陣又一陣地猛燒。

你這個樣子會讓Tony很難過……如果我把這身打扮換下來，你會不會比較自在一點？……

他目光空洞地瞪著小傑。

等會過意來，他忍不住格格低聲笑了。小傑的手正在試探性地移往他的褲鍊。

他望著那隻塗了蔻丹的手開始在他下體撫觸搓揉，並沒有阻止。我能告訴他，這跟他穿什麼沒有關係嗎？他暗自在心裡喃喃：這樣說會不會很傷人？

突然聽到對方發出了一聲尖叫，眼前的人嘴唇上裂出了一道傷口正泌出鮮紅的血滴。大夢初醒般，阿龍用力推開了貼在身上的小傑。他感覺自己剛剛無意間狠狠咬下了一口不知名的水果，舌頭上沾留著唇膏的化學果香與血的微腥。

「現在幾點了？」

他猛然從沙發上爬起，像是怕錯過了最後一班捷運似地，沒有任何解釋便衝向門口，趕赴了只有他知道的那個約定。

時間已是午夜凌晨的兩點四十三分。

8 勿忘我

活著還能夠記得這一生的種種，便是我所希望的來世。

——卡繆

The Stranger

那年暑假快結束前，我們突然都各自銷聲匿跡了幾周。姚回去了中部，因為父親的身體出現狀況。阿崇不知在忙什麼，補托福和GRE大概都是藉口，在幾次的失控後不想面對我和姚，恐怕才是真正的理由。而民歌總決賽就要到了，我趁著那時候終於有空檔把參賽的曲目重新做了編曲，才從練歌中暫時獲得了一些久違的平靜。

現在回想起來，當時對比賽一點勝算的把握都沒有，為什麼還能那麼堅持？那是我在後來的人生中再也沒能找回的一種力量。就像是一個人默默地在寂寥荒涼的水流中划著槳，不知前方究竟是跌墜深壑的垂直瀑布，或者是一片湖光山色可供棲釣的世外桃源。面臨高手環伺越來越激烈的競爭，只有一個恍惚的聲音一直在耳邊響起：除了音樂，你還有什麼？

當時的評估，奪冠絕對是無望了。但是每次大賽結束後推出的得獎專輯唱片中，除了前三名外，還有一些是製作人另外挑選出他們覺得有質感的聲音，也會被收入專輯灌錄一曲。我能爭取的只有這個機會，這樣以後在各處駐唱時至少多了一個「唱片歌手」的頭銜，對這份工作不啻也是一種保障，能讓我再苟延殘喘幾年，繼續玩我的吉他唱我的歌。

當年的大志不過如此，不表示我不想要得更多。

未來阿崇有他的家族企業，姚有他的領導魅力與人脈，他們都拿到了人生潛力組的入場券，而我呢？

總共十二位進入決賽，那位就讀海軍官校的男生，一直是被關注的奪冠熱門。

果然，當天一上場還沒開口，官校生那身全白的制服便已讓全場為之眼亮。斯文的臉龐卻有著挺拔的身形與雄赳赳的氣勢，天生好歌喉加上軍人特殊的俐落爽朗氣質，一直讓他的人氣指數在比賽過程中，遠遠領先其他那些相形顯得文弱蒼白的大學生，連女主持人介紹他出場時也明顯透露了偏袒：

「今天陳威同學要演唱的是他與同學的自創曲，他的好同學也將擔任他的鋼琴伴奏……哇，你們學校的男生都是那麼帥嗎？現場的女同學，他們帥不帥？……相信妳們的尖叫聲一定會讓他們今天有更精采的演出……接下來，就讓我們以熱烈掌聲，歡迎這兩位帥氣又有才華的大男生，為我們帶來他們的演唱！」——

燈光緩緩亮起，他筆挺雪白地佇立在黑亮的平台鋼琴旁。先是緩緩脫下頭戴的海軍盤帽，然後，伸出了那隻一直藏在背後的手，只見一朵玫瑰正豔紅地在他手中盛綻。

他將紅花與白帽輕輕並置於黑色鋼琴蓋上，那構圖立刻成為了舞台的焦點。看得出他用心設計了這些橋段，以軍官紳士風的浪漫，為接下來要演唱的情歌做足了鋪陳。

伴奏與他交換了一個鼓勵的眼神後，他唱出了歌曲的第一句，也是我至今唯一還記得的那句歌詞：我們的愛，不需要有名字……鋼琴前的男孩身著與他同款的白色制服，梳著整齊油亮的小西裝頭，不時還會加入幾句和聲。

他們的沉穩與搭配無間讓全場感到讚歎，豈會有人預料得到，一場宛如失事墜機的震撼已在醞釀？

歌曲還沒進行到三分之一，就看到女主持人臉上的笑容變得僵硬了，台下的觀眾中有人也開始交頭接耳，發出了竊竊私語的干擾。我坐在後台的等候區，有股隨時想起身逃走的衝動，卻又目不轉睛，不願放過台前這太令人不知所措的場景。

明明是在幻想裡涎羨過的誘人情景，此刻真實在眼前上演，我卻吃驚得傻了。再遲鈍的人也看得出端倪，台上二人不時深情凝望彼此，那絕不是同袍哥兒們會出現的表情。

我的胸口宛若南極冰地，一塊巨大的雪石遇到了升溫而轟然崩落。一場威脅性的大破壞中，另有一種讓人驚懼，也讓人著迷的風雲變幻。

前一秒感覺在我心中始終如重負的那份羞恥與不安，就這樣輕輕被舉起了，笨重的冰山在他們的歌聲中，頓時化升成了綿軟的雲。

但下一秒我卻又墜入了一片烏雲密布中。

他們為什麼要這麼做？

震驚窒息了原本該有的喜悅，我無法想像這對情侶（難道不是嗎？）竟然能無視這樣的冒險會帶來的後果，讓自己在眾人面前成了傷風敗俗的異端。從台上兩人目光的交流中，我感受到他們的旁若無人，彷彿在告訴台下的人們，不用為他們擔心，之所以能夠放下已到手的，是因為他們已經發現什麼才是更好的。

但那又是什麼？為什麼我還看不到那「更好的」？生怕身邊的其他選手會發現到我的異樣，下唇無法克制地擂抖，以免一個不注意，眼中強噙住的淚滴就要滾落。

不知道他們的演唱是何時結束的，我被場內不算特別熱烈的掌聲驚醒。

「謝謝陳威帶來的這首歌曲……不過，兩個男生對唱情歌還是挺奇怪的，好像應該是一男一女比較自然吧？也許海軍官校也該考慮招收女生，大家說是不是？……陳威你大概還沒有女朋友吧？」

女主持人生硬地圓場，在我聽來只是越描越黑。

我伸長脖子想要觀察坐在台下的評審們的反應。

一排人先是全低著頭假裝在看資料或寫評語，然後坐中間主席位的那位知名聲樂家，突然舉起手向主持人示意，下一位原本已在台側正要上場的選手，這時又退進了翼幕後。主席與其他幾位評審交談的時間也許不超過一分鐘，但就在那短短的一分鐘，我的命運從此改變。

「伴奏者加入了和聲，違反了獨唱的比賽規定。」聲樂家對著全場觀眾如此嚴正地發出了聲明。

歷經了長達四個月的過關斬將之後，原被看好的佼佼者，竟會選擇了用這種方式當作最後衝刺，某種程度上，我感覺他似乎在嘲笑所有其他選手的戰戰兢兢。像是車禍現場，當聽說車毀人亡的原因是酒醉駕車之後，圍觀的人群雖有遺憾，但暗自在心底或多或少都以為，這是罪有應得。

名次揭曉，陳威果然落選了。

大出意料的是，我得到了亞軍。

吞下驚恐與辛酸，強作鎮定，在接下獎座的那當下，我異常心虛。

那個亞軍的獎座，多年來仍被母親放在老家酒櫃的顯眼位置。

★

取下了灰塵早已結膜的獎座，比賽當日在台上的心情此刻我早已無印象。或許是因為自己太過緊張。更有可能是因為第一次目睹，我的同類因表態身份而遭到嚴懲的現實。原本應有的勝利笑容卻被擔心取代，我擔心大家認為我何其幸運，得到了天上掉下來的這份禮物。我擔心接受了這樣的命運安排，外界再也看不到我曾為理想努力過的事實。我更擔心，萬一，他們也發現了我的偽裝。

看到同類像雜草一樣被拔除，我卻什麼也不能做，除了繼續尋求掩護。

想起我們那一代許多同學都曾參與過的學運抗爭，在廣場上，他們手牽著手高呼著口號，在群眾陣線的推波助瀾下，每個人看起來都是那麼地勇敢。萬一被抓進了派出所，也不用驚慌，還有父母會出面把他們保回。絕大多數的人在運動解散之後，照常回家過日子，約會看電影打炮，最後仍然按部就班地，完成了就業成家生子大業。

屬於我的一場革命抗爭，在當年既無群眾也無媒體，更沒有家人後盾。我接下來的人生，恐怕更像是一個臥底間諜，不但連自己的父母都得守口如瓶，甚至有一天可能再也回不了家。

我多麼地不甘心，這畢竟不是我原本以為會有的人生。

我羨慕那些參加過學運，而後可以拿來說嘴一輩子的那些同學，他們不會知道單打獨鬥的滋味。那種在叢林游擊戰中孤軍一人的生存遊戲。他們記得的總是在人群中的熱血激昂，他們永遠可以有退場的選擇，回到原本就畫好藍圖的人生，沒有誰真的打算為一場運動送命，或甘願家破人亡。

從沒想過要當烈士的我，到如今家破人亡與命在旦夕竟都雙全。

但是我永遠成不了英雄。

我既無法像姚那樣藝高膽大，混入政治，直搗權力核心。也沒有阿崇的彈藥可供揮霍，政變不成便撤退海外。我只知道大難將至，只能一路往前。當我出櫃走上舞台控訴的那一刻——

不，應當是更早，在看到我的篩檢報告結果的那天起，我早已在心裡與我的父母訣別。

我把獎座用報紙包起，放進了黑色的塑膠大垃圾袋。

★

比賽散場後，在大廳裡遇見了我並未預期會出現的阿崇與姚。雖然事前我曾一再表明不希望有人來看我的決賽演出，但那當下我還是感激得擠出了短促的笑容。還能三個人聚頭的日子恐怕不多了，我們對此早都心裡有數。當我收起了僵硬的笑容，隨之而來的，立刻是三人不知如何應變的失語。

想必他們也都看到了。懷疑軍校生並非因和聲犯規而落選的，顯然不只有我。記憶中，是姚先打破了那尷尬的沉默，卻只顧連聲向我恭喜，並不想談論賽事，是阿崇在一旁的怨聲不斷才打開了這個話題。

「你不覺得這很恐怖嗎？評審評的不該是音樂嗎？他們怎麼可以就這樣做掉了一位選手？這種黑箱手法太明顯了。結果大家都沒說話？沒有人表示抗議？」

「照你的意思，難道是讓小鍾去做那個帶頭抗議的人嗎？我看就是犯規，沒那麼多陰謀。為什麼別人都沒有用和聲就只有他？這不是故意踩線是什麼？」

「姚瑞峰，我對你很失望！」

阿崇仍不放過這場辯論，讓我不得不擔心，他何時又會激昂過頭，脫口說出讓我和姚都招架不住的什麼話來。

「迫害就是迫害，你還幫他們找理由？小鍾，你說說看！你覺得他落選的真正原因是什麼？」

「我們是來幫小鍾加油的，結果你連聲恭喜都沒說，你還真是個好朋友！」

眼看他倆就要吵起來了，我卻無法插嘴，好像這一切的錯都在我，讓我覺得既惱又窘。但就在這時，一個白衣的人影突然走近了我身邊。「恭喜你，鍾書元，你今天的表現真的超乎預期地好！」

想不到是陳威，竟然笑嘻嘻地跑來跟我握手。

「我覺得評審對你的——」

不等我說完，陳威便做了一個嗤之以鼻的鬼臉接過話去：「都在意料之中。」他絲毫沒有因落選而沮喪，相反地，他的語氣中竟有一股難掩的得意：

「告訴你也沒關係。得不得名次對我來說根本不重要，讓學校開除我才是我真正的目的。我是被我爸逼去念軍校的，我可不想一輩子就這樣過下去。其實，早有唱片公司找我簽約了，但是我的軍職身份一直讓我沒辦法去做我真正想做的。」

陳威邊說邊將無言以對的我們三人打量了一遍，帶著促狹的眼神中，甚至出現了媚視的風情，簡直無法相信，這就是幾個月來我印象中那個英姿勃發的男生。

「我相信我們還會再見面的，掰！」

他朝我眨了眨眼，異常愉快的心情溢於言表。

望著那人與他的伴奏相偕離去的身影，仍在震驚餘緒中的我們，反倒都沉下了臉，誰都沒再作聲，一逕沉默緩步地朝門口移動。出了演藝大廳，一直走在最後面的姚突然上前來伸手攀住我的肩頭。

我停了下腳步，轉頭看見姚直盯住我的臉，眼神中既是擔憂也是掙扎。我突然覺得他變得好陌生。多少年我都無法、也不敢忘記的是，接下來他以罕有的激動口吻對我所說的話——

「你看看他那個樣子！囂張什麼?!……小鍾，勇敢一點！自信一點！我相信你。有聽到嗎？我相信你。你沒有理由不相信你自己。以後你也會出唱片，你會比那傢伙成功的，我有預感。我們未來的路已經夠難走了，不要再自尋煩惱了好不好？做你相信的事就對了！」

我們未來的路。

那是第一次，從姚口中聽到這樣的說法。

同仇敵愾更勝過畫押表白，有他這句「我們未來的路」就夠了，我們終於不必在啞謎中繼續閃躲。

只有事過境遷後才明白，雖然那年夏天的我們都在虛幻的感情中自苦，其實仍有愛情柔軟的羽翼在眷護著。短暫的曲折，小小的忌妒與孤獨，不貪想更多，以為情愛就是帶著咖啡的微苦，加速著心跳，讓自己在夜裡清醒地做著無聊的夢。

那是此生再也不會有的奢侈。

或許，那也正是之後大家漸行漸遠的原因。

拒絕了任何字符將我們命名，我們永遠也成不了彼此生命中真正的，同志。在未來都只能各自上路，生存之道存乎一念之間，誰也唸不了誰的經。

就讓同學的歸同學，同志的歸同志。

至少我們三個，不是個個都在逐愛尋歡的過程中傷痕累累。

★

位於早已拆除的中泰賓館四樓的KISS迪斯可，是最早夜生活的起點。

當年，幾乎每晚總看得到不同家唱片公司與不同等級的偶像明星在那兒出現。也許是在太陽城作秀完來此吃消夜的黃鶯鶯胡瓜高凌風，驚鴻一瞥便進入VIP室。也許是剛剛出片的裘海正伊能靜方文琳，在他們老闆劉文正的帶領下引來一片踮腳圍觀：在哪裡在哪裡？

退伍前便與一家當時頂尖的唱片公司簽了五年的約，經常有師兄師姊因銷售長紅而請大家到KISS慶功，我開始跟著公司的人出去見世面。在那裡又碰到已經發了兩張專輯的陳威。

他被打對台的唱片公司簽下後包裝成了青春動感派。日後再沒有人知道他其實是有歌唱實力的，留給人的印象就只是一個衣著色彩鮮豔新潮，卻始終不曾大紅的夭折偶像。

據陳威自己的說法，公司希望他能成為台灣的澤田研二，一個打扮中性化的日本搖滾歌手。而走的還是校園民歌或西洋鄉村路線的我，對於一股東洋模仿風已吹進了島上仍後知後覺。之後的數年間，台灣的中森明菜出現了。台灣的澀柿子少年隊登場了。台灣的……台灣的……這句話在接下來的二十年中將不斷不斷地在各行各業中重複。

起初對這樣的自我吹捧（或者是自貶身價？）也曾充滿了懷疑與排斥，直到看到了第一次當選立委進入國會的姚瑞峰，被媒體立刻封為「立法院的勞勃瑞福」，豁然頓悟。如果不想被人識破本色，那就需要把自己替換成另一個符號，用盜版替換正版，那麼自然不必再擔心自己到底是誰這樣無聊的問題。一旦世人接受了這種說法沒有異議，也就沒有欺騙與否的問題，一切都是集體共業。於是第一張唱片上市時安然地接受了公司的安排，成為了「台灣的巴布狄倫」。沒有了羞恥心，棄守關卡都變得輕而易舉。

雞犬升天的美好黃金年代啊。

民歌沒落，餐廳秀隨之而起，陳威同時也開始接秀跑場，雖然只能算暖場的小牌，很意外陳威卻可以如此樂在其中。常見他帶著幾個小舞群，下了秀連服裝都不換就跑來跳舞，總是熱情地呼朋引伴，並且用非常善解人意的語氣向我暗示：晚點再走，待會兒還有其他「朋友」會過來，介紹你們認識。

多年以後才搞清楚為什麼陳威可以坐上了我們那夥人中的教母位子，為什麼他總可以臉不紅心不跳，看到場子裡有帥哥就去邀人家過來同桌。從KISS到WHISKY A-GO-GO，從FUNKY到TEXOUND，有陳威在的地方就有帥哥。因為陳威一直是有伴的。因為他別無所圖，除了大家出來玩得盡興。那個比賽時幫他伴奏和聲的男生，沒想到他們真的在一起一輩子。小鍾，別看我們這一行裡姊妹很多，玩歸玩，但是工作更要緊。對外就是要打死也不認懂嗎？讓他們去猜去，除非抓姦在床懂嗎？

做教母的人就是要有這種母儀天下的風範，只看不動手。在外逢場做戲是一回事，自己小倆口過平常日子是另一回事。私下被他唸了不知多少回，小鍾別老去沾那種大家都想上的，我卻偏偏聽不進去。總是被同一型的男生吸引。那種男生看起來心不在焉，卻在舞池裡散放出冷冷的光芒。從遠距鳥瞰，更容易看出，一個無名小卒，在舞池中正享受著被人暗暗垂涎的虛榮，只因連他自己都知道他是好看的，那種不分男女都會覺得好看的一種。讓人忌妒得心痛的一種。還沒有身份標籤的年代，那樣的男子究竟是不是同類永遠無法得知。他們跟後來同志夜店中的帥哥最大的不同，便在於他們的底細不明，或許連他們自己都還沒有決定要什麼。

曾以為，若能得到像那樣的一個愛人，我將會忘記之前曾有過的所有不快樂。

一定可以得到這樣的一個人的。只要我能再放浪些，再騷一些，再主動些。只要我敢，機會就是我的。不相信自己得不到。

即使對方名花有主也沒關係。說自己有人卻隨時換伴的玩咖比比皆是。這種人給你睡到就算賺到，大家都會在背後這麼意淫著。

這種人怎麼看都有著某人的影子。

那時唱片公司老闆的名言：越是生活苦悶的年代，越是我們可以發揮的舞台。那一年，李玟張宇王力宏伍佰對上香港的劉德華呂方以及當時還叫做王靖雯的王菲，戰況熱鬧非凡。慶幸自己決定從幕前退下的決定是正確的。因為從此再也不用擔心自己的性向被曝光，反而可以理直氣壯地，為女歌手們寫下一首首自己都笑稱是「陽具頌」的椎心情歌。

阿崇出事上報那天，我一大早便進了公司，守在傳真機前等候中盤與大盤的回報，與企畫忙著分析每個區域的進貨數量。

那時已退居幕後五年，雖然有著製作部經理的頭銜，但事實上大小事都得全包。還沒製作出一張奠定名聲的唱片是我當時最大的憂慮，向老闆討價還價差點沒下跪才換到最後同意，做了這張並非當時市場主流的專輯，以中性的造型包裝一位從某大飯店發掘的駐唱女歌手，企圖打造一位台灣的K. D. Lang想試探台灣蕾絲邊市場的水溫。誰教那位已擁有廣大歌迷的女歌手那麼倒楣，遇上了蕾絲邊酒吧偷拍事件讓出了這麼好的寶座？

在會議室焦急等待著首日戰況，不安地把桌上的報紙翻來又翻去。通常會議室裡的報紙都只留各家影劇娛樂版放進報夾，但不知為何，那天竟然其他各版都沒被收走，厚厚一疊丟在椅子上未經整理。報禁開放後，反而閱報的時間逐漸縮減，份量太多讓人不知從何看起是原因之一，更重要是每次翻報都覺得觸目驚心，殺人綁票勒贖案特別頻繁，更不用說政治紛擾從不停息。

報紙被刷刷胡亂掀翻著，然後一行標題猛然映入了眼底：「**知名運動器材品牌資金遭掏空，損失達五千萬，警方鎖定小開涉嫌重大。**」

還沒細讀新聞內容，腦中已經閃過丁崇光的名字。

所以說，我並非無知到以為跟湯瑪斯的事我可以瞞阿崇一輩子。黑金剛大哥大一整天響個沒停，不過不是為首日發片的銷售紀錄來道賀（事實上那張銷售奇慘的唱片是我音樂生涯的最大敗筆，就此一蹶不振的滑鐵盧），而是讀到報紙的圈內朋友皆來打聽新聞內容的可信程度。

而我一直在等待的那通電話卻遲遲不來。一直到了夜裡十點多，才終於聽見在外競選拜票一整天後的姚，那難掩疲累的聲音：報上登的是真的嗎？

你想知道什麼？

了？

他為什麼要這麼做？他不知道這樣接下來他會被通緝，可能二十年都再也沒法回台灣了？

他這麼做是為了一個男人，也許這對你來說，是永遠無法理解的一件事……

所以你認識那個男的？

那一剎那的猶豫無法作答，即使相隔了這麼多年仍清楚記得。如果一時的猶豫之後我選擇的是對姚說出實話，我的人生下半場會不會是完全不同的景況？不用背負這個祕密，我是否至少還能留得住姚這個朋友？

見過幾次。不熟，只知道他是美國長大的ＡＢＣ。

結果脫口就撒了這樣的謊。

照常理，這種事在圈內是很容易被傳開的，只能怪阿崇一直刻意不想與圈內有染，自不會有人給他通風報信。那幾年他為了準備接掌家族事業天天忙得不可開交，而以學中文名義來台灣的湯瑪斯每天卻有著大把的時間，就這樣，我倆瞞著阿崇交往了一年，順利得讓人難以置信。

當湯瑪斯告訴我阿崇都不讓他幹的時候，我竟還為之感到竊喜，認為這世上畢竟還是有我眼中那個無趣的阿崇用錢買不到的東西。一度自信居於上風，以為他們遲早會分手，直到這一年，他倆毫無預警地突然就從台灣消失。

我如何能跟姚說真話？說我就是不信湯瑪斯沒有對我動過真感情？

相識的那晚，在FUNKY同一個包廂裡，這邊桌是陳威的場，那邊桌是湯瑪斯帶了幾個美國友人來見識亞洲同志文化。台北洋人到哪裡都吃香，禿頭肥佬都還有一堆沒見過世面的土雞在眼巴巴等著嘗，更不用說湯瑪斯那晚帶去的都是青春少年兄，腰高腿長，下了舞池都成了神，被團團圍住就再也沒回到包廂裡。留下落單的湯瑪斯，再自然不過地從他們那桌加入了我們這桌。

陳威一口破英文也不害臊：You, no lover? Where from? USA? Japanese? 終於受不了陳威的缺舌，他笑出聲來：我會說中文啦！

是那種典型ＡＢＣ腔調，只在家裡說的母語似乎都會停留在某一個年齡，十來歲。那種中文不是成人的，讓人覺得他不懂得設防，對接下來陳威的每個問題都乖乖地有問必答：我的boyfriend很忙，不喜歡來這種地方。他常常出國。他這個月去歐洲出差。我們在Berkeley認識的。他去念書。兩年後他拿到ＭＢＡ就回來了。他爸爸一定要他回來。我很愛他，今年我也來台灣住……

喝開了，同桌的其他幾個傢伙也開始對湯瑪斯感興趣了，七嘴八舌的問題都是關於在地球另一端，像我們這種人都是在過怎樣的日子。陳威湊近我耳邊低噥一聲：你覺得他幹嘛一直跟我們泡在這兒？

他拿出皮夾，讓我們看他高中的照片。我笑了。不記得在此之前，我已經有多久沒有這樣情不自禁地笑出聲來。我也有中文名字的，他說。王鐵雄。是阿公取的，好土喔，邊說邊皺起鼻子跟我做鬼臉。

鐵雄，是《科學小飛俠》裡的鐵雄嗎？

見到他茫然的表情，我才想到是我自作多情了。來自加利福尼亞的他，沒有與我共同的成長記憶，上的是那種可以把頭髮梳成刺蝟染成粉紅色也不會被記過的高中，大學學的是人類學，純為興趣，還有柏克萊的自由左派校風。就是因為當時留下了那樣彼此純無交集的第一印象，再加上圈內人出來尋歡作樂都只用代號，不用真名姓，他的BF是誰不僅我沒興趣多嘴，甚至大家都很有默契地給了湯瑪斯空間——或者說，也給了自己空間。畢竟，有沒有B從來就不是大家的忌諱。

身為教母，陳威終於看不下去這種戰況不明的浪費時間，一聲吆喝我們換地方，去夜唱吧，湯瑪斯你來不來？

那幾年伍佰正紅，大夥連著幾首點的都是他的快歌，其他人跟著跳唱嗨翻，我卻心神不寧地抽掉了半包菸。終於有了一首抒情的〈牽掛〉出現，湯瑪斯忽然把一支麥克風遞到我面前：你都沒唱歌，一起唱好不好？

我來KTV從不為唱歌。知道我職業的人都明白。點我唱歌，那就像是要求一個喜劇演員給大家說個笑話同樣無禮。被人點名唱歌那還是頭一遭，當時破例遲疑了一下，還是接過了麥克風。湯瑪斯唱頭兩句，輪到我時，看著字幕上打出的歌詞，整個心情不知為何一下溢到了很久都沒出現的黑洞裡。

我不願看到你那濕潤的眼睛，怕我會忍不住疼你怕你傷心……每次都是這樣，有了新貨大家就要再經過一次同樣的續攤淘汰賽，直到自認無望者一個個終於甘心退場……**我不願聽見你說寂寞的聲音，怕我會忍不住對你說我的真感情……**這樣的日子還要過到何時？吃過多少個有夫之夫了到後來還不都是不了了之，難道缺眼前這一個嗎？……

當時不是沒有抗拒。我不是不知道自己的弱點。每次當罪惡感與羞恥心聯手開始作祟，我需要被愛的渴望便如同添加了柴火般，總會病態地煥發起來。

終於有這樣一個人，在他的身上沒有擁擠公車裡猥瑣男子摩擦過所留下的氣味，不會讓我想起濕暗三溫暖裡滿地沾滿精液的衛生紙，終於讓我暫時遺忘了那年姚身上的土黃色軍訓制服，還有在我以臉頰貼近時，曾嗅到的淡淡的汗臭與游泳池裡的漂白水刺鼻。多年後我仍然記得，當他靠近身邊時，我嗅到的是經過長年陽光烘烤過的肌膚所散放出的金黃色啤酒香，還有唇齒間帶了薄荷口香糖氣息的呼吸。

即使我從來都不相信一見鍾情。

太多的時候，在三溫暖在公園在搖頭吧，我們早已把那種天雷勾動地火的眼神交會用到疲乏。目光佇留，常是因為太瞭解彼此所受之苦而送出的慰勞獎品，所有等待的焦慮與難堪，最後都只能靠著互相施捨的目光得到一些補償。一旦當對方的目光變得含蓄而溫暖，不是我習慣的粗魯飢饞，反讓我陷入戒慎恐慌想要逃避。見我握著麥克風遲遲不出聲，一旁的湯瑪斯愣了幾秒，只好尷尬地自己接唱下去。邊唱邊不停轉過臉朝著我打量，最後合唱竟變成了對著我的獨唱。

放下麥克風說了聲對不起，不顧其他人的抗議，我獨自離開了擁擠霉臭的包廂。KTV外的人行道上，周末夜的人潮與幾個小時前無異。想到自己這年已經三十八了，過去這十幾年就這樣醉生夢死過去了，怎麼就沒有一個人會為我停留呢？

Are you OK？

一道低沉的聲線，像灼燙的指尖，突然在背上寫下了一行不可告人的留言，隨即冷卻，涼涼地只剩下背脊間宛如人海中久別重逢後的一道淚跡。

也不過需要的就是一個手掌的溫度。在惶然的前半生，那點稀有的關心與倚靠，到頭來都成為戒不掉的毒。以前總不甘心為何就不能獨占一份完整的感情，卯足了全力繃緊了神經，就怕自己失了分被比下去，竟不知這樣的經年累月已讓自己被蛀壞得多嚴重。在湯瑪斯伸手扳我肩頭的那瞬間，我感覺自己像一座朽屋隨時會癱垮在地。

可不可以不再奢求完整？可不可以不要再追問真相？能不能就當作這是此生最後一段，如果可以永遠不讓對方的另一半知道的話？——

我沒有立刻回過頭去。情願繼續背對著那些該知道卻不想知道的。

原來背對著才是最幸福的。

怕萬一太快回頭，也許就什麼都沒了。

一九九五年秋阿崇從美國寄來的那封信，是他唯一也是最後的消息。沒有聯絡住址，信紙上也只有短短幾行字。即便在看完後立刻就被我揉成了廢紙，但信的內容卻早已刻在心中，二十年後，我依然隨時可以一字不漏照背出原文——

小鍾：

我沒想到你竟然會這樣對我。你和湯瑪斯的事，他全都告訴我了。

大約四個月前湯瑪斯發現他得了AIDS。

我會決定與他遠走高飛的真正原因，你現在知道了。

畢竟在台灣，他不但得不到最好的治療，也永遠得活在異樣的眼光中。

我勸你最好趕快去做檢查。

除此之外，我跟你已無話可說。

★

這些年來我發生過的事，姚瑞峰知道多少，我不確定。雖然他提到一直有在聽我的歌，但不表示，他是會注意影劇版的人。就算會，我的消息也只是微不足道的一則牙縫裡的殘渣，很有可能一沒注意就錯過。對他的期待一定得減到最低，這是從三十年前我便已學會的功課。我的病況他若不知，我想我也沒必要主動提起，增加他的心理負擔。或許他會因與一個愛滋帶原者共進晚餐而事後驚惶失措？還是，他會因良心不安而被迫接下來對我噓寒問暖？……

這些揣測也都是不必要的。因為我早已決定，這就是和他最後的一面了。

記得曾在電視上看過一部低成本的老舊科幻片，男主角自從一趟太空飛行後，回到地球上看到的所有物件都成了相反的存在，包括照鏡時看到的是自己的後腦勺。如今在回憶的旅途上，我亦與自己的背影相遇了。

莫非我的人生也像是歷經過一場太空漂流？之前所企圖尋找的答案，或許都是躲藏在相反的世界裡？

像是，一直唯恐失去的，原來不曾真正擁有？以為是，因為相愛所以兩人要在一起，難道不是因為最後還能夠在一起，才發現原來兩人是相愛的？

曾經以為那些記憶都不重要，重要的是眼前那些必須努力追上的。追上所有已經錯過了的，追上還僅存賸的，追上那仍有可能的，叫做愛的那個東西。每個人的起點開始慢慢消失，至於終點，也許根本不存在，也可能隨時消失，也許早就經過而未曾發覺。

我的終點原來早已發生，我卻仍如遊魂一般，彳亍在風沙中。

終於，我懂得了，那人卻在燈火闌珊處的相遇，其實遠不如一場期待中的告別來得美好。

雖然並不預期，這樣一頓晚餐的過程中我們能夠進行怎樣深入的話題，但這樣重逢聚首的形式本身，它的意義已經遠大過到時候會是怎樣的內容。

★

隨著屋內的空間一點一點被騰出，過去累積的無用紀念也一件件移除，疲累終於為我換來了心情上難以形容的輕鬆。

早就想要處理了，卻一拖這麼多年。想到即將跟這一切說再見，我並不感傷，反而有一種生命中久違了的清明。

留在這老屋中點點滴滴的生命記錄，都是上個世紀的事了。能夠橫跨過一次千年交替，那是人類歷史上極少數人才能經歷的。個人小小的生命之旅，相較於一個千年的人類跋涉，委實太微不足道了不是？

雖然人類對病毒的控制如今稍稍取得上風，但依然如履薄冰，不知道對手是否只是狡詐求和，接下來或許有另一波驚天動地的突變兵種捲土重來亦不可知。

求生意志？那不過是腎上腺素製造出來的幻覺，也許適用於溺斃前的胡踢亂打，還是砲彈即將掉落前的死命狂奔。那種求生的反射動作，在我看來，沒有任何靈魂上的高貴啟示。

而遭受凌遲的死囚是沒有求生意志的。當所僅剩未被剮奪的，偏偏又正是多餘的知覺時，這點知覺最後能做的，就是將坐以待斃從選項中剔除，並警告在尚未被那虐毒的小東西徹底玩弄於股掌，趁還能有行動的能力與清楚的思路前，我必須想好自己的退場。

死亡有著一張猥瑣的嘴臉，在吸乾了手下敗將的血髓後，總毫不掩飾自己津津有味的咂嘴。

在它的陰影下繼續屈辱匍匐，並不會在抵達終點時贏得任何掌聲。留一具還成人樣的屍骨，而非被病灶蛀得瘡痍滿目後的殘餘，那將是我僅存的尊嚴。

早年在黑暗中默默死去的同類，我永遠不會忘記跟他們道別時，偷偷摸摸不敢驚動死亡的那種卑微。彼此心知肚明這就是最後一面了，什麼話都不敢說，連「再見」都成了需要規避的白色謊言。最後說出「保重」二字，就在即將走出病房的那一刻，我一次次在他們每一張臉上，都看見了那種相同的被遺棄的恐懼。

我也看見了自己遲早的命運，如果我再不做些什麼的話。

★

不是沒想過在父母仍康健時就動手。

只因我單身又無處遠走，我妹與我弟才樂得無責一身輕。若我先走，我的父母也許會有機會當當空中飛人，橫跨三大洲東住西住，搞不好他們還會覺得頗為愜意，至少逢人可炫耀，未嘗不是老來的福氣。

結果我活得太久了，害得他們得跟一個平常恥於向人提及的同性戀兒子，困居在台北直到老死。

話又說回來，誰又能保證我走了，父母一定會過著我美好藍圖中的生活，而不是被送進了養老院？

母親纏綿病榻數年，病危通知發了好幾次，妹與弟一個從澳洲，一個從美國風塵僕僕趕回，卻都是虛驚一場。父親卻又走得乾脆俐落，一次達陣。雙親的臨終，我的妹弟都沒能趕上。大限時刻，有妻小圍泣在側的人生才比較圓滿嗎？我不知道。我只曉得，養兵千日，未必在最後關頭派得上用場。越洋電話上通知，妹妹與弟弟的口氣，無意間都流露出經驗法則帶來的懷疑，彷彿開他們玩笑的不是死亡，而是我。

兩次喪禮前後，我的妹與弟兩家八口十天的停留，每次都讓我同樣抓狂。

兩家子人浩浩蕩蕩難得到齊，此起彼落在我耳裡一直充斥的聲音，不是我妹在跟兒子為了各種芝麻綠豆大小事在起爭執，就是我弟那嬌生慣養的女兒，從頭到尾噘著嘴鬧情緒而讓她老爸得不停以愉悅甜蜜的音調哄她吃哄她睡。原本喪中應該有的沉靜哀思變成了他們成日的大呼小叫（而且還是英文！）他們不但對我的每一樣安排都有意見，還要在每一個意見後追加一條「如果這是在美國……」、「如果這是在澳洲……」的注釋強調。對他們來說，這一趟參加的彷彿不是一場追悼與告別，而更像是一次探勘，看看殘址遺跡中還有什麼剩餘物資，更要確定，曾被他們拋棄的過去，今後再也不能騷擾他們。除了在火化時，我看見他們眼眶濡潤，口中喃喃自語，其餘的時候，我感覺自己那些天都在忙著招呼度假的旅客。

能怪他們嗎？自他們另組家庭的那一天起，這個曾經讓他們依賴，給他們保護的老家，早已被他們從生命中切割了。

世上只有離婚贍養費的官司，沒有一條法律可以強制子女離家前需繳的付償，不但法律允許配偶成為取代父母的第一順位，連宗教也愛來參一腳。還有那個無聊的測驗，當母親與妻子同時落水時，你要先救哪一個？我至今不明白這個問題的意義何在。

但是異性戀似乎非常喜歡這種劃界。讓他們可以顯得如此理直氣壯的唯一理由，只因他們會不斷繼續生養出跟他們同樣的一堆小孩而永遠處於多數的優勢，讓他們的勢力只會更加壯大。光看看這世界上出版過的書籍數量就知道，如何為人父母、還有如何讓婚姻美滿的題材，絕對比如何為人子女要來得暢銷。

長達十年餘，我的人生與前述的兩類暢銷題材都毫無關聯。

如果我能夠寫出一本書，我想我最可以談的題目是，「父母走後，中年單身子女要如何安排生活？」或是「中年後單身同志要如何終結愛情？」……

哪個比較有可能成為暢銷書？

萬物之靈，說穿了，只不過是極度沒有安全感的一個物種。

沒有利爪與銳牙，無翅可高飛，要講爬越或奔馳亦無可觀，甚至細菌還有維持大地上眾生平等的天職，人類的天職又是什麼？

因肉身配備之簡陋，總是沒有安全感，對天地自然現象從不能如其他物種般泰然並隨之生滅，於是疑神疑鬼，謂之理性。

理性組織起了家族社會，形成對抗生存恐懼的唯一利器。動物間只有為食物與交配才會發生爭鬥，何嘗見過牠們之間暗算猜忌，在謀存的同時還不忘彼此消滅，總要揪出異己才能安心？

只有人類之間的爭鬥無時無刻永不停止。

甚至等到終於建立起了屬於人類的小小王國，卻仍不以此為滿足，更想要千秋萬世綿延。繁衍不再是生物的本能，反成為極其繁複的共犯結構，人類成為唯一懂得以此當作藉口，而對其他物種與自然進行大規模破壞的一種病毒。

對，都是病毒。

病毒的野心一旦開啟便無止境，人類與病毒原來是最近的血親。

為了掩埋這個事實，人類只能加緊製造出更多的廢料。無窮的慾望，便是這部廢料製造機的強力引擎。我們真的需要更多的休旅車與吃到飽嗎？更多的電視頻道，同樣的一天二十四小時，誰真能有時間看了每一台的節目？需要繼續在臉書上沒完沒了的加入好友嗎？需要更多的A片和淫照互傳嗎？

反觀我的生存狀態，不但距離身邊的同代人越來越遠，反而更接近了中古世紀於戰爭、瘟疫、貧窮、迷信中求存的人類。在黑暗中點起小小的燭光，不時嘗試著烹煮一些偏方草藥，相信任何可能讓病毒弛懈攻勢的祕法。

當生之慾望發展到極致，接下來人類只會對發展死慾產生更輝煌的病態樂趣。我甚至已經嗅到了，這樣的慾望在暗自流竄後所遺留下來的一種黏膩甜腥的氣味。

我不能讓自己等到那一天。

我不能讓我的行動被貼上一種庸俗的文明病標籤。

不，我要完成的不是自殺。

應該說，更像是將環保概念發揚光大的一種自我拯救。

我只是比芸芸眾生先一步懂得了如何回收自己。

★

一直留到了最後才處理的，是我那堆唱片與錄音卡帶收藏。

當年的卡式錄音機都有雙匣對錄功能，為了省錢，大學時代的我曾在許多個夜晚，忙著把跟同學借來的卡帶做一份自己的拷貝。那些記憶又都回來了。每一捲的盒中，都還夾有一張留有我工整字跡的歌名目錄。如果沒有數位下載的問世，我接下來的歲月必定仍夙夜匪懈地進行著同樣的拷貝工作吧？那樣就不會有後來的寂寞難耐了吧？就無暇在夜店與三溫暖裡窮耗了吧？

甚至也忘了自己曾花過那麼多時間，把喜歡的歌曲轉錄拼成一張張自製的禮物送人。「支支動聽集」？沒錯，那也是我的筆跡。

會為這些卡帶取這樣好笑的名字的那個男孩，他的世界肯定還是無慾則剛的吧？為什麼會有這麼多捲「支支動聽集」沒有送出呢？原本都是為誰而錄的呢？

CD時代之前幾段無疾而終的短暫曖昧，原來都藏在這些卡帶裡了。

翻看著自己手寫的曲目，啞然失笑。有些歌名都已陌生，那些曖昧的對象也難再追究。用這爛梗試探對方，以錄捲卡帶取代情書，屬於手工年代的寂寞心事啊，如此誠惶誠恐地寄望著，對方能將心比心。

夜深人靜，仍毫無睏意，考慮再三後，我決定在丟棄這些卡帶前，最後再聽一次自己二十幾歲時的歌聲。

卡匣錄放音機這種早已失傳的骨董，連老家都沒了它的一席之地，只好從收集了文具垃圾的袋中又翻出了掌型大小，當年被稱之為隨身聽的小玩意，換上新電池。當卡帶開始轉動，沒想到自己眼角竟一陣熱。

不，不是因為聽到自己當年還欠修磨的唱腔，而是訝異，這些本要被我當成破爛掃地出門的舊物，它們竟然如此死忠地恪盡職責，守護著膠卷上的那個聲音。

二十五歲擁有那樣乾淨嗓音的我，當時說什麼也不會相信，最後自己會是如今這番景況。過去這些年只能不斷安慰自己，就算沒有這個難以啟齒的病，我也未必能找到那個與我天長地久的某人。

同樣的自我催眠聽久了也無比厭煩，更厭煩的是我想不出其他的說辭。

自願退場的最誘人處，就是以後再不用為苟延殘喘找理由。我甚至決定連遺書都不留。活著都找不出理由了，想死還有那麼多囉嗦？

接受最新藥物治療後的頭幾年，果然病毒數量大減，體重也開始恢復，我也曾抱著感激上天以及重見生命之可貴的全新態度正常飲食作息，運動健身，甚至也在心理諮商師的鼓勵下上過交友網站，嘗試與人再次約會的可能。

曾表現過興趣的那幾人，在聽到我如同再次出櫃般，艱難地坦承自己是帶原者後，有的立刻表情大變，有的或許在隔天留一則很有禮貌的訊息，跟我說不好意思。

也有當場怒斥為什麼一開始不說的，也有幾位曾跟我說，沒關係，他不介意，先交交朋友。

然後不知哪天後者終於發現，自己沒有想像中的進步開明（或者只是又遇到了別人），於是用自責又疼惜的口吻告訴我，他想過了，他覺得沒有辦法再繼續，再下去只會傷害到我，因為一想到也許兩個人並沒有未來，我不知什麼時候會發病，他就受不了，他想要的是一段穩定長久的關係……

初次聽到這樣的解釋還會動容，等聽到第三個人類似的分手告白，我心裡已經在暗暗嘲笑：聽你在放屁，我三年裡保證死不了，請問你上一次跟別人有超過三年的交往是什麼時候？

然後學乖了的我開始主動給已公開是ＨＩＶ陽性的網友留言，結果好幾個不但沒有同病相憐，反而語帶酸狠反問，為什麼我覺得他一定要跟另一個帶原者交往？難道他只能跟帶原者交往嗎？

對對對我就是那種走不出自我羞恥感的害群之馬。

好好好你就繼續等那個對愛滋病患情有獨鍾的人上門吧——

面對這種被迫害妄想狂，你能說什麼？

從沒料到，兩個愛滋病患談情說愛，原來也並不順理成章。一遍遍聽到的都是同樣的恐懼，大家都想要「長久」、都對「白頭偕老」無限嚮往，認為事前睜大了眼睛，就能篩選出能夠為自己帶來幸福的那些條件，卻不願面對人生本就是處處風險的真相。

嘴巴上說沒病的就一定沒病嗎？

共度白頭難道就不需要照顧老弱臥病的另一半嗎？

沒有社會的共識接納就不能去愛了嗎？

這些人，寧願無愛也不願接受自己的不完美。

難道愛情只是福馬林，用來浸泡他們已如死胎的夢想嗎？

卡帶A面已經結束，我卻渾然不察。

關掉了隨身聽，莫名有點心煩，遂把卡帶全裝進了一個紙盒，並用膠帶封起。

送不出去的將心比心，並不是垃圾。

我最後能做的，也只剩如此慎重地將它們妥善包裝，將紙盒與我父母的骨灰罈子一起排放在茶几上。

★

沒有比等待執行自己的死亡更需要優雅與從容了。

二十多年不見總不能蓬頭垢面，要碰面之前我還特別理了髮。我介意的其實是事後萬一被報紙寫成了又髒又殘的獨居老人，所以才會先費力把老家徹底清理，再讓自己看起來神清氣爽，因為久病厭世也是另一個我極欲擺脫的污名。我太清楚人們對這種事都懶得費腦筋，或是說根本害怕多想，所以都輕易相信了以這種方式結束不是正常人作為的說法。那只是因為他們沒有像我一樣，發現這也可以是一個冷靜而愉快的過程。

冷靜而愉快的過程難免還是會出現小瑕疵，設計師自作主張剪去了我的劉海與鬢腳，這是過程中我唯一假手他人的部份，果然不盡如人意。短髮的長度非但未讓我顯得較有精神，反是讓我瘦削的臉龐看起來更加嶙峋了。坐在髮廊的大鏡前，看著自己那張皮相鬆弛衰敗的臉孔，我一時凝視得失了神。

也許，這就是最後一次好好的自我端詳了。

那個鏡中的人影，雙眼中先是流露出些微的不安，但隨即便以堅定而充滿期待的注目回視。這樣的對望讓我第一次意識到，一生中曾驕傲、曾欣喜、曾落寞、曾癡癡戀戀、躊躇滿志、痛心疾首……所有那些值得記憶的當下，我們都看不到自己的臉。

永遠看不見自己最真實的表情，莫非是老天爺特別為人類設計的一個殘酷玩笑？

總是在忙著揣測他人表情裡的含意，搜尋著他人目光中所看到的自己，更多的時候，無不是藉著假設他人的目光，才得以面對自己：我看起來得體嗎？我看起來有魅力嗎？看起來gay嗎？……

鏡中的那人，雖已滿頭花白且面色灰澹，卻有一種讓我感到陌生的無畏眼神。有那麼短暫的幾秒，我竟然不捨與他道別。

與姚見面的時候，我能夠維持住此刻在鏡中看到的眼神嗎？

我要怎樣記住自己的這一刻？

9 痴昧

幾個小時過後，將近破曉的時分，阿龍發現自己竟然被上了手銬。

「為什麼會跑去『美樂地』縱火？」

「我只是燒紙錢，哪有縱火？」

「房子差點都被你燒掉了，還說沒有！燒紙錢？你是燒了五斤還是十斤？」

同樣的那間派出所，同樣的那兩位員警，同樣的一副自以為是的口氣。阿龍不屑地轉過頭去，看著自己被上銬的手腕。

對前一晚後來發生的事他並非沒有記憶，而是他擔心，就算說了也沒有人會相信。或者應該說，讓他迷惑的不是前一個晚上從跟小閔分手，一直到被拘捕進了派出所的過程，而是他對記憶本身開始產生的迷惑。

如同堆在模糊意識中一塊塊龐大笨重的白色積雲，每一朵雲都只是層層疊疊中的幾縷棉架，如今要重述昨晚接下來所發生的事，他感覺就像是駕著飛機朝那雲層中衝去，闢出一條暫時的航道，一轉眼，雲朵再度凝聚密合，路徑立刻煙消無痕又歸於原來的渾沌。回憶之後留下的，永遠就是那身後搬不開也驅不散的重重迷雲。

「是有什麼人指使你這麼做嗎？」另一個員警插進話來。

「如果你是有人指使挾怨報復，那就不只是公共危險罪而已了我警告你！」

其實沒有必要回答這些無聊的問題，阿龍跟自己說。

沒錯，他記得他在燒紙錢，只有他一個人。

天色仍暗，可是當時的酒吧裡已經沒有任何的動靜了……

那麼再稍早前發生的事呢？

他記得看見遊魂們依然像前幾日一樣守在MELODY的門口。

他們從來都是站立著。

在附近店家開始漸漸滅燈的黑夜裡，他們就像一枝枝等待被點著的蠟燭。他們習慣於這樣站立等候的姿勢。

對不起，我來晚了——

一路奔跑過來還在喘著氣，明知道沒有人會回應，他還是大聲地對著那一張張他已熟悉卻都不知名姓的呆滯臉龐喊道。

他們每天晚上出現，但是很奇怪，都不開口，他都是等過了凌晨一兩點，巷子裡比較沒有人經過的時候才開門讓他們進去。等到凌晨五點左右，他們都自動離開之後，他再悄悄去把鐵門鎖好。

沒有人發現，過去這一周阿龍這樣詭異的行徑。

打開了大鎖，拉起鐵門，看著他們無聲緩慢地魚貫通行，走進了阿龍從不想知道究竟是什麼時空的黑屋。然後正當他要把鐵門重新拉下，才發現還有一位仍留在原地。他不用回頭都知道是誰。每次當那人出現的時候，阿龍都會有同樣的預感，都能感覺得到來自身後的目光……

不用再躲了，我知道你是誰，阿龍說。

一周以來心中壓抑的不滿與糾結，在那一刻接近爆點。結果沒想到，這回，竟然聽到對方的正面回答。

不想進去瞧瞧嗎？

距離與姚見面還剩下十六小時的凌晨深夜，我莫名地感覺不安了起來。在床上輾轉不能入眠，心裡的不確定感隨著電子鐘上的數字跳躍節節升高。

是因為與姚見面這事讓我緊張嗎？

不，反倒更像是，自以為將該清除的過往都丟進了垃圾袋後，某種無形的力量才正準備要開始反撲。在那一袋袋的垃圾中，有些祕密正在不安地掙扎，發出了對我嘲笑與恐嚇的尖聲怪叫。

何時應該隱藏？何時又應該告白？這是我一生始終學不會的一門學問。可以出櫃站上舞台投入了一場失敗的同志號召，卻至今無法對任何一個人說出，我是如何成為了愛滋帶原者。這個祕密，從阿崇捲款與情人潛逃出境後與我一直共存至今。

如果姚真的不知我這些年完全不再聯絡，從此退出流行音樂是跟這件事有關，我應該繼續偽裝嗎？

一櫃出完還有一櫃，彷彿只有不斷地自我揭發才能感覺自身的無穢，存在的正當性總是弔詭地建立在對世人的告白之上。也許對方根本覺得關我屁事，也絲毫無損大多數的同類，對於這樣的以告白換取來的存在感篤信不移。

出櫃從來與人格的誠實與否也無關，竟然這麼多年來都誤解了。

承認自己是同志，並不表示他就是個誠實的人，就不會隱瞞自己有愛滋有毒癮或專門喜歡睡別人的男友這些其他的祕密。出櫃之必要，因為可增加求偶的機會，一旦都表明身份就不必再費心去猜疑彼此性向，還可以為出櫃舉辦嘉年華走上街頭，一舉數得。

難道自己當年不顧一切公開挺身只是因為寂寞？

在遊行中我們都變得很勇敢很樂觀，但當寂寞漲潮，只有一個人被遺落在世界盡頭的時候，一切都變得可怕，連自己都怕。最打不過的人其實就是自己。

有個在愛滋團體諮商中認識的傢伙，某次突然急性肺炎送醫後拜託我去他家把他的色情雜誌與橡皮陽具收走，因為他姊要從南部來看他。等我出院你要把東西還我喔，他說。念茲在茲的還是他那些帶給他射精快樂的祕密收藏。

那些不能出櫃的橡皮陽具讓我恍然大悟。

人類天生就不是一種誠實的動物。沒有了謊言，就如同喪失了存活的防衛機制，連活著的動力都消失。

為了怕被別人識破自己的祕密與羞恥，所以才必須努力好好活著，為了捍衛各種內心裡黑暗的糾結而活，為護好自己所有見不得人的事不得外流而活。抓住不敢放的祕密，往往就決定了人生的福禍與榮辱。意外喪生與猝死者在嚥氣前最操心的，大概就是那些該毀掉的東西還沒有來得及毀掉。

在離開之前，還有什麼是該毀而沒有毀得更徹底的？

倏地從床上翻身而起，下床開了燈拿出紙筆，開始坐在從國中一直用到大學的那張舊書桌前，企圖讓那些藏在垃圾袋中騷動不已的嘲弄徹底噤聲。

姚，你還記得

才劃下了這幾個字，我的手便已顫抖至無法握筆。

姚，你還記得，那時位於台北火車站前，還沒被大火燒掉的大方三溫暖嗎？

某個周日下午，置身於該處難以想像的摩肩擦踵盛況，我直覺有熟悉的身影在走廊盡頭晃過。記憶中，一切發生得太快，畢竟視線太昏暗，人影一閃的瞬間，一扇隔間的小門便已迅速關上。

但我確定那個下午我看見的人是你。

走向那扇緊閉的門，隔著木板側耳傾聽裡頭的動靜。不消一會兒，門口開始聚集了三四個跟我同樣無聊的竊聽者。

門的另一邊，你正發出規律且富節奏感的喘息，像不斷被踩動的打氣泵浦。

你需要的是被侵入的痛快，我竟然在那個下午才恍然大悟。曾經對你的苦苦期待，無異於一隻蒼蠅爬在牠不得其門而入的玻璃球上。男男肉體間的尋找與呼喚，其實更像是刺蝟取暖。

你需要的那種痛快我當然懂得，那是被陽具征服的同時，也沉浸在自己擁有著相同偉碩陽具幻覺的一種同體同喜。

高一時在無人教室裡發生的事，你應該沒忘記吧？我因緊張得近乎昏厥而完全無法有任何餘味可言。那時毫無真正性經驗的我，曾如此痴昧地認定了，男人與男人之間，只要彼此有好感，就是愛情的萌芽。

這樣的鬼打牆，在之後遇到更多讓我動心的對象時還會一再地重演。男男之愛沒有一見鍾情，因為眼見不足為憑，除非是在三溫暖這樣的場所，才能毫不需羞恥或扭捏，單刀直入破題。反而越是希望交往的對象，彼此越是不敢直接表明，總要上了床才能確定，才能繼續嘗試，甚至，才會死心。上這麼多床並非有無窮的精力需發洩，反而是為求得一個安穩的臂彎，才得要一幹再幹，或一再被幹……

那個下午，在悶濕的三溫暖裡，一個過期的答案，終於掙脫了羞恥的層層包裹。甬道上，三四個鬼祟的人影如蟑螂搖動著觸鬚般，試探起彼此肌膚的敏感地帶。

中間的那扇門隔出了現實與幻想，我在門裡，也在門外。

我感覺到在身後的新加入者，正在撫弄著我不知何時已挺昂的下體。在輪流擠上來吮咬我的口舌中，我尋找著那個與我幻想中最相似的唇形。如同默劇演員最基本的鏡像雙簧把戲，我是你，我也不是你。同時同地，我們一同與一個沒有臉孔的第三者進入了純粹肉體歡愉的驚慄。

同性間的主動與被動既不是因為個性使然，也不是由高壯或瘦小的體型差異決定角色。不像男女之間總像隔山傳情，同性間太清楚彼此相同的配備，對方的施或受與自己的性幻想，根本無法切割。肉體間因交感產生同感，才能進入快感。我甚至認為，這種同時以多種分身進行的性愛，是需要更高度進化發展後的腦細胞才能執行的任務，稍不留神，訊息便會陷入混亂，最後以敗興收場。

真相終於大白，我們皆不適任那個近乎虐待狂，讓對方在如此持久的疼痛中迷亂喘吁的1號角色。

當時在門外的我，想像著你躺臥在那髒臭的床墊上，舉起雙腿任人狎褻鑽鑿的那個畫面，一股既酥麻又讓人驚駭的冷顫，便從我的背脊一路奔淌到丹田。我射出的那一灘精，滴在門外冰冷的塑膠地板上，當你完事步出時，會不會一個不留心曾經一腳踩個正著呢？

在日後已被一把火燒盡的大方，我看到了我們同類不同命的未來。

你的祕密，或許已隨大方的化為灰燼，而一併被埋葬了。
我的祕密卻仍如病毒在我血液中流竄，我越虛弱便越顯示出它們的茁壯。

●

曇花一現就算一夜。但夢卻太長，周而復始。
他以為自己只是做了一場夢。
然而他仍清楚記得那一刻他的憤怒與恐懼，還有覷眼望向門內時，那個光影漸漸開始曖昧浮動的世界。
他是怎麼走進了那扇門的？他在裡面待了多久？……然後就是火勢在他眼前轟然茁壯，火舌舞動得像一棵在狂風裡搖晃的大樹，黑暗中捲起的熱氣撲蓋著他的臉，夢就這麼沸騰起來了……
那扇門。
如果沒有走進那扇門的話。

走進那扇門的瞬間便知道，雖然酒吧裡的物件位置與幾天前勘看時相同，這已經是不同的時空了。

視線範圍開始凝縮，像是在攝影鏡頭的鏡面外圈塗上了厚厚的凡士林，出了焦點外的事物只剩溶溶的影綽晃動。而焦點內的光線也只相當於三十燭光的有心無力。視覺的昏黃帶來了心理上的沉悶與缺氧，讓自己的呼吸聲變得分外清晰。

一開始還以為聽覺也隨著視覺開始退化，過了片刻之後才知道，他走進的這世界確實是無聲的。

遊魂一個個坐在吧檯的高腳椅上，依然是不開口，面容還是一樣的蒼白呆滯。只是坐著，像道具一樣，沒有思想，也沒有情緒。

而最讓他驚訝的，莫過於當他緩緩──下意識地他讓自己一切動作放緩，彷彿在他手中有一枝微光的蠟燭在燒，害怕它隨時都可能被風吹滅而讓他落入無盡的黑暗──緩緩緩緩將視線從吧檯前移到了吧檯後，看到的竟是Andy正在調酒。而且一面調酒，一面還對著毫無反應的吧檯客人，表情生動地在自說自話。

他聽不見Andy的聲音，或者根本是被消音。

但是Andy仍然繼續地說著，絲毫沒有注意到他的存在。

他心想這究竟是誰的夢？

是Andy的？還是他的？難道是他們出現在彼此的夢裡？

他走向吧檯，就像是已經熟悉此地的老客人，於不同年份不同剪裁的西裝之間坐下，開始慢慢思索著，這究竟是怎麼一回事。

人們認識這個世界，還有認識自己的方式，也許並不都是正確的，這是昨夜以前的他從不曾有過的念頭。然而大家也都接受了那些不正確的說法。阿龍懷疑，並非從來無人發現過那些說法有漏洞。就像他，無意間也鑽過了某個縫隙，走進了那個以往從不曾被發現的空間。

但是一個微不足道的超商收銀員，又能撼動得了任何事嗎？他如何能對兩位偵訊他的警察說，你們知道嗎？我們一直以來相信教科書上所說的，夢是非物質的，現實是物質的，靈魂是非物質的，空間是物質的，其實都錯了！

譬如，在我們夢裡常常出現過一些面孔，我們根本不認識他們，甚至連見過面的印象都沒有。夢裡的這些陌生人，他們究竟是誰？為什麼醒來之後的我們，從沒有對這件事繼續追問？

提早了半個小時抵達那坐落在信義計畫區新開幕的國際飯店，腋下夾著昨晚包好的那一盒舊卡帶，我先在門口觀賞了一會兒飯店大廳裡進出的人類，對於他們每個人臉上都因走進了此間時尚豪華的人間天堂而油然露出幸福微笑的畫面，我只是平靜地任他們在面前無關痛癢地招搖。

莫非，離人生下車的時刻越近，我的心胸也罕見地開始顯得無與倫比的開闊？進而對這些人的虛矯收起了我批判的利矛，甚至還產生了難得的一點同理心？三十年前的我不也是這樣的嗎？去了什麼樣的地方，認識了哪些人，這些事總在心裡連成了反映自我價值的升降曲線。不能說那樣的人生毫無價值，只是所有的派對都需要不停更換新鮮面孔。有一天他們也會像我此刻，站在派對的入口才意識到自己的穿著與表情都顯得格格不入。每個曾經跑趴的人都會有那麼一天的到來。想當年，在唱片業欣欣向榮一片大好的年代，自己也曾經是走路有風的。但終於可以慶幸的是，這些都不再是我的煩惱了。

抱著紙盒走過飯店的大廳，感覺自己看起來像個鬼祟的恐怖份子，正準備伺機在這個資本主義的天堂留下一枚定時炸彈。

為什麼要抱著這個累贅出門，已經想不起最初的動機為何。前一晚嚴重失眠，天亮後卻又陷入一場場毫無連貫的亂夢。也許在某個夢裡，這盒子裡真的放置了一枚土製炸彈。這一刻站在大廳中央，看著身邊的每個人都像是在體內裝載了自動導航系統般橫衝直撞，唯有我毫無方向感可言，下意識就將原本夾在腋下的紙盒改抱在我的胸前。

慶幸還有這點重量讓我感覺踏實安全，否則我可能就像浪花翻騰起的一點泡沫，隨時可能蒸發。

與一群二十郎當歲的年輕小伙子一起步入了電梯。男孩們的髮型與衣褲都經過一番精心搭配，一開口就在談論起昨晚在某家夜店遇見的一群妹。時代的轉折充分顯現在這幾個時髦小伙子身上。若是在當年，這麼風騷做作的裝扮不遭人側目當成是gay才怪。可現在呢？難道他們當中沒有藏著一個當年的自己？自己在他們這個年紀，不是也混在男生中間與女生打情罵俏？

儘管感應失靈，但還是趁著小伙子們不注意時，用力吸進了幾縷從他們身上散發出的氣味。那是古龍水刮鬍水髮臘，加上些微的皮革與口香糖混合成的一種都會性的雄性份子，走到哪裡都以這樣的氣味劃出了他們的地盤。正當我如一隻老狼被這群毛色豐滿的小狼擠到了電梯廂中的角落，我聽到了一個愉快而禮貌的聲音。

——欸你要到幾樓？

四壁光可鑑人的金屬壁面上，反照出問話的那個年輕人無邪的微笑，完全不察有個中年男人一秒鐘前正在忙著瀏覽他們每個人的喉結與褲襠。

——喔……嗯……卡薩布蘭加餐廳，我看看那是幾樓？——

慌張地把紙盒又挾回腋下，正準備騰出手伸進大衣掏出紙條，對方已經先一步幫我按下了六樓的號鍵。

——謝謝。我小聲地說，不想引起太多的注意。六樓與二十樓的兩枚鈕釦似的小燈亮著，在總共三十層樓的雙排按鍵中顯得天南地北，彷彿標示著我與他們如同相隔幾個世代的不同定位。

對方不知道有無聽到我的答謝，早已又回到他的團體中繼續交談。我與他們又完全無關了，除了剛剛短暫的一句問話。

二十樓會是什麼呢？這座如巴別巨塔的建築裡到底都藏了些什麼？

可不可能有某一個樓層的存在，其實是大家從不知道的？

每個人都只知道自己將要前往的樓層。每個人都只負責自己分配到的區域樓層。人人都在自己的樓層中睡眠做愛吃飯或開會上班。沒有人會知道全部三十層樓中每一層在進行中的活動。大家只按照燈號就相信了他在他以為的樓層出了電梯。

如果電梯中的樓層燈號是刻意被混淆的呢？在摩天樓的內部又怎麼能數得出自己究竟在哪一層，如果不是因為標示是這麼寫的？

我們只能相信這些標示。

有人做好了排序標籤，就有人會依照。沒有人希望自己走進了某個沒有樓號的幽靈樓層中。

一身黑色西裝領結的接待站在餐廳的門口。

——有訂位嗎？

問話的同時，一面不免好奇地打量了一眼被我抱在胸前的包裹。

——我姓鍾……

說完才發現自己根本答非所問。但對方卻對這個答案滿意地點了點頭，引我往餐廳裡走。

——喔是，鍾先生。姚立委已經到了，您這邊請。要幫您把外套掛起來嗎？

已經好多年沒有走進過這種高檔的餐廳了，對方的殷勤親切令我感到有些不知所措。我難為情地脫下了身上那件經年未送洗，湊近便可聞到一股潮霉味的破大衣。對方接過外套後，目光仍停留在我手中那個用膠帶纏得亂七八糟的包裹。

——不，這個我自己拿！——

像是通過海關時突然被執勤人員叫住，我聽見自己的回答裡透露著莫名的心虛與緊張。自從進了飯店後，這一路上我不是沒有察覺，抱著這個破紙盒的模樣引來不少人投以懷疑與訝異的目光。我擔心服務人員接下來會堅持我把東西留下甚至通報保全。我可不想在這樣一個一看便知處處有既定潛規則的地方出洋相。

帶著這盒舊卡在身邊，好像只是為了一種說不出的安全感。二十年沒見了，一對一的相見一定有太多無法填補的空白。那個紙盒就像是今晚我偕行的一個伴侶，假裝是某個我與姚共同認識的朋友。更因為在我心底仍有一道說不出的惘然揮之不去，才讓我與手中的紙盒難捨難分。

我是當年三人當中唯一孤老無伴的。

如今才意識到，自己準備的這個紀念品太過詭異，有可能讓姚太早感覺出這是最後一面的刻意。後悔事前沒想清楚，如今我既放棄了要姚收下的念頭，甚至也不想再帶著那包東西回去。

交出了那紙盒，換回了一個金屬的號碼牌。

不知為何，讓我想起了母親骨灰寄放在廟裡時我也領過一個這樣的號碼。

餐廳取名為卡薩布蘭加正是因為那部老電影，裝潢完全複製了電影中那個北非風情的俱樂部，唯一不同的是多了一幀巨幅的電影劇照，男女主角離別前那深情相望的經典鏡頭。服務人員領著我穿過綠意盎然的棕櫚，黑亮典雅的平台鋼琴，停在了以白色落地百葉扇門為隔間的隱密包廂門口。

我還沒有心理準備，對開式的白色木門便一下給拉啟了。

——姚立委，您的客人到了。

裡頭獨坐的那人顯然原本正在沉思，被通報聲突然打斷之後，臉上出現了短暫的木然。兩人目光相觸的那一瞬，我與姚竟像是事前經過排演似地，保持著戲劇性的沉默誰也沒出聲。

曾經，姚是個寬肩方臉的運動型男孩，可是眼前的人輪廓依稀，卻已成了一個無法具體形容出任何特徵的中年人。沒有我以為的一身西裝革履與神采飛揚，那人穿的是一件家居簡便的黑色高領毛衣（也許這就叫做低調的奢華？）戴著一頂棒球帽（是為了掩飾已稀疏的頭頂不成？）坐在位子上打量著老同學的神情，顯得哀傷而無奈。

是我的改變遠比自以為的更誇張，所以才讓姚震驚得連起身握一下手的應酬招呼都忘了不成？要不是服務人員已拉開了姚正對面的那張座椅，我當下有股立刻轉身的衝動。如同一個貿然的闖入者，下意識欲逃離姚那雙彷彿想要看穿我一切，困惑中卻又帶著訝異的目光。

那是姚沒錯。

若在街上擦身而過，也許不會教我佇足相認。

拷貝磨損了，畫面泛黃了，一切熟悉但也陌生。彷彿某部老電影中的演員，在三十年後又在銀幕上看到了自己的當年。不管是記憶中的拍攝過程，還是眼前放映中的最後成品，都同樣讓人覺得吃驚。

——可以開酒了。

姚先吩咐了服務人員，接著扭頭問我：

——你吃牛肉吧？這裡的牛排有名的。

沒想到，這便是我們二十年後第一次晤面的開場白。

服務生為我們新開了一瓶老闆私窖珍藏標價二萬的紅酒。看著兩人的酒杯被慢慢注滿，我決定打破沉默。

——不懂為什麼人們說記憶像酒，酒的發酵與釀造過程，現在幾乎可以完全用人工控制。但是記憶開封的時候，味道往往讓我們吃了一驚，完全不是原先預想的，對不對？

我用微微發顫的手捧起酒杯，送到鼻前將那暗紅的香氣深深吸滿，一邊讚歎地連聲說著「好酒」。

姚未置可否地朝我擠出了一絲微笑。

10 痴魅

他想到兩周前的那個周日早晨。

那時候，他的人生都還算是美好的。

那個早晨，在用過了簡單的烘蛋加鬆餅後，他的妻子把一壺新煮好的咖啡放在了餐桌上，兩人一邊品飲著咖啡，一邊在這個難得悠閒沒有打擾的周日上午，享受著二十年婚姻後終於抵達的舒適狀態。在寬平厚重的原木桌面兩端，他打開了面前的筆電，妻子把報紙攤開，兩人雖維持著各自的閱讀習慣，但重要的是這樣的陪伴。

一年前買下這張櫸木餐桌是由於Angela的堅持。他問，這麼大的餐桌要做什麼？家裡只有三個人，女兒上高中後晚上總有補習，而他自己應酬也多，能夠一起上桌吃頓飯的機會並不多。當時妻子只是微笑著表達她的固執，這是結婚多年來他已習慣的一種模式，她的微笑總是一種自信的語言，不用爭論，她自有她的理由。

結果證明Angela是對的。

一張夠大的餐桌，讓他們的生活裡出現了以往所沒有的相處時光。不管他多晚回到家，兩人都可以坐在餐桌旁感受著有人等待與有人陪伴的安心。妻子從電視主播台退下後，經營了一家小型文創行銷公司，白天兩個人都在忙著，到了夜晚睡前這時分，他們各自倒一杯紅酒，守著餐桌上自己的一角，整理著第二天工作的行程與資料，同時也守住了一個完整的共同空間。抬眼就可以看見彼此，不用隔著房間大呼小叫。在這塊共有的領地，一個眼神一個呼吸都會立刻被接收，兩人像是又回到年輕時，總是在彼此耳旁輕聲細語那樣無距離。

聲音是最細緻嬌嫩的觸摸。

親暱對他來說，就該是像這種寧靜的交流。

小時候生活裡總是太多噪音與吵鬧，不是父親用他老兵的大嗓門，像練兵般雷霆萬鈞地吼著，就是母親喝醉了酒，用他聽不懂的原住民語在咒罵哭叫著。那個周日與Angela坐在餐桌各一端，他曾有一刻又想起了沒有餐桌的童年。一家人都是從廚房裡夾了菜捧著碗，動物似地尋找一個進食的地盤。父親習慣坐在門前，每餐必配米酒的母親蹺著腳守住電視機，一餐飯總要吃上好久。哥哥還在的時候，乾脆在客廳捱著牆壁一屁股坐在地板上扒飯，而他得先把患了唐氏症的小妹餵飽後，自己才站在廚房裡把殘羹剩菜掃進自己的肚子。

而他如今卻有了這樣一張氣派高雅的原木餐桌。

他終於永遠脫離了那樣的人生。

餐桌不是用來吃飯又何妨？

就像婚姻。

最好的婚姻就是兩個人能共用一張餐桌做自己的事，他如此相信。

目光不時就從筆電的螢幕上滑開，偷瞧著妻子閱報時微瞇起眼的神情。兩人的視力都已出現老花，妻子卻仍固執地不肯去驗光配副眼鏡。嘴上雖然總虧她人該服老，但是漸露出中年痕跡的她，在他的眼中不但不是減分，這些年反更增添了他對她的信任與依賴。

當年人人都羨慕他娶了一個美女，但是這點從來都不是Angela吸引他的主因。Angela的美貌連她自己都覺得是一種負擔。雖然在國外拿到了新聞碩士，但是Angela放棄了在電視新聞圈的工作，原因之一就是她受不了每天上鏡頭前，都要被造型師梳化成一個都快不認得的自己。所謂專業形象，她自嘲跟畫皮的鬼沒兩樣。那時也正逢他連任立委，在黨裡頭的青壯派裡聲勢爬竄最快，作為妻子的她竟會進一步替他想到，夫在政壇自己又是媒體人這樣並不好，不知哪一天就會被在野黨、甚至黨內自己人拿出來批鬥。她情願每天綁個馬尾一件黑色T恤，跟有創意點子的年輕人互動激盪，一點也不眷戀過去的那塊美女招牌。

若說妻子是女性主義者，他也並不同意。她只是一直有自己的想法。而且隨著年齡增長，她對很多事物看法的轉變，有時也會讓他微微吃驚。像是不知從何時開始，她不再看電視，卻更認真地閱讀報紙以及一切的紙本。

有時他甚至會覺得，妻子比他更適合出來參政。

她冷靜且擅於組織規劃，而且還是出生政治世家，不像他，只是一個老芋仔之子。能從當年的反對黨運動中出頭，他自己都明白，與其說是他姚瑞峰有多大的本事，不如說是當年政治現實的風向把他吹到了後來的位置。就像是誰也沒想到，作為反對黨，他們那麼快就取得了執政權。過去七年，關於他有機會入閣的風聲一直不斷，排字論輩也該輪到了，但是黨內派系的傾軋反在執政後越演越烈，他幾度與入閣失之交臂。

前一日中常會結束，祕書長突然叫他會後到他辦公室來一下。

當天晚上是副主席嫁女的喜筵，他以為祕書長只是要叮嚀他幾位大老的接待工作。沒想到祕書長一關起辦公室的門便笑盈盈地對他說：這回有望了，春節前應該會內閣總辭。祕書長透露了可能的下一任內閣，囑他別講出去，真正的意思是，別忘了他在幕後幫忙推動一把的恩情。

可是，明年就要大選了，這時候怎麼還會換閣揆？

竟然在第一時間他想到的不是自己的位子，而是眼前的局勢。

就是因為要擺平提名，所以這一切都要重喬啊！祕書長說。

他心不在焉地移動了一下滑鼠，偷偷打量了一眼坐在餐桌那頭，正專注於某條新聞的妻子。一個月前他們還在為是否競選第四屆連任有過討論，沒想到她當時的回應竟然是反問他：你自己覺得，過去十幾年你在國會究竟完成了多少以前的理想？

究竟要不要跟妻子透露昨天從祕書長那兒聽到的口風呢？

外祖父是早年反對運動先鋒的她，在他們大學初識時，也曾同樣直白地問過：你一個外省人，為什麼會選擇加入這場黨外運動呢？

直覺告訴他，他可以相信她。他選擇據實回答。因為在另外那個黨裡他是不會有機會的，他說。他早看清楚了。如果自己是本省籍恐怕還比較可能得到拔擢。偏偏他只是一個老芋仔與山地婆的小孩，面對那些不是將官就是政商名流的後代，他的外省父親除了提供他出身卑賤的血統證明外，別無任何其他幫助。他不想一輩子只能做一個無名的小黨工，永遠扮演著卑屈奉承的角色……

一口氣將所有從前不曾吐露的怨氣都在她面前坦白。總是自己人才最輕賤自己人，只有弱勢的人才懂得這種現實。他幾乎要對她咆哮：像妳這種台籍望族之後是永遠不可能明白我們這種人的憤怒的！

所以你打算隱瞞你自己的背景？可是你連台語都說不輪轉……我母親是原住民，我們是母系社會，台語我可以學……話還沒說完，就看見她的眼神裡閃動著像是同仇敵愾，又像是憐憫的一抹淚光……會很辛苦的，她說……就是需要有你這樣的人……眨眨眼，二十年過去了，一路走來從學姊到革命同志，到如今的老夫老妻，Angela卻已不再像當年，對於他想要再次爭取競選提名，這回她的態度趨向保留。她總是提醒他，看看早年的當紅炸子雞，在一波波政治鬥爭中多少人都重摔了。原來都是一樣的，她說，拿到了政治資源，就只剩你死我活的相殘。她甚至是身邊少數對明年的大選不樂觀的人。

如果告訴她，我也許將會入閣的消息，她會怎麼說？

她會希望我接受嗎？

還是會用她雲淡風輕、實則一針見血的方式，笑笑把問題丟還給他：你自己判斷，這個位子你能坐多久囉……

端起馬克杯，灌下一口只剩微溫的咖啡。

他的眉心還有昨晚的宿醉在隱隱作痛。

雖然還沒有告訴Angela這個消息，但前一晚在副主席嫁女的婚筵上，喜不自勝的他已在心裡暗暗為自己慶祝過了，一沒注意便喝多了幾杯，最後是被人推上計程車的。記得回家的一路上都是閃爍流離的街景燈影，他一直都把頭靠在窗上，像孩子在觀賞聖誕節的百貨公司櫥窗般，直到一〇一大樓從他視線中消失。

中途他解開了領帶，心情仍然處於飄飄然。雖然老家與自己的選區都在中部，台北這座城市卻才是他真正的家，那個十六歲跑上台北考高中的孩子，如今終於是不折不扣的台北人了。他在這座城市裡成家立業，購屋生女，二十多年來的兩地奔波，他只記得自己日日夜夜都為著未來在打拚操煩，生怕一個鬆懈，就會讓他已擁有的這一切如漲潮淹沒了沙灘上堆起的碉堡，到了午夜夢裡驚醒，發現全是幻影。然而，如果這次入閣的消息成真，應該就是為他過去這二十年的努力畫下了一個保證，沒有人再能否定他的成就，而那些憂心忡忡也應該暫時不再困擾著他了吧？

但是自己究竟在憂心什麼呢？

當憂煩成為一種習慣，往往就記不得這種習慣是怎麼開始的。

酒意稍退，慣性的多思多慮立刻又蠢蠢欲動起來。他開始想像著會不會這只是明升暗降，又是派系鬥爭中的一步抽車棋法，逼他讓出了他經營二十年的地方勢力？即將發布的這個位子，會不會是他政治生涯的最後一站？如果不是，那他接下來又該如何步步為營？似乎以內閣為跳板，接下來挑戰首都市長也並非不可能……

一首耳熟的情歌就在這時候打斷了他的漫天遐想。

計程車司機不知道何時轉換了收音機頻道，原來的古典樂變成了國語流行歌。我不願看見你獨自離去的身影，怕我會忍不住牽你手將你帶走……我不願看到你依依不捨的表情，怕我又會忍不住再停留怕你難過……他記得這首歌。這首歌當紅的時候，他的人生似乎也起了某些變化。

是哪一年呢？發生了什麼事呢？為什麼那男子的歌聲讓他突然有種寂寞的感覺？

不是某段被塵封的記憶因此被打開，反而更像是有一些記憶始終如海上漂流的碎骸，總在他伸手無法觸及的地方。

他對著車窗玻璃呵出了一口氣，伸出手指頭，想要在那結霧的窗玻璃上畫一個什麼字，腦子卻像突然當機後的螢幕，他呆望著自己無法移動的指尖。

這座城市，給了他許多，當然也包括初戀與心痛。

能得到的，總是因為用了什麼去交換。

只能清點自己得到的。追問到底失去了什麼，那不是他的人生態度。

Angela放下報紙，嘩啦一聲摺起了手中的版面，從餐桌的那一頭推向了他。

「這些人，你覺得到底該不該讓他們結婚？」

原來剛剛她那麼專心在讀的是這條新聞，同性戀婚姻合法化。姚瑞峰拿起馬克杯，發現咖啡已經被他喝光了。他拿著杯子起身，走到Angela身後的飲水器給自己裝了一杯溫水。

「真沒想到，安德森古柏真的就出櫃了——」

Angela背對著他，看不見在談論這位公開自己是同性戀的CNN首席主播時，臉上是什麼表情：「很勇敢吧？」

「因為他今天已經是安德森古柏了啊！」

說完他頓了一下。「如果他十年前就出櫃，今天就坐不上這個位子了。」

Angela轉過頭，語氣中彷彿帶了一點責備：「也許新聞工作就是他最熱愛的，他從來也沒有在乎過，是不是真的要當上CNN的首席主播？」

他煞有介事地連連點頭，然後擺出一副調侃的笑臉：「喔，我忘了妳也是學新聞出身的。怎麼？安德森這個熟女殺手讓妳也煞到了嗎？」

趕快讓這個話題跳過去吧！他在心裡自己嘀咕著。

「叫我師奶還差不多。不過安德森真的還滿有魅力的，我承認。」

「現在他出櫃了，很失望嗎？」

二十年來他沒有背叛過她，一次都沒有，他知道自己沒有心虛的理由。

「其實不會耶——」妻子裝出一副少女情竇初開的口吻：「你以為師奶們在迷那些韓劇偶像男星是在幹什麼？就是一種好像戀愛的感覺嘛，又不會真的想跟偶像真的發生什麼肉體關係——」

「那我要說，你比起喜歡韓國男星的那些師奶們品味好太多了。好吧，我准許你繼續偷偷暗戀安德森古柏！」

「說真的，難道男性觀眾不會覺得安德森古柏也很迷人嗎？你們看他到底是什麼感覺？光靠女性觀眾，他怎麼會有那麼高的人氣？」

「還虧你自己也當過主播，怎麼這麼物化男性？」

她怎麼突然對這個話題這麼感興趣？

要怎麼樣才能趕快把這個話題結束？

他想念起以前，這種新聞不會大剌剌登上報紙版面的時代。

「我們自己關起門聊天，又不是政見發表，你也太嚴肅了吧？」

Angela再開口時，竟沒察覺自己的語氣比他剛才還要更加一本正經：「你隨便用物化兩個字給我扣帽子，其實你也知道我不是那個意思。對，就是政治正確。你用物化兩個字一下子就讓我啞口無言了，為什麼？」

因為妳從來不曾處於弱勢。妳不知道政治正確是我們唯一的武器嗎？

「好啦我收回，妳沒有物化男性。」他走回到自己的筆電前，拿起了之前她推過來的那份報紙，一面快速瀏覽，一面故作不經心地回答她的問題：

「所以有些事就是不能全部挑明攤開來說不是嗎？……師奶瘋狂在機場大喊歐巴我愛你，跟宅男拿著手機狂拍show girl，社會觀感就是不一樣。但是真的那麼不一樣嗎？也許連當事人自己也搞不清楚吧？……想必安德森古柏也吸引很多男性觀眾，但他們會跟自己說因為很欣賞他的專業啦，覺得他很敬業啦，社會早就教大家，不管男性女性，都有一套簡化自己感覺的標準答案……哼哼，物化也許不是那麼壞的一個字眼啦，它不是剛剛就讓妳突然停下來思考了嗎？倒是安德森古柏出櫃，有一種男人會很生氣，幹，我喜歡的主播竟然是個娘娘腔死gay，好像這樣他就會變成gay了，於是開始遷怒所有其他的gay。而另外有一種男人會想，原來他是gay喔，怪不得我看到他播新聞的時候，明明知道很多女人喜歡他卻不會對他有忌妒或憎惡……」

他放下報紙，發現妻子正若有所思地盯著他瞧。

他說得太多，也太詳細了。

二十年了，她也許早有察覺。

但就像所有妻子都曾若有似無感覺過丈夫可能有過出軌的嫌疑，但終究選擇不說。她不會不知，這二十年來他的全部重心都放在家庭與工作上，他連出軌的機會都沒有。不，連這樣的念頭，都早已隨著激素分泌的改變而變得越來越陌生了，也越來越明白那些出軌偷吃的男人是怎麼回事。因為他們沒有真正的人生目標，不知道有一個家庭可以為它付出是多少人一輩子的夢想，他們卻如此糟蹋了這份天生的好運。難道他們不知道婚姻就是一張法律的契約嗎？他們不敢殺人放火或勒贖搶劫，知道那是觸法的，但卻敢違背這份合約。為什麼？因為他們不知道被放逐遭背叛的痛苦是什麼。他們以為自己沒有殺人，但他們的所做所為其實跟殺了人是差不多的，那樣的痛苦，都像是讓對方死過一次——

「所以你對同志婚姻合法化的看法是什麼？」妻子端詳了他幾秒後終於開口。

他的胸口出現莫名的短暫心悸。

「我想，畢竟那是他們的人生，只要沒有傷天害理，妨礙了別人的自由，我們無權幫他們決定，該做或不該做什麼。」

既然都說了。

記得，不要露出愧疚或惆悵的表情。

他深吸了口氣，坐回了餐桌上的筆電前。

「我的想法其實跟你差不多——」

Angela起身收走了桌上的空杯與咖啡壺，走向開放式廚房裡的那座吧檯。

「不過這些話我們在家裡說說就好。你可別在外面這麼白目。」

「知道了。」

根本不需要那麼擔心的不是嗎？原來不過是虛驚一場，他跟自己說。

打開了洗碗槽的龍頭，水兀自嘩嘩流著，她卻忘了該洗的杯盤仍被她留在吧檯上。分心是由於眼前出現的畫面。從水槽上方的窗戶望出去，跟他們家格局相同的另一棟單位裡，同樣是廚房的窗口前，站的是一個身材雄健的三十多歲男性，他正把洗淨後的一顆蘋果，遞給了剛剛走到他身邊的另一個男子。

「阿峰，你知道我在看那個新聞的時候想起了誰？」

「誰？不是安德森古柏嗎？」

「是你那個同學，林崇光。挖空家裡資產捲款潛逃的那個。」

繼續盯著對面動靜的同時，在她的意識中的某扇窗口，一盞微弱的光也在那一瞬間突然閃了一下。她什麼也沒看清楚，但是某種視覺暫留的模糊影像又好像呼之欲出。對面的窗景裡出現了第三人，比另外兩個男子年紀稍長的一位女性，一頭染成蔓越莓紅的短髮。

「那關林崇光什麼事？」

紅髮女人注意到了來自對面的目光。側身站立的那女子，也許並不是靠著眼角餘光，而是憑著某種第六感發現到自己正被偷窺而倏地回望。這讓Angela不自覺退後了半步，幾乎認為那女人是自己的幻覺。

「那時候我就有懷疑，他會不會是gay。你都沒有感覺嗎？」

男人短促地笑了兩聲，聳聳肩不予置評。「gay的臉上沒刻字，我不會沒事去猜我身邊的人誰是或者誰不是。」

「我這樣想沒有惡意，只是我一直覺得，他捲款潛逃這件事會不會跟他是gay有關？可能真的在台灣活得太痛苦了，他想要去一個沒有人認識他的地方，才可以真正追尋他渴望的愛情？——」

「或者他想要的不只是愛情！」

他忍不住打斷了她。

「我的意思是——我是說——這都是妳的想像，他捲款潛逃的原因我們永遠不會知道。所以——什麼都有可能。」

等她再轉過頭去觀望對窗，紅髮女人已經不見了。

她關起了水龍頭。

但是她想跟他繼續討論愛情。

因為她發現，竟然這是一個他倆生活在一起二十年卻從來沒有真正觸碰的話題。

或者他想要的不只是愛情——多麼有趣的一句話。在她的世界裡——也許該更精確些，「在像她這種所謂異性戀女性的世界裡」？她即時在腦袋裡將前提修正——大家都相信一句話，那就是愛情是女人的全部。難道都沒有人發現這句話的矛盾嗎？如果愛情真的是女人的全部，為什麼還需要婚姻？相愛結婚，成家生子，這是大家都在依循的順序。愛情與婚姻總是綁在一起，走不進婚姻的愛情要不成了姦情，就是被冠上「一段錯誤的感情」收場。成了家人，成了親情，皆大歡喜。也許只有將婚姻的選項徹底排除，才能真正回答愛情到底是什麼這個問題吧？可是她大半生都過完了，沒有這個機會讓她再重新選擇了。也許，就只是那一種臉紅心跳的感覺就叫愛情？只是那樣而已嗎？在她拿到碩士學位回國後，如果她沒有對他開口：都已經四年了，我們之間現在到底要怎樣，也許此刻的她會對愛情有完全不同的想像。

而他那時給她的答案是什麼？

我想要跟妳有一個家，他是這樣說的，然後她就開心得不得了，覺得自己好幸福。

他想要的是一個家。

她終於恍然大悟。在二十年後的這個周日上午。在他們討論過了同志婚姻這個話題，以及突然聯想起在國建會實習時認識的那個叫阿崇的男生之後。

他想要的不只是愛情。

「唉，搞不懂耶，這樣一個人就再也回不來了。」

不知道這句話究竟是想對誰說的。她的雙肩不自主地抖顫起來，沒發現原來是因為自己下意識發出了一陣無聲的嗤笑。

拉下了眼前的百葉窗簾，她快步走向吧檯，端起了待洗的杯碟，並在轉身前不忘對著餐桌旁的男人再丟下一句：

「我看你從來都不參加同學會，為什麼？你都不會想念你以前高中或是國中的同學嗎？」

●

酒已斟好了。

來吧，先為老同學的重聚舉杯。

也許，人生中沒有所謂最佳的重逢時機點。但，這總是個開端。

如何能告訴你，從電話上相約到今日見面，不過短短一周時間，我的人生已經起了天翻地覆的變化？

我可能就要失去一切所有了，小鍾。

也許這正是冥冥中的安排，讓我的世界還沒有完全崩坍之前能有這次見面的機會。老實說，出門前我還在猶豫是否該把今晚取消。但是我更清楚的是，過了今夜，也許我就沒有見面的勇氣了。

除了重聚之外，我們還能為什麼乾杯呢？

不如，就為人生中所有的那些巧合與謊言吧——

●

我們行禮如儀地舉杯，接著拿起刀叉，對著盤中法式鴨胸捲餅開胃前菜裝模作樣地切劃著。安全的話題，包括剛剛舉行過的一〇一跨年煙火秀、我是否應該換用3G可上網手機，以及他是否應該把已出現地中海禿的頭髮乾脆剪成時下漸成風尚的三分平頭……都已點選打勾。政治的話題則都很有默契地刻意地避免。

雖然氣氛如此小心翼翼，但對答時的語氣，想必彼此都聽得出其中的心不在焉。無法讓自己的思緒聚焦，我不知是否跟我已經很久沒有沾酒了有關。同時，也很難不讓自己分心，將眼前這個人的眉眼額唇開始進行與自己記憶的比對。二十歲的我被召喚到了桌前，對於五十歲的姚只有一種事不關己的淡漠。反倒是五十歲的我心神不寧地，腦裡出現了一堆奇怪的假設。如果——想像還沒真正啟動，我就已感到羞慚了，像是心事已敗露似地忙飲了一口紅酒——如果兩個中年半百的情人慶祝在一起三十周年，會不會也是這樣無言的場景？或者是，兩個半百的人如果才要開始約會，也會像此刻如此地彆扭與做作嗎？

不只一次在抬頭聽姚說話之時，我恍惚以為自己還在昨夜的夢裡。眼前的人當真不是我的幻覺嗎？

很想做的一件事，就是伸出手去確定一下。握住他的手，或是觸碰一下他的臉頰，都好。這個人，在我三十歲以前用了太多的力氣想要忘記，此時，卻發現自己在記憶河岸上游下游來回奔跑，企圖打撈殘影餘光。

我想，我不能再喝了。

「誰有了阿崇的消息，記得通知一下。」

「好，那就先這樣……」

那年，掛電話前最後交換的叮嚀我仍記得。沒有預告任何的生離或死別，好像幾天後我們就可能碰面那樣的平淡與匆忙。

過去這些年，想要聯絡的念頭總是不斷浮現，就算是為了一個自私的理由吧。青春是如此短暫的東西，我的青春或許結束得比你們都更早。

有懷念，但更多的是遺憾。

自從大學畢業之後，對抗激憤與悲壯，幾乎已取代了我其他所有的感覺。當時哪裡會懂，我只是對於面對自己感到懼怕而已。

在我的眼裡，你一直是那麼安靜穩重，你很早在音樂方面展露的才華更讓我覺得你高高在上。當我發現其實你好像也有偷偷在注意我的時候，我說不出那是一種怎樣的興奮。如果不是因為你，讓我在高一那段混亂的期間獲得了一些被關心的期待，我很可能還要被當一次，被學校退學也說不一定。

你不瞭解。你根本不瞭解。

真愛會原諒所有人，除了沒有愛的人。小鍾，很多年前你曾經對我說過這句話，但是我始終不曾搞懂過。

沒有誰生來便是無愛的。

不論是想去愛人，或是被愛的盼望，不都曾像一株小小的花苗？

每個人年輕時，不是都曾經努力地想要開成一朵花？

只是，誰又見過真愛？真愛豈有一定版本讓人能預先指認：「看啊！我的真愛正朝向我走來？」

總要等到事過境遷吧。

總是在以真愛為名傷痕累累之後吧。

而詩人所謂的原諒又是什麼呢？

曾經夢想著，終將有一位頭頂光環的蓋世美男子來到我的生命裡，面對形穢如殘花的自己，他溫柔撫觸我已萎爛的珠蕾，並用一種性感磁性的嗓音，在親吻過垂黃的花瓣後說道：不不，你一點也不悲醜，你我分明一樣的美……

但我的記憶中沒有花，也沒有原諒，只有三個不能相愛的人，無法成雙，亦不能出櫃。

連同志都還不是，只能一直同學下去……

小鍾，其實我都知道。

相信我，我都記得。

●

至於姚為什麼也是魂不守舍，應該是跟被他放在桌角的那支蘋果愛瘋有關。我注意到他不時就用眼角餘光偷瞄螢幕。當手機終於發出了以某齣著名音樂劇插曲為鈴聲的來電顯示，他立刻將它攫起，從位子上起身後立刻背對著我，開始壓低嗓門通話。

只能怪這間包廂的隔音太好，沒有一絲室外的雜音干擾。姚在電話上文意不明的斷句宛如耳鳴，不想聽到也難。（總編輯那邊……？是價錢的問題……？）我小心地控制著自己呼吸的音量，生怕干擾了他與或許是某位政府要員之間的國情會議。若是以前，我的好奇心定會被點燃，豎起耳朵想要聽得更仔細。（那又怎樣？……所以呢？……除非我們……）

但今晚，我只希望有人陪我好好吃完一餐。

也許是最後的一餐。

想要自我了結的人，都是在多早以前就開始放棄進食的呢？

還是說要好好大吃一頓才是慣例？

——對不起，有點事要處理。

坐回了餐桌，姚的神色從心不在焉已經轉為難掩的慌張。我的胡思亂想也因此被打斷。要緊嗎？也許你應該先去處理你的事情？我說。

本以為，在我故作體恤為他找了台階後他會如釋重負，又恢復我們入席前那種招牌式的應酬微笑，一面連聲說著，真的很不好意思，我們再約，下次再約！那麼我是否應該準備好在這時告知，不會有下次了？

出乎意料的是，在聽到我的問話之後，整晚到此之前一直有意無意迴避我眼神的他，竟欲言又止地，首次定神打量著我。

——換作是你……

姚輕咳了一聲，結果下文就此打住，讓那幾個字聽起來不像是假設，反倒像是某種結論。他到底想說什麼？

這時服務人員再次推開門端進了今天的主菜。匆匆收回視線，低頭看見擱在面前的精美磁盤中央，正睡著一塊小小的，與盤子尺寸不成比例的，周邊呈現粉紅與血絲的炭烤牛排。猛一看像極了一段人的舌頭。

——對了，你那時候不是自己還成立音樂工作室，為什麼後來就沒有再發專輯了？姚趁機改變了話題。

——因為，那時候我……嗯，遇上唱片市場不景氣。

——喔，那真是太可惜了。你寫的那些歌我都很喜歡，尤其有一個女歌手，很像美國女歌星K. D. Lang的那個，叫什麼名字？她那張專輯我要我女兒幫我灌到iPod，有時候我還會聽呢……

原來是這麼回事。

那天當我聽到他在電話上說，「這些年我都有在聽你的歌」，我還自作多情地以為，他指的是我的個人專輯。我的歌聲。

握起手邊的刀叉，接下來兩人陷入了空寥、卻又嫌被太多的過去擠進的靜默裡。餐具與磁盤之間不時碰撞出讓彼此都吃了一驚的問候。無意間，我們的眼神再度接觸。

能看到你我真的很高興，姚說。

對啊，真的很難得，我說。

●

我又怎麼能夠告訴你，剛才電話上那件讓我心煩的事，某種程度上來說，其實也跟你有關？

身為政治人物被人惡意放話攻擊是常有的事。但這回，直覺告訴我恐怕沒那麼容易全身而退。

幸好我們有約，小鍾。等待對方回話的這段時間，我寧願是跟你坐在這裡。

過去這二十年來，很多事都盡量不再去回想。但只要一不小心想起，我就會被一股極深的懊悔所淹沒。

就是兩個禮拜前，有一天晚上我坐在計程車上，聽到了一首伍佰好早以前的情歌。我當下愣住了，整個人幾乎忘了身在何處。那首歌，大概是一九九六還是九七年的記憶了。兩年以後，阿崇走了，你出櫃了，而我也早已攪進了政壇這場渾水。我們也就是在那之後斷了聯絡的。但是在我內心裡我從來沒有放棄過一個念頭，我跟自己說這一切一定會改變的，好好打拚個十年，我們一定可以看到一個不同的人生。到時也許某個場合大家再相逢，不管當初的堅持是什麼，選擇的是什麼，我們都完成了一些對自己的承諾。

可是那天晚上當我聽到那首歌時，我第一個念頭就是，我們都失敗了。

改變發生了，可都不是我們原先所想像的樣子。

人生已經沒法再重來了。

你一定想知道我為什麼會突然打電話給你。就是因為那個晚上這種失落的心情。我企圖回溯，到底在人生的哪個岔路之後，這一切就開始距離自己的預設越來越遠。

是你啊，小鍾。

人生如果能重來，我想我會在十七歲那年，勇敢對你說出我很喜歡你。

也許是因為我的自卑，也許只是無知。也許你那時候根本沒有那麼在意我。你一直都是那麼淡淡的，獨來獨往，讓我摸不透你在想什麼。

留下了一道隱約裂痕，隨著生活中各種壓力的拉扯，早已崩陷成峽谷，只能眼睜睜看著很多東西就一直不斷掉落進了那個深黑的谷中。

多年來我就這麼一直緊緊攀抓著斷崖的邊緣，不知什麼時候自己就要掉下去了。

記得那年民歌大賽結束後，你的心情並未因獲獎而興高采烈，我因為父親又再次入院得匆匆趕回台中，就這樣錯過了想和你深談的機會。之後接到你的一通電話說想來散心，對你而言這不過是朋友之間再平常不過的拜訪，但你可知當時我多麼猶豫，最後還是不得不斷然拒絕了你的要求。

你不會知道從小到大我多麼以我的家庭為恥。

一個窮困的退役老兵娶了一個沒念過書的山地女人，我出生的時候我爸都已經快六十了。從小到大，我的父母從沒管過我，一個是年紀已經太大，一個是經常好幾天不見，偷偷跑去高雄那種低下的酒店賺些外快，給自己買一堆我爸沒有能力負擔的時髦洋裝與化妝品。

我還有一個哥哥。這個哥哥是母親在嫁給我爸前跟另一個老兵生的，這種事在那個年代，在我生長的低階層是很普遍的，你們這種正常家庭台北長大的小孩，也許很難想像這樣的婚姻吧？

國小畢業那年，我又多了一個妹妹，一出生就發現有唐氏症，我爸一直說那不是他的種。我不知道老天爺究竟為什麼跟我們這個家這麼過不去。

三十歲之前的我，似乎也只有那個短暫的夏天，因為有你和阿崇在身邊，曾讓我暫時忘卻了成長過程所留給我的陰影。有時候人活著就只是需要那一點點可以仰望的星光，即始在黑暗的大海上也就不會完全迷失了方向。

曾經，我希望你成為我可以取暖的光，聽你唱歌，看你出唱片，然後有一天我可以對人家驕傲地說，嘿鍾書元是我哥兒們——

那時候的你卻始終不動聲色，或者可以說刻意疏遠，我只好又退回了自己無光的洞穴。

我那時以為，你或許永遠都不可能接受這樣的感情，因為正常人家的小孩最後一定都還是會回到正常人的愛情。但是人生卻總是充滿了意想不到的反諷，誰會想得到，竟然是我這個野孩子最後乖乖地成了家？

畢竟人的一生中，能與「我到底是誰」這個問題切割的時間，是非常稀有且短促的。我不可能在你們面前永遠隱藏，當人與人的關係開始變化，當意識到沒處可躲的時候，我只能製造出另一個外衣把自己包覆。

記得高一放學後的那個黃昏，我曾跟你說過一個故事。

我說，某個深夜我在街頭遊蕩結果上了某個男人的車。那個故事有部份是真，大多部份是假，是我給自己製造的第一件迷彩外衣。

小鍾，你一定沒注意，高一上體育課的時候我總會沒事偷看你，我那時總想像著為什麼我多的是一個殘障的妹妹，而不是一個像你這樣的弟弟？我的作業總是遲交，其實都是故意的，因為那樣你就會很著急，忙著把你的作業筆記借給我抄。我為什麼會被留級一年，不是我真的那麼懶散或愚笨。

會從台中來考北聯，都是因為我那個同母異父的哥哥。

他是一個很善良的人，我爸娶了他母親，讓當時生活已陷入絕境的他們母子有了安頓，對這件事他是心存感激的。我們差了七歲，從小真正關心我的人只有他。他讀完五專就去了台北工作，每月按時寄錢，有空回家來都一定會帶我去看電影，還有買一堆我喜歡的武俠小說。他那時總會說，你要用功，來考北部聯招，哥會照顧你，你不用擔心。

到了台北才知道他究竟在做什麼工作。就是大家俗稱的「馬伕」，專門送小姐去飯店應召，抽成之外還賣一些毒品。這還不是最讓我震驚的部份。

半年後，台北開始出現了所謂的星期五牛郎店，他乾脆自己也下了海。因為他長得很帥，很快有了包養他的女客，他的舊機車換成了轎車，我們也從小套房搬進了電梯大樓。只是，如果女客要來家裡的時候，我就得在街上晃蕩到深夜凌晨才可以回家。

有一天夜裡，我回到我們住處的時候，發現他醉醺醺地倒在地上。我要扶他進房間，他卻一把將我抱進他懷裡，跟我說，阿峰，你長大了，我現在可以告訴你了，哥在做這個好辛苦，大家看我業績好，以為我懂得吊客人胃口，其實是，我對她們沒有胃口……我起初聽不懂他在說什麼，直到他把我壓到地上開始吻我，一邊在我耳邊唸著，阿峰，哥等你好多年了……

他說他會永遠照顧我。他要我永遠陪在他身邊。

我並不恨他。那種感情外人是無法瞭解的。

這個世界上大多數人都在過著安全幸福的正常生活，他們從沒有機會也沒有意願去瞭解，不屬於他們世界的人會有什麼樣不同的感情需要。病態、墮落、下賤、無恥。他們只能以他們有限的生活經驗訂出標準，擺出自認高尚的姿態。

如果你問我感情是什麼？我會說，每個人只能承受與付出，與他們社會條件相符的感情，並沒有絕對。

我不是為自己找藉口。在我的成長環境裡，性這件事沒有知識份子為它覆蓋面紗，它就是赤裸裸的生命原始面貌。

我從不曾為自己也喜歡男性肉體而感到羞恥，因為我的人生中，還有更多遠比這件事更讓我難以啟齒的不堪。

同時我也知道，與我哥之間的關係只會成為我想擺脫我們出身背景的最大障礙，這樣下去我的人生必定遲早走上與他一樣的路。決定要搬出去是件痛苦的決定，因為那意味著我不想成為跟他一樣的人，沒有人會再陪著他照顧他，他只能寂寞地在他的世界裡繼續漂浮。

他最後是吸毒過量猝死的。

既然搬了出去我就不能再回頭，所以，我才給自己編了那個故事。某個體面帥哥用轎車把我載回家的故事。我用這個故事掩蓋了這段關係所帶給我的悲傷，忘掉了我自己的狠心。

小鍾，你是唯一聽過這個故事的人。

●

我開始祈禱姚的手機盡快再次響起，最好是十萬火急地召他盡快趕往某個現場。看得出他的心思一直在另個遙遠的地方。

隨即想起了那片被我塞進口袋裡的寄物牌。萬一我的祈禱果真得到了回應，他必須火速離去，那麼我又將如何處理那包越想越累贅的無用紀念？

——小鍾，都沒有想過要再做音樂嗎？

姚彷彿偷窺到了我的思緒，突然有此一問。

——喔，不是想不想的問題，是……或許人生已經進入了另一個階段，我不想再有什麼壓力。

——如果是資金上的問題……

——如果只是資金問題那還好解決，真正的問題是我……我，沒有那個自信了。

這句話不知道勾起了姚的什麼感觸，他點點頭，臉上浮現出一種沉思的表情。等到他又開口時，竟然提到了陳威的名字。

——有一天深夜，我一個人在亂轉著電視頻道，竟然看到那個傢伙出現在某個重播的談話性節目裡。還記得那年你們都參加了同一場比賽——

我說我很少看電視。

——沒看到也罷，看到了讓人感覺有點悲傷。資深老藝人回憶當年秀場趣事是那天的主題。都一把年紀了，還是穿戴得一身大紅大綠，而且動作舉止跟個大娘沒兩樣……他應該也是吧？

對於他的明知故問，我裝作沒有聽見。

本想告訴姚，陳威的B十年前肝癌死了，那是我最後一次見到他。仍忘不了在葬禮上聽陳威發過的誓，說他一個人也會好好活著，因為陪了他二十年的那個人，給了他足夠可以走下去的動力……不打算在姚面前提起，是擔心我可能無法克制自己想要反駁姚的衝動：憑什麼說陳威那樣看起來讓人覺得悲傷？我可以想像在錄影當天陳威喳喳呼呼，跟其他上節目的資深藝人們在化妝間又抱又嚷的模樣。還能夠被記得，一定讓他格外珍惜每一次的錄影。我不知道換作自己，是否能有像他那種重新拋頭露面的勇氣。

我其實是羨慕陳威的。

——我在看那個重播節目的時候，就想到了阿崇那時很生氣，因為陳威被評審判犯規所以沒有得到任何名次。看看陳威後來的表現，如果真給他得了名，不是很侮辱了那場民歌比賽？

我不會說阿崇錯了。也許，我才是那個根本不該得到亞軍的人。如果沒得名的是我，我的人生或許會完全不同。但我相信，不管得不得名次，陳威依然還是陳威。

——所以，阿崇後來也從來沒跟你聯絡？

我搖搖頭。

——他為什麼會這麼做？跟過去徹底切斷？當年搞運動時喊得最大聲，沒想到結果逃得最遠……

還有酒嗎？我問。

●

因為阿崇，我才開始接觸到當時的黨外運動。是他讓我看到，政治將會是那個讓我可以翻身的舞台。

對於那些年政治上的山雨欲來，阿崇其實比更我關心，總把打倒威權那些話掛在嘴上。聽說他的父親在外頭還有兩個細姨，生了兩個有朝一日將會跟他爭遺產的弟弟。雖是本省籍，阿崇的父親在蔣經國時代是被刻意拉攏的台籍企業家，所以阿崇一直認為他父親是個沒有骨氣的人。只是阿崇缺乏一種政治嗅覺與溝通能力，就連讀書會裡的那些人只是表面上把他算成一份子他都看不出來。其實他們只是想藉此對外宣稱，某某大企業的兒子被他們吸收了，還有不斷向他募款罷了。等我一步一步培養起了自己的實力，選上了代聯會會長，他就只能成為了我的小跟班。只是我從沒有想到，有一天他也能傷我這麼深。

我不相信你沒有看出來，阿崇那時候很喜歡我。跟你比起來，阿崇實在是太好掌握了。這麼說也許有點自以為是，但是我所指的是當年，而不是後來的阿崇。

沒有想過會跟阿崇在一起的。但是寂寞讓人軟弱。尤其那幾年，當我常常一個人在聽著你的專輯的時候。

我並沒有責怪你的意思，小鍾。你開始出唱片後，我暗自做了決定，或許我不該再出現去擾亂你的生活。

但是我沒法讓阿崇停止，在我們大學畢業後仍繼續對我有期待。不管我去同志酒吧，或與別人發生一夜情，甚至後來我跟Angela交往，他都一概能忍下來。人畢竟是感情的動物，我也就漸漸習慣了有他在身邊。我越往政治運動這條路上走，越知道除了短暫的肉體關係，我不可能跟另一個男人有什麼穩定長期的發展。阿崇在那時是相對安全的陪伴，雖然他的個性總是那麼衝動。Angela去美國念書，我念完大五才畢業當兵，每次休假都只能去找他。有那麼兩三年，我們就好像是固定的伴侶，但是我們總可以跟旁人說我們是同學，我們一起去廣場靜坐，一起去砸雞蛋，從來不會引來什麼猜測。

但是阿崇要的不只這些。阿崇跟我們不同的是，他早已想好了他要的人生。他一直嚮往的是國外那種更公開更自由的同志生活。

Angela念完書回國，這回阿崇不想忍了，幾度威脅我說他要跟她把話說清楚。我說你敢的話你就試試看，我會讓他爸知道我倆的事，到時候他的弟弟們會繼承家裡的一切，而他會一無所有……我只是在吵架的時候用這話嚇唬他而已，或許無意間讓他開始警惕到這點，所以後來才會先下手為強。我是不是成了他潛逃海外的幫凶？我不知道。

吵歸吵，但是碰到了彼此的身體卻又是另一回事。看他那個樣子，你一定想像不到，其實他在床上很厲害的。我承認這也是我的弱點，為什麼還是會跟他糾纏不清，因為他在那方面一直比其他我所碰過的人更能滿足我。這樣說並不意味我是個純粹肉慾的人。當更深更長久的情感都不敢想的時候，所剩的不就是這個了？

我沒想到最後是他把我給甩了。

分手的時候，他完全像變了一個人，變得尖酸而無情。他罵我是蕃仔，是吃軟飯的。沒錯我承認，從大學時代開始我就沒拒絕過他給我的經濟支援。但是這麼多年下來，我也給了他他想要的，不是嗎？我沒想到的是，跟我在一起，他仍沒有放棄在等待一個更好的對象出現。一旦當他看到了那個可以帶他前往他真正同志夢想生活的人，我對他而言就是一無所取，毫無價值了。

很諷刺，不是嗎？

我被甩了以後竟然還掉了眼淚。

也許並不是為了失去他而哭，而是我知道有些東西我永遠失去了。想尋找一個肉體靈魂都契合的伴的想法，在那時候就放棄了。我寧願有一個家，一個正常的家可以讓我安定下來，取代我的原生家庭，停止那種沒有未來的感情所一再帶來的惶恐與惆悵。

和Angela剛訂婚的頭幾年，當然還是有些掙扎，沒法一下全斷得那麼乾淨。之前有個開gay bar的傢伙，算是多年的炮友吧。我那時主要時間在中部經營我的人脈，為了第一次參選立委在做準備，反正一周見一面，對方在台北根本也搞不清楚我的底細。他們開酒吧的，對於這種事或許也比較看得開，不會死纏爛打。我在訂婚後斷斷續續還跟這個人有來往，他也沒給我惹來什麼麻煩。

直到有一次在做愛的時候，在昏暗的燈光下我看到了一個已有白髮、眼袋暗沉的中年男人趴在我身上，我嚇了一跳。

在那之前，我完全忘了年齡這回事。在我的美好幻想裡，一直還是我們二十歲時的模樣。就連到了今天，同志可以上街遊行了，這已經不是禁忌了，但我們還是看不見老是什麼，除了在公園裡那些躲躲藏藏的歐吉桑。

為什麼會提到陳威？因為他完全印證了我年輕時對於同志老後的最糟想像。仍然奇裝異服，不知往臉上打了多少肉毒後那種與年齡不符的光滑皮膚，說起話來花枝亂顫，更糟的是，他已經完全失去了別人會怎麼看他的自覺。

但我們都見過還在讀官校時的他不是嗎？那時候他在台上還是另一個樣子，為什麼老了之後變得這麼慘不忍睹？到底是什麼樣的生活一點一滴改變了他？雖然我那個開酒吧的朋友那年才不過四十出頭，但是在他身上我已經看到他的未來。他除了吧裡的那些客人，幾乎跟這個社會是脫節的，沒有什麼朋友，唯一最好的朋友竟然是個扮裝秀藝人。他唯一的休閒活動就是上健身房，總說既然吃這行飯就得敬業，沒有人要來gay bar看到一個有啤酒肚的酒保。然後有一天我看見他在鏡子前對著自己的眼袋又拍又推的，問我是不是他也該去微整一下？我並不在乎他是酒保還是清道夫，但是要一個人的價值觀與生命目標完全與他的職業切割是很少見的事。同樣的，喜歡同性或異性真可以完全獨立於社會資源與生存條件之外嗎？他讓我意識到同志想要白頭到老有多麼不切實際。這個世界到今天只走到了青春健美的男孩們高呼同志無罪，沒有人可以告訴他們接下來該怎樣面對老與醜，病與殘。我們走在他們前面，理應留下一些可以稱之為生命經驗的東西，但是連我都自覺除了二十歲的心動三十歲的心痛之外我什麼都沒有，四十歲的我跟那些孩子們一樣幼稚無知。

我也只不過是個凡夫俗眾，沒有那個大智慧去悟出怎樣才能超脫既有的人類經驗，認識真正的自己到底是什麼樣子。

真有自我這種東西嗎？難道不就是從現有的分類中，找出不同的身份名牌換穿混搭而已？

平等的標準又是什麼？跟誰平起平坐就算公平了嗎？從外省老兵之子換成了原住民，從黨外進入了國會，從同性戀變成了異性戀家庭裡的人夫人父，誰又在乎我真正是誰，若是每個角色我都能演得有模有樣的話？——

●

那間屋子裡的遊魂，雖然無聲，但他彷彿仍聽見了他們渴求被釋放的呼喊。

甚至，那些呼喊的聲音中，還包括了他自己。

垂著頭坐在警局裡，他想起了昨晚接下來發生的事情，並接受了它們只能一輩子藏在他心裡不足為外人道的這個結局。

原來夢也可能是一個存在於現實裡的空間。

一個曾有太多人把感情與希望投射其中的地方，就會成為夢的入口。同時，那些痴昧與消磨，那些無法重來，亦沒有答案的心痛，便成了入夢的密碼。

每個人可能都曾無意間闖入了某人的夢中，成為了別人夢裡的角色而不自知。而且不只有活著的人，會在不知情的狀況下走進了夢的入口。

還有那些死去的人。

死去的人不會再做夢了，所以更加不願意離開，這些有夢的地方。

一團飄浮的光影，如同雷射投照在煙霧中。

經過了七天的捉迷藏，竟然就是對方現身的時刻了。

整整晃蕩了一年，我已沒有任何留戀了，湯哥說。

明天，是我一周年的忌日。等天一亮，我將會永遠離開。否則，我也會跟眼前這些老鬼一樣，哪裡也去不了，再也無法轉世……

如光絲縷縷游動的靈魂終於凝聚，總算固形於一身白色西裝禮服之下。那模樣與神采，一點不像即將遠行去投胎，更像是婚禮中的男主角，邊說邊朝著吧檯前那一排面無表情的遊魂揚臂一揮，如同介紹他的伴郎陣容般。

這些年他們夜夜來這兒守著，也真多虧了他們。你知道每天晚上門外還有多少孤魂野鬼想要混進來嗎？

那些個鬼東西不是嗑藥嗑死的，就是被人謀殺到處找人報復尋仇的，一個個嘴歪眼斜的鬼相嚇死人。

好在有這批癡心的老鬼在擋著門。不過，這也非長久之計——你懂我的意思嗎？只有你這個意外的闖入者，可以讓這一切改變。

這些老鬼，他們現在能指望的也只有你了。

湯哥說著便抬手指了指那個坐在吧檯最尾端，頭上傷口一直在流血的男生。

一九八八年吧那時候——記得這家店剛開沒多久，他年輕，我們也都年輕。某天晚上，他的B劈腿跟別人在這裡被他抓到了。

也許不應該說被抓到，因為，如果只是偷吃就根本不會來這裡了。其實更像是擺明了已經移情別戀，不是嗎？可是怎麼就這麼傻，嚥不下這口氣，當天晚上他就跑到中山北路的一棟大樓頂樓往下一跳——

我不知道為什麼，竟然一直記得最後那天晚上，他在這裡唱那首林慧萍的〈一生只愛一回的故事〉，邊唱還邊哭的模樣。

一生只愛一回的故事，我想早已不能感動你，宿命論的愛情，畢竟是不合實際……沒有聽過這首歌嗎？那時候很紅的。

還有那個胖得還滿可愛的大叔，人不可貌相喔。

當時店裡對他有好感的人還不少，可是他那個B，我們都愛背後笑他花痴，不知道胖叔喜歡上他哪一點，對他的B總是好脾氣地百般包容。沒想到，七八年前才剛一退休，他就發現得了癌症，半年不到人就走了。

他的B後來還是常回來店裡喝酒，肯定會寂寞吧？在一起十幾年就這樣沒了，你教他怎麼辦？有些客人見他看起來一點也不難過，為胖叔覺得不值。難過原來還要做給別人看？還是說，gay也應該開始宣揚守寡美德，等著人家幫他未來立個貞節牌坊？

胖叔死後會掛念也是自然。他那個B後來就一直單身，遇不到人，越喝越凶，這兩年糖尿病高血壓全來了……媽呀，這一說我才想起他的歲數，也快六十了呢！時間過得真是快。

看著這一切，不要說胖叔生前總是笑咪咪的表情消失了，連我也笑不出來。

哼，傻屄連死了也還是傻屄。跳樓的那個，你猜他來這兒是為啥？不為別的，原來是想等著聽，有沒有人會點唱〈一生只愛一回的故事〉。這麼老的歌了，大概只有在這裡還有人記得怎麼唱吧？只要聽到了那首歌，他就會露出很難過的表情，但還是夜夜跑來，等著再聽一遍……

燒炭自殺的，愛滋病過世的，還有被逼成婚，洞房之夜跑來店裡偷偷一瓶安眠藥混了整瓶威士忌吞下的，更有落單回家，在巷口被流氓洗劫又亂棍重傷致死的……好幾回湯哥說著，自己都失了神，半天才想起剛剛說到了哪兒。

不過，他們可不是從一開始就像現在這樣，不說話也沒表情。我剛死的時候，那邊那個平頭的大哥，我們都叫他周董的，還可以跟我聊上幾句。他死了也快五年了，我這一年就眼看著他越來越虛弱，現在也差不多成了半個植物人似的。那是因為——唉，早該投胎去的，偏偏又記掛著生前這些未了的人事不肯走，在這裡待太久，把自己最後那一點魂魄都耗乾了——所以說，老七的事我能不管嗎？你看看他，連做夢都放不下！等他死了，我看也是這德性，夜夜來店裡報到，一個人調酒，自說自笑，和這群老鬼繼續耗到天荒地老。

只要這地方還在，不管換了什麼人經營，改成什麼店名，結果都是一樣的。這群老鬼陷在這裡出不來，老七也只能跟著他們一起不能超生。

送我們上路吧，該是結束的時候了。

起初聽到最後這一句，他還沒會過意是什麼意思，直到湯哥叫他去備冥紙。

阿龍腦中立刻閃過的念頭便是衝進吧檯想把老七拉走，沒想到，明明站在那裡的一個人形，等他一伸手卻成了握不著也抓不住的一團光霧。扯起嗓門一聲又一聲地嗥，從老闆大哥喊到Andy，又從老七吼到林國雄，但是對方與他之間像隔著一道隔音玻璃，絲毫不為所動。阿龍慌了手腳，開始將酒瓶一只只全砸碎在地，但老七依然對這一切毫無反應。

放棄吧，我們是要去一個更好的地方，你應該為我們高興。

你要他留下，難道你能保證，會陪他到最後？

●

沒想到電梯竟然不能通往這座巨塔的最頂層。

是因為早已預見，這個城市裡有太多像我這樣的人會幻想要飛翔嗎？

電梯不停地被不同樓層的人召喚，上樓下樓，下樓又上樓，滑門忙碌地反覆開開又關關，我卻把自己刻意遺留在電梯裡。不必決定前往任何樓層，也許乾脆永遠留在原地，看著不同的臉孔進出，從相遇到分道揚鑣就只有這短暫的十餘秒鐘，未嘗不是一種自在的人生態度。

想去哪個樓層最後一定都去得了嗎？總會誤上了沒看清楚是要上樓還是下樓的班次，或是在你的樓層，電梯門打開時永遠都是滿載。或是搭上了一班層層的燈鈕都被按亮的電梯，延宕又延宕……

當姚終於告訴我，連續幾通的來電究竟是關於何事，我沒料到自己會當場笑出了聲來。我真的不是故意的。只見他臉上刷地變得毫無血色，這樣的姚從前沒有見過，相信也會是我這輩子的最後一次了。

好笑嗎？

被他這樣質問，我彷彿又看到了很久很久以前的那個留級生，總是帶著不耐煩的防衛式表情。被班導訓斥完後回到座位時，他也會這樣瞟我一眼，像是向我挑釁似地：好笑嗎？曾經就是他那種讓人猜不透的強作冷靜，讓我心底的某處起了騷動。他這樣的表情沒有改變，改變的是我。從自己失態的發笑聲中，我同時聽到幻滅與破碎。

我以為，在政壇打滾這麼多年，姚對自己的同志案底隨時有可能被爆早就做好了準備。從他的激烈反應，好像這純粹只是政敵企圖打擊他的一項陰謀，他只是一個無辜的受害者。難道他以為，這些年來從沒有人曾猜測過？不曾有人看得出來？甚至沒有人會記得？

本想告訴他，打死不認就對了。媒體對這個消息的興趣不會超過三天。陳威在三十年前就傳授過我這個心法。但是我卻不想費這個力氣說出讓他寬心的答案。在我心裡蜷藏了這麼多年的毒蛇終於昂頭吐信了。無法否認，從他的失措與軟弱中，我今晚的抑鬱得到了意想不到的釋放。

從這一刻雜誌已經落版送場，到明晚將會出現在所有的便利超商，我可以想像，這將會是他這一生除了競選開票外最難熬的二十四小時。但是我又有什麼資格給他任何忠告和建議？再怎麼說，他都是比我更懂得現實遊戲規則的那個人。

會是誰？他重複問著自己同樣的問題。到底會是誰爆的料？當他那雙因酒精加上急躁而出現血絲的眼睛朝我這兒看過來的時候，我不知道為什麼，有那麼一秒鐘，彷彿覺得自己也是陰謀共犯。

難道不是嗎？我們集體打造了一個夢，卻在它即將爆破前各自逃離紛飛，誰也沒有為誰留下過任何警示。

往往，那個最不安全的人，結果都是你以為最安全的，我說。

這是我僅能分享的同病相憐了。

本以為他隨時可能暴跳起來，沒想到他只是繼續沉默地坐在那裡。幾分鐘過去了，才像是突然驚醒，拿起了桌上的酒瓶，把兩只空杯又再度注滿。他維持著那個握瓶的姿勢，直到瓶底徹底乾涸才終於放下。

我現在突然想做一件事，他說。

我疲倦地抬起眼。

如果手邊有一把吉他的話，我可以幫你伴奏，再聽你唱一次那首〈I'm Easy〉……

他是什麼時候練會那首曲子的？微愕的我不禁想念起兩天前才被我連同手抄樂譜一併丟棄的那把吉他。原本它可以有著完全不同的命運，不是躺在垃圾場，而是伴我坐在五星級的飯店裡。如果我可以預知，今晚竟會以姚的點歌作為收場的話。

我說，那不然就清唱好了。

但是顯然我高估了自己已經荒廢了快十年的嗓子。才唱到副歌，我就破音了。

電梯停在了二十樓。

門一打開，我和正要進電梯的那人匆忙交換了一個微笑。是那個稍早前在電梯裡遇見的年輕人。

他按了一樓大廳的燈鈕。

我才發現自己走出餐廳時連外套都沒穿。那件破外套，還有那盒錄音帶，都還存放在餐廳寄物的櫃檯。

●

「是預謀還是臨時起意？」

正是那天從皮夾裡抽出照片的同一位警察。此刻他手上拿著布滿摺痕的雜誌撕頁，在他的眼前晃了幾下：

「我們從你身上搜到了這個！特別把這則新聞撕下來帶在身上，有什麼目的？你跟這個姚瑞峰立委認識嗎？上禮拜我們問你的時候你說沒見過這個人，你為什麼要隱瞞？」

被激怒的阿龍一時忘了自己被銬住無法活動，明知掙扎無效，卻還是本能地像隻困獸般，一面用力轉扭著手腕，一面從鼻孔狠很噴出了幾口氣。

他是什麼時候把那幾頁報導裝在身上的？

小閔來病房那是幾天前的事了？昨天？還是前天？

恍惚記得，小閔離開後，自己一路沉浸在混亂的思緒中，沒有發覺自己從病房大樓晃到了地下街的販賣部。當時不能回去住處，因為以為小閔一定正在梳妝準備出門，只好打算買個微波加熱的便當果腹，然後直接去上工。

他想起來了。

站在隊伍中排隊結帳時，目光曾無聊地瀏覽過置於櫃檯附近的雜誌書報區。上周神氣活現跑來MELODY問東問西的女記者，她說她是哪家雜誌的？不經意便多瞄了兩眼，沒想到雜誌的封面人物竟讓他覺得十分眼熟。

入閣大黑馬一夕翻黑 同志情踢爆 美滿婚姻攏是假

聳動的標題，配上的是焦點人物在立院問政時一幀橫眉豎目的照片。封面上那個人多了年歲，髮量也顯得稀疏了些，不仔細瞧還真認不出，就是與老闆合照中的同一人。

如果他事先幫老闆收起了皮夾的話？

到那一刻他才發現，這個有頭有臉的傢伙，他的命運曾有一刻是握在他這個小人物手中的。

撕下了雜誌中相關報導的那幾頁，摺起來塞進夾克，破毀的冊頁便隨手丟進了垃圾筒。他推開走廊上的逃生門，大步走進了室外的冷空氣中。在暮色將至，人煙稀少的冬日庭園裡他來回踱步，胸口窒悶灼熱的感覺卻依然不退。

MELODY已經曝光了，怕以後也沒人敢上門了。尤其是店裡的客人都是中年以上，誰沒有一些過去或一些好不容易建立起的地位身份？

天南地北的兩個人，這段關係又是怎麼開始的？

也許一開始，都只是涉世未深的年輕人，在那個封閉的年代，只要有對象可愛就好，只要嘗一口愛的滋味就好，不管背景不看學歷，沒去想過這樣的相愛日後有多艱難……如果發生在今日，就會變得比較容易了嗎？

還是說，這樣的相愛根本就不會發生了？

越是可以公開追求的年代，越是可以不必再容忍不相稱的條件。伴侶一旦上了檯面，就有了門當戶對的比較之心，人的虛榮心就找到了舞台。小閔不讓他曝光，現在他才懂了，其實是怕壞了她更好的機會。而他選擇小閔不也是如此？難道不是因為不想讓人覺得，他是一個寧捨美女而偏去愛歐吉桑的怪胎？從來沒想過，也許Tony自殺不光是因為同志這個身份曝光而已。因為當年人妖的說法仍普遍，會不會那時他有一個沒有曝光的情人從不知他在做變裝秀，因為這個原因要跟他分手？Tony是因為情傷才想不開？會不會這麼多年來都錯怪了Tony的家人？……

漸漸地酒精退去，他恢復了理智，知道這時候情緒萬一失控，只會讓事情變得更糟。按捺住差點要爆發的火氣，他盡可能用他最和緩的語調，掩飾了此時讓他最焦慮的疑問。他把目光轉向了同樣是從他夾克裡被搜走的，如今擱在警察辦公桌上的那支手機。

「兩位大哥，我一定會好好回答你們每一個問題，只不過在這之前，能不能請你們幫個忙——」

「檢察官等下就上班了，有什麼事等他來了再說！」

「不是的——這件是跟我有沒有縱火沒有關係——」

現在真正需要被拯救的不是自己，是還躺在醫院裡的那個人。他克制住內心又一陣的翻騰，幾乎是低聲下氣地：「求求你們，能不能跟醫院打個電話，我想知道。病人林國雄他……**他醒過來了沒有？……**」

本以為他的請求會被斷然拒絕，不料那兩位員警互看了一眼後，其中一位便轉身走向了辦公桌，拿起了電話聽筒。

這讓阿龍的一顆心陡然懸升，他才發現原以為已做好的心理準備，不過是黑夜裡擦亮火柴所恃的一點微亮，隨時會被黑暗吞噬。

●

電梯下降中，一路上都只有兩位乘客。我把臉別向側裡，因為嗅到對方的一身酒氣，同時感覺到他似乎正在不懷好意地上下打量我。

請問——

經過十樓的時候，那男孩子終於開口了：你是不是以前出過唱片？

我也許高估了姚在同一個晚上所能夠承受的震驚指數。

當我告訴他，我不再做音樂的真正理由是因為我的病情時，一直想要維持某種程度冷靜的他，終於掩面發出了啜泣。

我遲疑地轉過臉，注視著男孩因為微醺而帶了點傻笑的臉龐，緩緩點了點頭，承認自己曾經也是個音樂人。

喔我就知道！我就覺得你很面熟！我媽媽很喜歡你せ！我有印象我很小的時候，她一邊在燙衣服一邊就在放著你的歌——

姚問我，為什麼從來沒讓他知道？

我反問：現在你知道了，有讓你感覺比較好過嗎？

我等一下要打電話給我媽，她一定想不到我會碰上了她少女時代的偶像！

當我轉身打開餐廳包廂的拉門，姚並沒挽留。我想，或許我們各自都還有太多的事得要處理。

竟然就跟著那男孩回到了一樓的大廳。一出電梯他就掏出了手機，打算與我合照上傳。我擋住對方的手機鏡頭，告訴他我不想拍照。

我只是想給我媽一個surprise當紀念而已啦！

這個，你拿著。

我從口袋裡掏出了那個寄物的小金屬牌，放進了男孩的手心。

有一個盒子，那裡面的東西，我相信會比一張照片更讓令堂驚喜——如果，她真的曾經是我的粉絲的話。

就這樣，金屬牌的微涼觸感立刻已成了過去。

就這樣，那盒裡的東西再與我沒有關係了。

男孩開心地握著那牌子，按照我給的樓層指示又走進了電梯。當電梯門再度闔起的一瞬，我毅然地轉過身朝著大門的方向邁去。與幾個小時前走進此地時的迷亂畏怯相比，這一刻的我多了一種迫不及待，就像是，從今以後生命中再沒有什麼牽絆與阻擋。

有件事似乎已被我遺忘很久了。

那就是，眼淚原來這麼沉重，而記憶原來也可以這麼輕。

●

阿龍感覺自己的肩膀被人搖了一下。

陷入無解自問的他沒注意到，幫他撥電話給醫院的那位員警已經掛上了聽筒，不知何時悄悄地站在了他的身邊。阿龍失神地抬起頭。

「你到底跟林國雄什麼關係？……」

什麼？阿龍目光渙散地，還無法從記憶中抽身。

「凌晨的時候林國雄突然出現心臟衰竭。剛剛護士長告訴我，一切發生得很快，本來病人的狀態都很穩定的，他們對病人做了急救還是無效——」

「你為什麼會要求我們打電話給醫院？」

「王銘龍，站起來。」

「雖然這消息很不幸，但我們仍要依法行事。」

兩個員警像是按照寫好的相聲台詞，一搭一和說得有板有眼。

「這一連串發生的事情，都不可能是單純的巧合。」

「你從一開始就跟我們說謊。看你哭成這個樣子，還說你跟林國雄沒有關係？——」

「是『那種的』關係嗎？」

「你們兩個是有感情還是財務糾紛嗎？」

「你們是不是聯手想要勒索立委，所以才會把照片寄給了周刊，然後又因分贓起了衝突？林國雄腦中風之前，你們是不是發生過毆打？」

「我們得把你移交地檢署。」

阿龍吃驚地張著嘴，卻一句話也說不出來。

把他留下來？你真的認為你可以照顧一個也許永遠半身不遂的人？湯哥說。

還是讓他跟我走？

現在也只有你能幫我們解除這個結界了。

快去拿歌本還有遙控器。很簡單的，但偏偏死人就是沒辦法做這件事。還有冥紙跟火爐。你找到它們放在哪兒了嗎？

你一定得幫幫他們，也是幫助老七和你自己。

你忍心看這些癡心人永遠落進了不能轉世的無間地獄嗎？——

我走進過你的夢裡。我企圖將你帶出你的夢境。

原本還在期待，等老七醒來的那日，他將以這樣的開場向他表白。

（難道是因為知道，一旦醒來也就是MELODY的結束之日，所以你才不肯醒來？）

月黯雲沉。

一夜無眠的他，原本握緊的雙拳漸漸也因疲困而鬆垂。此刻他只想要好好躺下，但某個念頭卻又在瞌睡如漲潮來襲的前一秒，猛地把他拉上了岸。

他知道自己在害怕什麼。

怕的是闔上眼後他會悲傷地發現，從今而後，自己真的不再有夢了。

所有的切切紛紛嘈嘈都在火影纏扭中化成灰了。

要毀掉一個夢的悔痛，與把夢留住的煎熬，哪一個才會是生前老七的選擇？

還是因為同樣都是苦，所以才選擇了隨湯哥而去？

（一直以為是眼前的這兩個警察串通了媒體。難道向雜誌爆料的，**是你？**）

被催眠的心只需要一個指令就能破除，讓夢裡的人驚醒發現，這一切只不過是夢，湯哥說。

你看，他們果然都醒過來了。

你從前都沒聽說過嗎？這首歌是酒吧這一行的禁忌，除非要結束營業，不可以隨便播的。這個法子果然奏效了。

下輩子？

我沒想過這個問題。不過我碰過一個生前做乩童的鬼，他說我們的上輩子都是還沒成年就夭折了，所以沒有男女之間的冤與債。你覺得呢？

嗯，乾脆下輩子還是當gay好了。

我要一世一世輪迴下去，看看要到哪一世我們才可以終於不必再受苦。一定要過過那樣的人生才甘心啦，你說是不是？

踩不完惱人舞步，喝不盡醉人醇酒……這是三步華爾滋哩！陪哥哥跳完這支舞，就算是道別吧……

怎麼？Tony沒教過你嗎？

阿龍閉起了眼，燃燒的紙錢轟然就竄成通頂火苗的那瞬間，又回到了他的腦海。他永遠忘不了屋裡那些遊魂望著蔓燒的火勢，驚怕地瞪眼呼喊卻發不出聲音的景象。他們顫抖著，開始彼此緊緊擁抱在一起，往角落的位置步步退縮，終於全擠在曾經是老七昏迷倒臥的甬道。無路可退了，反倒讓他們慢慢地平靜了下來。火光映紅了他們蒼白的面龐，在他們原本空洞的目光中也有了類似焦點死而復活的小小火苗跳躍。老七垂著臂立在原地，仰起臉望著朝屋頂舔舐的火舌。那個畫面，不知為何，讓阿龍有那麼一剎那想起了傑克與豆蔓的童話故事。那個仰望的姿勢，猛然一瞧會以為是個小男孩在等待著什麼。也許他那一刻正在想的是，攀登不斷抽長延伸的燄苗是不是就會再次遇到那個孤獨的巨人？還是說他確定最後會有巨人穿破屋頂從雲端跌落？在魔蔓頂端那個世界裡曾經發生過的事，從此將會是他和巨人之間的祕密，永遠只有他們自己才會知道……

還來不及追問湯哥那Tony現在好不好？便已聽見消防車嗚咿嗚咿扯起了催命似的警笛。

記憶中，那刺耳嘶嚎從四面八方的巷弄裡衝奔竄出，就像是一群噬夢的獸正狺狺齜牙，撲向了從那片火光中紛紛驚逃出的魂影。

——全書完

附錄／

在純真失落的痛苦中覺醒

——郭強生專訪

何敬堯／採訪

Q：《斷代》的書寫突破了以往同志文學的單一位置，企圖站在一個更高點、更寬廣的面向上，重新回顧台灣同志歷史。對您而言，此書寫角度有何意義？

A：我一直對於同志文學這個標籤有疑問。譬如，你要如何定義它？作品中有同志角色？是否要驗明正身，我是同志，所以我寫的東西叫同志文學？讀者是同志，所以才歸類為同志文學？甚至，是不是同志文學只是同志運動底下的附庸？作為創作者，我不會先想這是不是同志文學，只是認真對待讓我覺得值得思考的主題。我從一個文學創作者的角度出發，探索這些同志角色如何看待自己的成長、如何應對面貌丕變的大環境。現在的人很容易受短線的激情刺激一下，而後卻是船過水無痕。以同志的背景去切入台灣這三十年的變化，可以幫助我帶出一個重要的概念——從八〇年代以後，台灣時常處於「純真失落、激情過後」的焦慮與徬徨。這與同志運動很像：諸多以往受爭議且不見於大眾討論的話題都揭開了，可是接下來要如何走下去呢？像台灣的環境，忽然解嚴、選總統了，但接下來要面對一個大疑問：還能相信什麼？過去的威權洗腦、國族的負擔、舊的身份都拿掉了，好輕鬆、激情興奮了一下，卻發現接下來衍生了更多問題，比想像中更難處理。

Q：所以其實更像是描述時代的小說？

A：我認為作家一定都會被自己的時代制約，但同時作家最重要的任務，則是要觀察自己的時代。我們這一代的人最大的衝擊與痛苦是，知道這世界不是表面上看到的這樣而已，那還要相信什麼呢？純真失落之後、激情之後，還有什麼可以相信？我找到的方式，則是一種文學上的處理，不是把它當成一種運動的議題，而是要把這些議題拉到一個文學的再創造。真正說起來，這是一本關於時間與回憶的小說。若你說《斷代》是用一個更高點、更寬廣的角度來看，我則會說，這是回歸到以文學來思考的原點。我想要把前因後果經由我現在的觀點來重新整理。這樣的書寫，早十年我可能也做不到。我從兩千年回國之後，這十多年來也經歷了時代的激情，但創作者如果隨之起舞，可能就無法進行寫作。我也是到二〇一〇年才開始把心靜下來。文學都是需要沉澱的，與網路的即時很不相同。到目前為止的《夜行之子》、《惑鄉之人》到《斷代》，我都是在處理這樣沉澱過的心情。所以，我不會自己設計出一種敘事的風格或策略框限住自己，而是讓題材考驗自己還能不能找出不同的書寫方式。

Q：《斷代》安排了「阿龍」這一位異性戀（雙性戀？）的人物，作為串聯篇章的角色，這樣的角色象徵什麼？

A：故事中，一定要存在屬於這個時代的人，不能只是沉溺在八〇年代。看望過去的理由，是為了看接下來要如何走。現在要做gay會比以往簡單，認識人的管道也多，但這麼多複雜的選項，反而令人更迷糊。這些更多的選項，真的能讓孩子們理解性是什麼？愛是什麼嗎？譬如阿龍，他對於異性有感覺，但又同時認為他做酒店小姐的女朋友是不乾淨的，在這種羞恥心之下，還有更深一層的羞恥：若愛的是同性，他喜歡的會是年紀大的五十幾歲的歐吉桑，這樣反而讓他更困惑——做了同志，他將成為邊緣世界裡更邊緣的人。開了門之後，才知道那是另一個世界，才發現自己的心何其複雜，真正面對自己也更困難。揭開問題，並不代表就會得到答案。

Q：在gay bar「美樂地」門前的眾多鬼魂聚會，讓讀者心驚膽破，此情節是否暗喻了什麼？

A：鬼故事很難處理。在所有的文本裡都存在著鬼，不是那種眼睛看到、撞邪的鬼，我想要拉出來的鬼，是在故事、歷史、記憶裡的鬼，讓它自然呈現出來。我想要抓住故事裡本身的鬼，就算讀者看到也不會覺得奇怪，像是我的《夜行之子》、《惑鄉之人》裡面都有鬼呀。我一直企圖跟不同的鬼溝通，畢竟，鬼比人有趣多了。我想要將有形／無形、陽間／陰間這樣的空間概念打破，就像是那一間gay bar，進去便是一個夢，可以通往各處。我想要創造出一些新的鬼，而這些鬼都是同志，我覺得很有趣。

Q：《斷代》的一些章節，引用了王爾德、沙特、E・M・佛斯特、卡繆的名句作為引言，是否與小說主題有所關聯？

A：確實很有關聯。我想探索一個新時代的存在主義需要思考的問題。我想要回到存在主義式的提問：關於同志的「存在」是什麼？早年存在主義宣布了上帝已死，現在我們一步步走向更無所依靠的世界。我企圖用小說提供了一個假設：人類除了沒有神，而同時以往相信的性、婚姻、家庭三者合一的關係也可能面臨崩解，那會是什麼樣的狀態？這個問題探到底處，是不分同性或異性戀的。「我究竟是誰？」究竟「我」是社會給我的位置、是用你如何愛或選擇不愛所做的宣誓？還是存在其他意義？我的小說希望能給有這些對存在抱持疑問的讀者來看，就算你不是同志，也能從這些問題看見自己。

——《聯合文學》雜誌三六四期

附錄・深度書評／

沙影夢魂，眾生情劫：誰是凶手？

張靄珠

郭強生的《斷代》乃是繼《夜行之子》（二〇一〇）和《惑鄉之人》（二〇一二）的力作。在郭強生的同志小說中，總有一群漂泊游離的帥男、型男、剩男、棄男，揮霍虛耗著突如其來的情慾和（不再）青春叛亂的肉體，帶點裝腔作勢、帶點浪蕩不羈，彷彿急於向別人和自己證明：這肉身還活著。然而在那千姿百態的皮相肉身下卻藏著透到骨子裡的寂寞蒼涼。有時閱讀郭強生彷彿在閱讀酷兒版的張愛玲；然而張愛玲小說中，異性戀男女主角在陰暗角落的權謀算計不只是愛情，還包括隨著愛情可能帶來的婚姻和其附加價值。而在郭強生的「張愛玲酷兒版」，男同志對於愛情的權謀算計卻是因為婚姻成家不可得，「真愛」成為了唯一的訴求，反更凸顯同志愛情的曲折與弔詭。

相較於《夜行之子》偶爾流露出辭溢於情的感傷主義，《斷代》的文字則更為凝練精準，刻畫入微的呈現了同志肉身情慾和愛恨嗔癡的浮世繪，比起白先勇不遑多讓；他犀利又深刻的直搗同性戀和異性戀之間恐同和戀同的灰色地帶，且又將性和政治交互指涉諧仿，可說是直追創作《美國天使》的湯尼．庫許納（Tony Kushner）。郭強生所塑造的各種各樣同志角色鮮活立體，不限於前同運時期台灣文學那些受到天譴、背負道德原罪的負面剪影，也不囿於後同運時期某些同志文學政治正確的「好男人癥狀」。《斷代》的幾個主要角色均被賦予複雜的心理深度，以及面臨抉擇算計時人性的掙扎。

小說敘事以推理小說的手法展開，從美樂地酒吧老闆倒地不起、遭人縱火且又鬼影幢幢來追索懸案元凶；循這樣的故事線來串綴幾個主要角色的回憶和懺情告白，而對懸案的追問則演繹為對性向認同的追問：「你是不是？」也是追查眾生情劫之罪魁禍首的楔子。年老色衰的老七守著中山北路七條通男同志酒吧，「美樂地」是他營生的工具，也是他打發人生殘暮，藉以和社會連結的唯一途徑。他唯一認定的情人是多年前邂逅卻突然失聯的「大學生」，為此他無視於扮裝皇后湯哥鍥而不捨的追求。但他在湯哥罹患絕症時提供食宿，伴他走完人生最後一程，也算是有情有義。小鍾是民歌手兼音樂製作人，也是小說中最具反思能力的角色（他往往也是作者批判社會現狀的代言人）。小鍾情路坎坷：他在高中時受到同學姚瑞峰的誘惑，嘗到情慾初體驗。大學時和姚重逢，與姚及姚的好友阿崇成為死黨，在姚利用女友Angela的「掩護」下，上演著曖昧又似假還真的四角關係。各人大學畢業後，姚有意往政途發展，和Angela結了婚；阿崇大學時義正辭嚴，在社運活動中搖旗吶喊，後來卻掏空家族企業，潛逃美國，和土生華人湯瑪斯共築愛巢……

在小鍾的回顧中，他和姚與阿崇這段介於「男男社交」和「男男性交」之間的三角關係，撲朔迷離，終將人鬼殊途：「拒絕了任何字符將我們命名，我們永遠也成不了彼此生命中真正的，同志。在未來都只能各自上路，生存之道存乎一念之間，誰也唸不了誰的經。就讓同學的歸同學，同志的歸同志。」

小鍾是個有良知，不迴避倫理責任，對自我誠實的人，然而這也形成他生命中無法承受之重。在一九九〇年代「關於這座島的很多謊言都將被毀滅……舊的謊言被揭穿，新的謊言立刻補位」，小鍾卻無法如姚般的機敏權謀；姚趁著「大好時機已為所有想翻身者打開了大門，受害者的光榮標籤幾乎來不及分發」的社會轉型期，利用自己出身於原住民母親的身份，搶到了受害者光榮的標籤，成為進身政壇的敲門磚。

小鍾關心同志議題，鼓起勇氣在音樂會的舞台上公開出櫃，然而卻未在對的時機做對的事情。在同志運動初期，激進份子需要「華麗夢幻彩光的加持，要異性戀對他們敬愛地拍拍手」，鍾卻不識時務的要求台下連署，要求治安單位掃蕩三溫暖，「避免藥物與不安全性愛對同志生命的殘害」。如此「不識時務」使他成為同志圈內所排斥的反動保守份子。小鍾對同運的批評帶著厭世者的喋喋不休，卻不乏黑色幽默的異想，令人想到王文興《背海的人》中的爺。他想像如自己這般連在同志國度都無法取得公民權的沉默大多數，帶來改變世界的那一天：

等到他們終於發狂了的那一天，有的脫下內褲衝進嘉年華式的反歧視大遊行隊伍中，如洪水猛獸對著咩咩可愛羊群撲咬，接著不顧花容失色的四面驚叫，他們開始射精，看看這個扮神扮鬼恐嚇他們的世界，最後到底能定出他們什麼罪名！

小鍾雖然出櫃，仍不忘對家的責任。妹弟長年移民國外，小鍾獨自負起為年邁患病的父母照護送終的責任，最後在鄉下家屋和兩老的骨灰罈相對，雖不能傳宗接代，也算無愧於心：「雖然是爛命一條，至少知道生錯的是時代，不是自己。」小鍾對於男歡男愛，有自己獨特的觀察與妙語：

同性間太清楚彼此相同的配備，對方的施或受與自己的性幻想，根本無法切割……這種同時以多種分身進行的性愛，是需要更高度進化發展後的腦細胞才能執行的任務……

相對於老七和小鍾，阿龍和姚則是遊走於同性戀和異性戀機制之間的角色。在超商打工的阿龍已有女友小閔，卻意外捲入老七中風和美樂地酒吧的火災。當年暗戀阿龍的國標舞助教Tony在一場選舉活動中表演而被媒體污名化，乃至羞愧自殺。阿龍自責於未能及時救回Tony，而將贖罪的念頭移情至老七，不顧小閔的不滿而去照顧老七，未料卻一步步介入美樂地酒吧人鬼夾纏的異質空間。有趣的是，就連群鬼漫遊、等待超渡的場域也具體而微的呈現了同志時尚戀物的次文化：

在MELODY門口守候的人已經多到十位。在入夜的低溫下，約定好了似地都是全套西裝打扮……有一九八〇年代那種大墊肩型的，或一九九〇年代長版窄領四釦的……一群衣冠楚楚的身影，就這樣在店門前聚集不散，彷彿前來參加一場神祕的聚會。

在推理小說般的敘事中，最終謎底解開，姚竟是所有要角情劫的「元凶」：他是老七終其一生唯一認定的「大學生情人」，也是鍾瀕死自慚形穢也要見上一面而無憾的初戀對象，更是阿崇一路委曲求全卻難討其歡心的炮友。姚周旋於眾男人之間，遊刃有餘，而在異性戀婚姻的庇護下，事業家庭左右逢源。他在同志圈內，是個高明的不沾鍋玩家，也是個掠奪者；然而故事結尾，由於美樂地火災，一張被老七珍藏多年的「情人照」曝光於媒體，姚的入閣之夢毀於一旦。從另一角度而言，原生家庭破碎的他渴望有自己的家，在異性戀機制的恐同窺視下仕途中斷，他又何嘗不是個受害者？

最後，在老七宣告不治的時刻，阿龍聽從湯哥鬼魂的指令，放火燒掉美樂地，也解放了這群來自不同年代，備受壓迫桎梏的同志冤魂。一則則原本可發展為浪漫傳奇、驚心動魄的邂逅，最終變調為似是而非、又似曾相識的沙影夢魂、瀰漫著痴昧且痴魅的酷兒誌異。

在郭強生戲劇化的多線敘事鋪陳下，同志的愛情和政治、性、謊言以及恐同窺視之間難以切割；陰鬱穠麗的懺情告白和戀人絮語總揮不去糾糾纏纏的魑魅魍魎：那些恍若前世今生的情傷史或傷情史；那一連串被作踐和作踐別人的愛情病歷表；終身伴侶不可得而必須孤獨面對青春不再、貧病老殘的終極宿命；以及出櫃或不出櫃都得如鬼魅般，守著黑暗王國的一方祕密基地作為存活的策略……這種種同志的集體記憶和情感結構，都在郭強生兼具宏觀與微觀的筆下深刻展現。

張靄珠，交通大學外文系教授，國內著名酷兒與性別理論、劇場表演與影像文化學者，著有《性別越界與酷兒表演》、《全球化時空、身體、記憶：台灣新電影及其影響》、英文學術專書 *Queer Performativity and Performance*，以及 *Remapping Memories and Public Space: Taiwan's Theater of Action in the Opposition Movement and Social Movements, from 1986 to 1997*等。

國家圖書館出版品預行編目資料

斷代 / 郭強生作.-- 初版. -- 台北市 : 麥田出版 : 家庭傳媒城邦分公司發行, 2015.03
面； 公分. -- (當代小說家 ; 22)
ISBN 978-986-344-214-1(平裝)

857.7 104001718

當代小説家 22

斷代

作　　者　郭強生
責任編輯　林秀梅　莊文松

國際版權　吳玲緯
行　　銷　陳麗雯　蘇莞婷
業　　務　李再星　陳玫潾　陳美燕　杻幸君
副總編輯　林秀梅
副總經理　陳瀅如
編輯總監　劉麗真
總 經 理　陳逸瑛
發 行 人　涂玉雲

出　　版　麥田出版
城邦文化事業股份有限公司
104台北市中山區民生東路二段141號5樓
電話：（886）2-2500-7696　傳真：（886）2-2500-1966、2500-1967
E-mail：bwps.service@cite.com.tw
發　　行　英屬蓋曼群島商家庭傳媒股份有限公司城邦分公司
104台北市中山區民生東路二段141號2樓
書虫客服服務專線：(886)2-2500-7718；2500-7719
24小時傳真服務：(886)2-2500-1990；2500-1991
服務時間：週一至週五09:30-12:00；13:30-17:00
郵撥帳號：19863813　戶名：書虫股份有限公司
讀者服務信箱E-mail：service@readingclub.com.tw
歡迎光臨城邦讀書花園　網址：www.cite.com.tw
麥田部落格：http://blog.pixnet.net/ryefield

香港發行所　城邦（香港）出版集團有限公司
香港灣仔駱克道193號東超商業中心1樓
電話：(852)2508-6231　傳真：(852)2578-9337
E-mail：hkcite@biznetvigator.com

馬新發行所　城邦(馬新)出版集團【Cite(M)Sdn. Bhd】
41, Jalan Radin Anum, Bandar Baru Sri Petaling,
57000 Kuala Lumpur, Malaysia.
電話：(603)9057-8822　傳真：(603)9057-6622
E-mail:cite@cite.com.my

設　　計　王志弘
電腦排版　宸遠彩藝有限公司
印　　刷　前進彩藝有限公司

初版一刷　2015年3月1日
初版三刷　2015年7月20日
定價／400元

ISBN：978-986-344-214-1